La Cour des Ombres

Shadow Faé Livre 1

C. N. Crawford

Traduit de l'anglais
par Marion Boclet

Korrigan
Éditions

Retrouvez tous les titres Korrigan :
www.city-editions.com/korrigan/

Publié pour la première fois aux États-Unis par Corey Press
sous le titre *Shadow Fae: Court of Shadows*.
Couverture : Corey Press

ISBN : 978-2-3851-6030-2
Code Hachette : 48 5822 2
Catalogues et manuscrits : city-editions.com/korrigan

Dépôt légal : Février 2024

Avertissement de contenu

Esclavage, violences sexuelles et physiques, morts violentes.
Ce roman est une œuvre de fiction et peut contenir des scènes heurtant la sensibilité du lecteur.

1

Le vampire montra ses crocs, et je sus que nous serions toutes les deux mortes avant la fin de la soirée si je ne le mettais pas dehors tout de suite. Je bondis par-dessus le bar à la vitesse d'un ouragan, et me jetai sur lui. Je lui donnai un coup de poing dans le crâne, puis un deuxième, et un troisième. Il vacilla en arrière, puis s'effondra. Je l'avais fait tomber si facilement que je n'en éprouvais presque pas de sentiment de victoire, mais je le regardai quand même avec un grand sourire. Les lumières colorées du bar teintaient de rouge sa peau de porcelaine.

Il fallait absolument que je le fasse sortir d'ici.

J'essayai de donner l'image d'une sérénité que je n'éprouvais pas, en réalité.

— Comme je te le disais, roucoulai-je, un gars comme toi serait plus à l'aise dans un pub hipster avec des jeux d'arcade et des cocktails à base de plantes. Tu pourras y parler de synthwave, ou d'un truc du genre. Dégage. Tout de suite.

J'avais plus ou moins crié ces derniers mots. Un sentiment d'urgence s'emparait de moi.

Ce fût à ce moment-là que je me rendis compte que tous les clients du bar avaient arrêté de parler, et qu'ils me regardaient fixement par-dessus leurs pintes de bière. Une chanson pop s'élevait des enceintes avec des crépitements, et l'enseigne au néon clignotait en bourdonnant à la fenêtre. En dehors de cela, le silence nous enveloppait.

Du calme, Arianna. Du calme. Me tenant au-dessus du vampire étendu sur le sol, je levai les mains.

— Il n'y a rien à voir, messieurs-dames ! Juste un peu de chahut, un vendredi soir ordinaire…

Je poussai un long soupir. Deux fines piques d'aubépine dépassaient de mon chignon souple, ne demandant qu'à être enfoncées dans le cœur du vampire, mais je me maîtrisai. Mon patron aurait pété les plombs s'il m'avait vue tabasser des clients – encore une fois. Et je n'étais certainement pas censée tuer des gens – même s'ils étaient déjà morts – en public. Rufus désapprouvait ce genre de choses au sein de son établissement.

Même sortie de l'arène des gladiateurs, je restais pugnace.

C'était vraiment dommage que ce vampire ait fait la grossière erreur d'essayer de me mordre.

Dès que ce gars était entré dans notre bar en chancelant, j'avais deviné qu'il allait causer des problèmes. En fait, j'avais tout de suite remarqué trois choses importantes à son sujet.

Premièrement, son imposante barbe de Viking m'avait indiqué que c'était un hipster – sans parler de ses vêtements fluorescents, qui rappelaient les habits pour enfants du début des années 1980. Quand des types habillés comme lui décidaient de zoner au *Spread Eagle*, ce n'était généralement pas apprécié des habitués.

Deuxièmement, sa démarche titubante et son front plissé montraient que c'était un ivrogne débraillé et de méchante humeur. Étant donné l'exceptionnelle tolérance à l'alcool des vampires, ce soir, il avait dû boire son poids en bières artisanales.

Troisièmement, et c'était le pire de tout, c'était un surnaturel.

J'inclinai la tête pour le regarder, étalé sur le sol. Il était peut-être même assez vieux pour que sa barbe de Scandinave du Moyen Âge soit authentique. De nos jours, les surnaturels comme lui – comme moi – étaient hors-la-loi. Nous étions obligés de faire profil bas si nous voulions rester en vie. Malheureusement, celui-là était trop stupide pour rester discret. Quatre ans d'exécutions et d'assassinats, et ce con entrait ostensiblement dans notre bar, exhibant ses crocs.

Tandis que les clients reportaient leur attention sur leurs pintes, feignant de nous ignorer, je regardais le vampire hipster, les sourcils froncés. Hébété, il était toujours étendu sur le sol taché de bière, mais il avait réussi à se redresser sur ses coudes. Ces salauds d'immortels ne restaient pas terrassés bien longtemps. Ses yeux pâles étaient rivés sur moi, et il avait probablement reconnu ma propre magie.

Ciara, ma plus vieille amie, s'approcha lentement de nous, ses yeux marron écarquillés. La main qu'elle avait plaquée sur sa bouche cachait à peine son large sourire. Je voyais bien qu'elle se retenait d'applaudir.

— Oh, mon Dieu, Arianna… Tu lui as mis des coups de poing ! Tu as vu ses canines ?

Elle avait une tendance touchante, mais fâcheuse, à idéaliser les surnaturels, comme si nous étions en quelque sorte des célébrités. Après tout, nous n'étions plus très nombreux.

— Un vrai vampire, en chair et en os…, murmura-t-elle en le montrant du doigt.

— Je t'entends…, dit-il d'une voix inarticulée.

Il se releva et s'approcha en titubant.

— … fillette.

— Il faut que je le fasse sortir d'ici, marmonnai-je.

Et je devais le faire sans utiliser ma magie. On ne sait jamais qui nous observe, prêt à nous dénoncer.

Les yeux de mon nouvel ami viking étaient maintenant rivés sur Ciara. Ils lançaient des éclairs rouges. Il voulait du sang, ce soir, et elle était manifestement une proie plus facile que moi. Elle n'était pas aidée par le fait qu'elle portait un tee-shirt représentant un mannequin homme à la moue boudeuse dont dépassaient des crocs. Elle adorait les vampires.

— Je vois clair dans ton jeu, fillette…

Chancelant sur ses jambes, il se passa la langue sur les canines.

— Tu lis tes petits romans sur des adolescentes qui tombent amoureuses de vampires millénaires… Notre peau est censée scintiller comme le cul d'une licorne, c'est ça ? Et vous avez tous un *happy end*. C'est faux.

Ces livres, c'est de la merde. Viens avec moi, je vais t'apprendre ce que c'est que la vraie littérature. Hemingway, Kerouac, Bukowski…

Il interrompit son monologue en voyant la fine pique que j'avais retirée de mes cheveux. Je la fis tourner entre mes doigts, et le mouvement sembla hypnotiser le vampire.

Je lui souris.

— Maintenant que tu es calmé, je vais mettre les choses au clair. Je ne te laisserai pas dénigrer les romans d'amour dans mon bar.

En fait, ce n'était pas *mon* bar, mais la question n'était pas là. Ce connard croyait qu'il allait se nourrir du sang de Ciara. De plus, je ne tolérerais pas que qui que ce soit se la pète avec Bukowski.

— Je voudrais juste retourner aux shots de Johnny Walker que j'étais en train de boire quand tu es entré, et je n'ai pas envie d'avoir à continuer à te cogner. Je préférerais ne pas avoir ton sang sur ma nouvelle mini-jupe. Alors, dégage. Je suis à peu près sûre qu'il y a un bar décalé sur le thème « caravane à meth » qui vient d'ouvrir, à quelques rues d'ici…

Je me penchai vers lui et haussai un sourcil.

— Je crois que tu y serais plus à ta place.

En dépit de la raclée que je venais de lui mettre et de la pique que j'avais à la main, il avait l'air imperturbable.

Il avança vers Ciara en titubant.

— Je pense que je serais plus à l'aise si ton amie m'accompagnait.

Je le repoussai violemment, et il chancela en arrière.

À ce moment-là, la porte s'ouvrit brusquement, et un second vampire entra. Celui-ci avait une casquette à visière, une moustache en guidon de vélo, et un nœud papillon rose. Quelqu'un leur avait dit qu'on vendait des ukulélés, ou quoi ?

Je devais les virer. Je ne voulais surtout pas que le *Spread Eagle* attire l'attention des chasseurs de magie s'ils apprenaient que l'établissement accueillait des surnaturels.

Je les regardai tous les deux avec un sourire sans joie.

— Les surnaturels ne sont pas autorisés ici. Ils ne sont autorisés *nulle part*. C'est la loi. Vous avez dix secondes pour quitter ce bar, dis-je d'un ton mielleux, tout en réfléchissant à toutes les façons dont je pouvais les tuer. Après, je risque de me mettre en colère. Et vous ne voulez pas voir ça.

Le vampire viking émit un grognement railleur, puis ses iris brillèrent d'une lueur rougeoyante. L'air sembla se raréfier autour de nous.

— Et toi, alors, tu es quoi, ma mignonne ? Tu n'es pas humaine.

Mon sang se glaça. Je ne pouvais laisser personne entendre cela.

Il attrapa une bouteille de whisky – ma bouteille de whisky – sur le bar, dans un mouvement d'une vitesse fulgurante. Puis il pointa son doigt sur mon visage.

— Tu n'as rien à faire ici, toi non plus. Je crois que je vais te dénoncer aux chasseurs de magie. Tic-tac.

Ton temps est compté, ma jolie ! Mais si tu me laisses jeter un œil à ces seins magnifiques, je garderai peut-être ton secret.

La colère monta en moi, puis, comme je prenais pleinement conscience des mots *chasseurs de magie*, la peur m'envahit insidieusement.

Très bien. Jusque-là, j'avais été gentille, mais maintenant, il allait devoir mourir. Il n'y avait qu'une seule chose de plus terrifiante que moi à Londres : les chasseurs de magie. Les tueurs de faés hantaient les rues de la capitale vêtus de capes noires, se fondant dans le ciel nocturne comme de la fumée. Ils terrorisaient les humains tout comme les créatures surnaturelles, régnant sur la ville avec la pointe de leurs lames, massacrant en silence, dans l'ombre. Personne n'était censé les regarder droit dans les yeux, leur parler, ou même respirer en leur présence ; mais nous leur devions tous une partie de notre salaire. C'était soi-disant de l'argent qu'on leur versait en échange de leur protection, mais en réalité, c'était du racket, ni plus ni moins. Ils ne valaient guère mieux qu'une mafia magique. En bref, il n'y avait pas pire. Je les haïssais autant que je les craignais.

Les yeux plissés, je regardai les vampires.

— Vous essayez de me faire croire que vous êtes assez courageux pour attirer l'attention des chasseurs de magie ? Et risquer votre propre peau ? Mon cul ! Vous devriez être enfermés dans un royaume magique avec tous les autres surnaturels, au lieu de parcourir les rues de Londres. Je suis à deux doigts de vous traîner dehors et de vous enfoncer un pieu dans le cœur.

La vérité, c'était que j'allais leur enfoncer un pieu dans le cœur qu'ils partent ou non de leur plein gré. Je ne pouvais pas courir le risque d'être dénoncée.

Je n'eus pas réellement le temps de faire de nombreux calculs, car, tout à coup, le vampire viking fit un mouvement brusque vers Ciara, montrant ses crocs.

Je pivotai vers lui à toute vitesse – peut-être plus vite que je n'aurais dû le faire – et dirigeai ma pique sur son cou. Je n'étais pas censée bouger si rapidement – les humains étaient lents et léthargiques –, mais le voir attaquer Ciara m'avait fait perdre le contrôle et suivre mon instinct.

Je pressai l'arme contre sa jugulaire, puis je me mis sur la pointe des pieds et lui murmurai à l'oreille :

— Je sais que ce n'est pas une pique dans le cou qui va te tuer, mais ça va te faire mal quand je vais te l'enfoncer dans la gorge et la remuer dans tous les sens ; et ensuite, je te tuerai.

Soudain, je sentis quelque chose de saillant se planter dans mon dos, et je m'arrêtai net. Je jetai un rapide regard par-dessus mon épaule, et vis que son ami, le vampire à la casquette, appuyait la pointe d'un couteau contre mon dos.

— Lâche la pique, chérie, dit-il.

Troisième loi du pouvoir de Baleros : laissez toujours votre ennemi vous sous-estimer.

J'obéis et levai les mains comme si je me rendais, feignant même de trembler légèrement pour faire bonne mesure.

Puis, dès que je sentis la pointe du couteau reculer un peu, je pivotai et lui donnai un coup de coude dans le nez, avant de lui donner trois violents coups de genou dans les testicules. Les vampires avaient beau ne pas être vivants, ils restaient sensibles dans les endroits habituels.

Comme il se penchait en avant, je lui tordis le bras, et le forçai à se mettre à terre tout en lui prenant son canif et en le lui pointant sur le cou.

J'affichai un sourire moqueur.

— Tu veux toujours jouer ?

Cette fois, ils eurent enfin le bon sens d'avoir l'air inquiets. À part le brouhaha d'une chanson pop, la salle était redevenue silencieuse.

Le vampire viking leva les mains.

— On s'en va.

J'écartai la lame du cou de l'autre créature, qui se releva et se pencha vers moi pour me souffler à l'oreille :

— Les chasseurs de magie vont venir te chercher.

À ces mots, un frisson glacé de terreur me parcourut.

Je regardai les deux vampires sortir furtivement du bar.

Je glissai une main dans la poche de ma mini-jupe et en sortis une sucette. À la cerise, avec un chewing-gum au milieu. Il n'y a rien de tel que le sucre cristallisé pour me calmer. Je la mis dans ma bouche, sans cesser de regarder fixement la porte.

Ciara avait un grand sourire.

— Eh bien, ça alors ! Quelle soirée !

Cela faisait maintenant au moins dix ans qu'elle vivait au Royaume-Uni, et elle n'avait toujours pas perdu son accent américain prononcé.

— Je n'avais pas été aussi excitée depuis que ma tante Starlene avait dessiné un clown sur le mur de ma chambre pour que je me sente moins seule.

— Ce n'est pas terminé.

Ces deux vampires étaient trop arrogants, et ce que le second m'avait décoché avant de partir m'avait indiqué tout ce que j'avais besoin de savoir. J'avais entendu parler de surnaturels qui servaient d'indicateurs pour les chasseurs de magie. Des balances surnaturelles. C'était peut-être comme ça que ces deux imbéciles avaient réussi à rester en vie, en mordant impunément des humains comme Ciara.

— Tu peux tenir le bar pendant que je ne suis pas là ?

— Pas de problème.

J'avais deux vampires à tuer.

2

Je ramassai ma pique par terre, puis je pris mon sac à dos. Je n'allais jamais nulle part sans lui. Mon sac de survie contenait tout ce dont je pourrais avoir besoin en cas d'urgence : une lampe frontale, un briquet et un déodorant en aérosol – pour sentir bon ou pour mettre le feu à des trucs –, du matériel médical, une bouteille d'eau, du gloss rouge cerise, une petite culotte propre, une radio à ondes courtes, de la corde, des sucettes à tous les parfums, du ruban adhésif, et toute une flopée de couteaux. Personne n'aurait pu dire que je n'étais pas préparée.

La porte grinça comme je sortais dans la nuit. Un pont couvert de suie passait au-dessus du *Spread Eagle*, et des pigeons avaient fait leur nid dans l'ombre, sous son arche. Je les entendais roucouler au-dessus de ma tête.

Je jetai ma sucette dans une poubelle. Je n'aimais pas tuer avec un bonbon dans la bouche.

Frissonnant un peu dans l'air brumeux, je balayai du regard les rues plongées dans l'obscurité sous le pont, jusqu'à ce que je perçoive un mouvement.

Les deux vampires se dirigeaient vers la Tour – le siège du pouvoir des chasseurs de magie. Je n'allais pas les laisser s'en approcher davantage.

Je les suivis de loin dans la rue pavée humide, me déplaçant sans bruit. Une petite bruine mouillait ma peau et faisait friser mes cheveux lavande.

J'allongeai le pas, et retirai les piques d'aubépine de mes cheveux, les brandissant toutes les deux comme des poignards. Mon cœur martelait ma poitrine, ses battements s'accélérant avec le frisson de la chasse. Je ne les lâchais pas du regard, et je n'allais certainement pas les laisser m'échapper.

Quand j'arrivai derrière eux, je fis d'une voix chantante :

— Hé, les vampires !

Ils firent volte-face, et je leur enfonçai brutalement mes piques dans le cœur. Aussi simplement que cela, le combat était terminé.

Sixième loi du pouvoir de Baleros : anéantissez vos ennemis impitoyablement.

Ils écarquillèrent les yeux, mais en l'espace de quelques secondes, ils furent réduits en deux tas de cendres sur le trottoir. La pluie fit disparaître leurs restes calcinés.

Je retirai mes armes des cendres, et les essuyai à l'aide d'un mouchoir en papier pris dans mon sac tout en levant les yeux vers la forteresse médiévale qui se dressait devant moi. À une époque, elle était simplement connue sous le nom de Tour de Londres. Maintenant, les gens l'appelaient *l'Institut.* C'était le seul endroit où les chasseurs de magie n'avaient pas rendu la magie illégale. Même de là où j'étais, je voyais ses murs et ses tours déborder de sorcellerie. Une lueur bleu pâle s'élevait des flèches de pierre vers le ciel, et des douves de lumière dorée entouraient l'édifice tout entier.

Les chasseurs de magie prétendaient avoir interdit la magie pour préserver la paix. Ils affirmaient que sans cela, les guerres apocalyptiques qui avaient eu lieu vingt ans plus tôt – celles qui avaient opposé les anges, les faés et les démons – risqueraient toujours d'éclater de nouveau. Ils disaient que tous les surnaturels devaient rester séparés et confinés dans des royaumes magiques. Apparemment, seuls les membres de la noblesse faé étaient capables et dignes de rester neutres dans le monde des humains. Les autres étaient tous des brutes, voyez-vous.

Mais je savais ce que les chasseurs de magie faés pensaient vraiment. La magie était synonyme de pouvoir, et ils voulaient garder tout le pouvoir pour eux. Je les haïssais avec une ardeur qui égalait celle de la lueur de leurs flèches brillantes.

Je tournai les talons et repris la direction du *Spread Eagle* tout en remettant les piques d'aubépine dans mes cheveux. Je m'étais débarrassée de ce danger assez vite. Alors, pourquoi éprouvais-je encore le sentiment angoissant qu'une menace planait au-dessus de moi ?

Quand j'entrai dans le bar, je m'aperçus qu'un autre silence sinistre s'était abattu sur l'endroit, et mon cœur tambourina de nouveau dans ma poitrine.

Je balayai la salle du regard jusqu'à ce que je comprenne pourquoi.

Quand mes yeux se posèrent sur un faé mâle dans le coin, mon sang se mit à bourdonner à mes oreilles.

J'aperçus une mèche de cheveux noirs sous son capuchon. Les lumières au néon du bar faisaient briller sa peau olivâtre et ses yeux d'un vert éclatant. Ses larges épaules prenaient la moitié de la banquette, et une ouverture dans sa cape révélait l'armure de cuir qu'il portait en dessous. J'étais certaine que son corps tout entier était musclé et harnaché d'armes. Son immobilité était surnaturelle, et il me regardait comme un serpent sur le point d'attaquer. Mon ventre se noua.

C'était un membre de la noblesse faé et un chasseur de magie. Comme tant d'autres de son espèce, il était outrageusement beau et terrifiant à la fois. Sous son regard fixe, je me sentais mal à l'aise – ce qui ne me ressemblait pas – dans ma mini-jupe achetée au rabais, qui était juste un peu trop courte. Évidemment, les chasseurs de magie comme lui voulaient que tout le monde se sente absolument nul. Leur but dans la vie était de dominer et de terroriser. Ils étaient experts dans l'art de rendre les gens fous.

J'étais sûre qu'il était venu pour moi, même si j'avais essayé de faire attention.

Si je faisais demi-tour maintenant pour m'enfuir en courant, cela ne ferait que confirmer ma culpabilité, et il s'élancerait aussitôt à ma poursuite.

Je jetai un coup d'œil en direction du bar, derrière lequel Ciara essayait de paraître naturelle, alors même que ses mains tremblaient comme elle tirait une pinte de bière.

Rufus, notre patron, se tenait maintenant à côté d'elle. La présence d'un chasseur de magie l'avait rendu nerveux, lui aussi, et je voyais des gouttelettes de sueur perler à la racine de ses cheveux grisonnants. Ciara et Rufus n'étaient pas des surnaturels, et les chasseurs les faisaient toujours mourir de trouille.

Rufus croisa mon regard et écarquilla un instant les yeux. L'expression sur son visage crispé semblait vouloir dire : « Ramène-toi ici. Tout de suite. »

La gorge serrée, je me dirigeai vers lui. Je l'observai sortir notre bouteille de vin la plus chère – qui, pour être honnête, était une bouteille qu'il avait achetée à Tesco, et dont l'étiquette indiquait simplement « Vin rouge français ». Tout en regardant fixement le chasseur à l'autre bout de la salle, il servit un verre.

Je jetai un rapide coup d'œil à mon reflet dans le miroir derrière Rufus. Des sourcils droits, des pommettes hautes, des yeux couleur d'ambre. La seule chose qui aurait pu trahir le fait que j'étais une surnaturelle était la nuance lavande pâle de mes cheveux, mais de nos jours, de nombreux humains se teignaient les cheveux de toutes les couleurs. Mes canines effilées et mes oreilles pointues de faé n'apparaissaient que quand je croyais ma vie en danger, ce qui n'arrivait pas souvent. En d'autres termes, je pouvais passer pour une humaine. Peut-être était-il là pour les vampires, et non pour moi ?

— Apporte-lui ça, me chuchota Rufus. Dis-lui que c'est notre meilleur vin. Dis-lui que c'est offert par la maison. Dis-lui que nous lui donnerons de l'argent. Dis-lui…

Il plissa soudain les yeux.

— Tu n'as rien remarqué d'inhabituel ce soir, par hasard ?

Il continuait à verser le vin, qui déborda du verre et forma sur le bar une flaque semblable à du sang.

Je poussai un profond soupir. Je trouvais souvent Rufus en train de regarder fixement les murs nus de son bureau, suçant sans enthousiasme sa cuillère à yaourt, encore et encore. Je me demandais honnêtement comment quelqu'un comme lui avait bien pu faire pour survivre à l'Apocalypse.

— Rien de spécial, répondis-je en lui prenant la bouteille des mains avec douceur.

Autant ne pas lui faire avoir une crise cardiaque.

— Ne le regarde pas droit dans les yeux, siffla-t-il.

Je jetai un coup d'œil en direction du chasseur de magie, et mon cœur fit un bond dans ma poitrine quand je m'aperçus que son attention restait rivée sur moi. Je sentis ma gorge devenir toute sèche. Il était hors de question de lui apporter du vin.

Je commençais à me rendre compte que je ne pourrais pas me sortir de cette situation sans me battre avec un chasseur de magie ; et je savais à quel point ils pouvaient être violents.

— À vrai dire, Rufus… je ne me sens pas très bien.

— Pardon ?

Il avait l'air incrédule.

— Des trucs de filles.

— Oh…

Il se tut. Apparemment, ce sujet lui faisait encore plus peur que le chasseur.

— Il faut que je file. Je te vois demain.

Je jetai un coup d'œil à Ciara tout en me dirigeant vers la porte. C'était la seule dans les parages qui savait que j'étais à moitié faé. Baleros – mon ancien maître gladiateur – l'avait un jour désignée pour soigner mes blessures entre les matchs dans l'arène. Ciara et moi avions dormi dans la même cage pendant des années. Elle connaissait mes rêves et mes cauchemars. Elle savait pourquoi le parfum des roses me rendait malade. Elle connaissait presque tout de moi.

Presque.

Dès que je fus dehors, dans l'air humide, j'enfonçai une main dans mon sac de survie et fouillai dedans jusqu'à ce que je trouve mon couteau en fer, dans sa gaine en cuir. J'avais horreur d'avoir à manier du fer. C'était un poison pour les faés comme moi, mais c'était aussi le seul moyen de blesser un chasseur de magie.

Je sortis ensuite mon portable pour appeler Ciara. Elle décrocha immédiatement.

— Arianna, chuchota-t-elle. Il est toujours là… et maintenant, il y en a un second avec des yeux violets. J'ai déjà entendu parler de lui. C'est celui que l'on surnomme *le Spectre*. Il se déplace comme le vent dans la nuit, et il massacre en silence, dans l'ombre. Je crois que c'est le diable incarné.

— C'est très rassurant, merci.

Ciara disait toujours des trucs bizarres à propos du diable. J'étais à peu près sûre que c'était une habitude d'Américains. Quoi qu'il en soit, ce n'était pas une bonne nouvelle.

— Préviens-moi simplement quand ils s'en vont.

— Le diable a de nombreux visages, siffla-t-elle.

— Je sais. Calme-toi, mon amie. Écoute, je vais peut-être devoir les affronter tous les deux. Envoie-moi simplement un message quand ils s'en vont.

— Attends, attends ! Si tu rentres à la maison saine et sauve, mets un mélange de pipi de chat et de chou pourri devant ta porte.

— C'est censé repousser les membres de la noblesse faé ?

— Je n'en sais rien, mais tante Starlene en mettait devant notre caravane, pour tenir la police à distance après avoir lancé un alligator sur quelqu'un dans le parking d'un McDonald's. Elle posait aussi des pièges à ours. Évidemment, elle leur a peut-être aussi tiré dessus, alors… c'est possible que ce soit *ça* qui les ait empêchés d'approcher de notre caravane.

— Merci, Ciara. Il faut que j'y aille.

Je glissai mon portable dans ma poche.

La terreur m'envahit.

Neuvième loi du pouvoir de Baleros : n'attaquez que si vous êtes sûr de pouvoir gagner.

J'avais été formée par un chasseur de magie. Je savais comment ces individus se battaient.

En tant que gladiateur, j'avais souvent affronté plusieurs adversaires à la fois, et je les avais tous terrassés en l'espace de quelques minutes. J'étais la seule femme gladiateur, et mon nom de scène était la Terreur Amazone. La quantité de sang que je versais suffisait amplement à apaiser les foules, et Baleros, ce sale con, m'avait fabriqué une armure spéciale qui mettait en valeur mes seins. J'étais la principale attraction.

Cependant, les chasseurs de magie étaient différents de tous ceux contre lesquels je m'étais battue dans l'arène. Ils étaient très âgés, disciplinés, et avaient à leur actif des siècles d'un entraînement parfait largement supérieur au mien. Mes chances d'être victorieuse dans un combat contre deux d'entre eux étaient légèrement plus basses que mes chances de me voir pousser des ailes et de m'envoler vers la liberté. Avant de leur lancer mon couteau, j'attendrais de voir s'ils attaquaient les premiers.

Mon téléphone vibra, et je le sortis de ma poche pour lire le message de Ciara.

ILS S'EN VONT.

L'adrénaline courut dans mes veines, et je m'engouffrai dans une ruelle. Je ne pouvais pourtant pas vraiment me cacher. Des traqueurs comme eux seraient capables de me sentir.

J'accélérai l'allure, mais je n'avais fait que quelques pas quand les poils se dressèrent sur ma nuque. Je perçus qu'ils m'observaient, et mon cœur se mit à battre à toute vitesse. Une goutte de sueur froide perla sur mon front.

Comment avaient-ils fait pour arriver jusque-là aussi vite ?

Je resserrai ma prise sur le manche de mon couteau et fis volte-face.

Je sentis mon ventre se nouer à la vue des deux chasseurs encapuchonnés qui se tenaient juste derrière moi. Un frisson glacial de panique remonta le long de ma colonne vertébrale.

3

Celui aux yeux verts, que j'avais vu dans le bar, s'approcha, me regardant de la tête aux pieds comme s'il évaluait ma valeur. J'en eus la chair de poule.

Mais ce fut l'autre qui arrêta mon cœur. Des ombres menaçantes émanaient de lui en volutes, comme de la fumée d'un bûcher funéraire. Il était plus grand que l'autre, large d'épaules, et sans aucun doute très musclé sous sa cape. Il avait à la main une dague dont la lame rouge de sang gouttait sur la chaussée ; d'autres luisaient sur sa cape. Les ténèbres semblaient l'envelopper comme un être vivant. Je retins mon souffle.

C'était difficile de le regarder : plus j'essayais de me concentrer sur lui, moins il me paraissait net. La chose la plus frappante chez lui était ses yeux perçants, violets, qui faisaient se dresser les cheveux sur ma nuque.

Je fis un pas en arrière. Sa magie était puissante – et hors du commun pour un faé.

Tandis qu'ils me regardaient fixement, j'évaluais mentalement les chances que j'avais de m'en sortir si je m'attaquais à eux deux. Elles n'étaient pas bonnes et, pire encore, même si j'arrivais à survivre, ma vie telle que je la connaissais serait finie. Je deviendrais une fugitive, fuyant pour toujours les chasseurs de magie.

— Bonsoir, messieurs.

Je m'efforçai de prendre un ton dégagé, mais ma propre voix me parut tendue.

— Bonsoir, Arianna, dit celui aux yeux verts.

Mon cœur fit un bond dans ma poitrine. Il connaissait mon prénom.

Je m'humectai les lèvres.

— À qui ai-je le plaisir de m'adresser ?

— Aengus, Chevalier des Faés de l'Ombre.

L'autre – le Spectre – ne dit rien.

N'attaquez que si vous êtes sûr de pouvoir gagner.

Le Spectre se déplaça, et je le perdis de vue jusqu'à ce qu'il réapparaisse de l'autre côté d'Aengus. L'espace d'un instant, le vent souleva légèrement son capuchon, et je vis un peu mieux ses yeux. Son regard ne trahissait aucune émotion, seul un détachement glacial. Pourtant, d'une façon ou d'une autre, son regard furibond sembla me transpercer jusqu'à l'os. J'avais l'impression d'être un papillon épinglé sous ce regard fixe, et je me sentais totalement impuissante.

Il disparut de nouveau, pour réapparaître de l'autre côté d'Aengus, si parfaitement immobile que c'en était angoissant.

Qui que ce soit, il se déplaçait avec une grâce éthérée et mortelle. Je fus parcourue d'un frisson. S'il était sorti ce soir, c'était dans un seul et unique but : celui de tuer.

L'immobilité déroutante du Spectre réveilla une peur primitive dans les zones les plus anciennes de mon cerveau. Même si je ne voyais pas son visage, son caractère fatal était évident. Pour la première fois depuis des années, un véritable sentiment de terreur m'étreignait la poitrine. Je resserrai ma prise sur mon couteau en fer.

Je ne le vis pas venir, je ne perçus pas la contraction des muscles qui indiquaient normalement une attaque imminente. Il y eut seulement un bruissement de vent, un éclair noir, et le Spectre me plaqua le poignet contre le mur de brique derrière moi si violemment, que j'eus l'impression qu'il m'avait brisé les os et que je lâchai le canif. Il donna un coup de pied dedans, et l'arme alla valser plus loin dans l'allée.

Bon... Cela se passait vraiment bien, jusque-là !

Le Spectre disparut de nouveau, pour réapparaître cette fois derrière Aengus.

Et merde ! Mes autres couteaux étaient rangés tout au fond de mon sac de survie, et maintenant, je n'avais plus à portée de main que les piques d'aubépine dans mes cheveux. L'aubépine ne les tuerait pas, mais enfoncée dans les bons endroits, elle les ralentirait à coup sûr. À l'avenir, je m'attacherais des couteaux en fer sur tout le corps.

À supposer que je m'en sorte vivante.

Aengus me regardait fixement.

— Arianna, dit-il, tu es à moitié faé. Tu devrais être dans un royaume de faés, mais ce n'est pas le cas. Tu aurais dû te soumettre à nos lois il y a bien longtemps. Sais-tu ce que nous faisons aux hors-la-loi comme toi ?

Mon sang se glaça.

— Qu'est-ce qui vous fait dire que je suis une faé ? demandai-je.

— Nous sommes capables de sentir les individus de notre espèce...

Aengus fronça les sourcils.

— Si tant est que tu puisses être considérée comme appartenant à notre espèce. Ton odeur n'est pas noble, même si elle est attrayante.

La tension crispait mon corps tout entier, et je passai en revue toutes mes leçons de combat, à toute vitesse.

— Deux contre un, ce n'est pas vraiment un combat équitable, si ?

Un demi-sourire dansa sur les belles lèvres d'Aengus.

— Qui a parlé d'équité ?

Ce fut le seul avertissement que j'eus avant qu'il ne se jette sur moi. L'instant d'après, il refermait une main autour de mon cou, mais je donnai un grand coup de mon avant-bras dans le sien et fis retomber sa main.

Quatrième loi du pouvoir de Baleros : anticipez toujours les actions de votre ennemi.

Je décochai un regard au Spectre, et me rendis compte que je ne savais absolument pas comment prédire ses actions.

En revanche, Aengus était plus facile à comprendre. À voir la tension de ses muscles, je sus qu'il était de nouveau sur le point d'attaquer.

Il bondit sur moi. Malgré sa rapidité, je parvins à attraper son poing dans ma paume. Je lui tordis le bras, puis lui empoignai les cheveux, et lui donnai un grand coup de genou dans la tête. *Crac !*

Anéantissez vos ennemis impitoyablement.

Je tirai d'un coup sec sur l'une de mes piques, prête à la lui enfoncer dans le dos, mais il se releva presque aussitôt.

Il était exceptionnellement fort, même pour un faé.

Il me donna un violent coup de poing dans la mâchoire, m'étourdissant. Cela faisait longtemps que je n'avais pas reçu un choc aussi brutal, et j'étais un peu rouillée.

Je me remis tout de même assez vite. Avant qu'il n'ait pu me frapper de nouveau, je lui enfonçai la pique dans le cou de toutes mes forces. Le sang jaillit. Ce n'était pas du fer, alors cela ne le tuerait pas, mais il ne se relèverait pas de sitôt.

Je retirai la seconde pique de mes cheveux, prête à m'attaquer au Spectre – mais il n'était plus là.

Je ne le vis même pas approcher de moi ; je sentis seulement la force de son corps comme il me tordait le bras et me forçait à me retourner. Il me plaqua contre le mur de l'allée. La brique froide me mordait la joue. J'étais totalement coincée, sous son corps puissant collé contre le mien. Auparavant, j'avais perçu une sorte d'indifférence de sa part ; maintenant, étant donné la férocité de son étreinte, c'était plus comme une rage froide. Ses muscles denses pressés contre moi me clouaient sur place.

Je n'avais pas l'habitude que *quiconque* soit capable de me maîtriser, et une fureur ardente – mêlée de peur –

s'empara de moi. Peut-être que le Spectre était bel et bien le diable en personne.

Voilà ! Baleros n'avait pas de règle adaptée à cette situation, car je n'étais pas censée me laisser coincer comme cela. Les pensées se bousculaient dans ma tête, tandis que j'attendais la douleur qui me précipiterait dans l'au-delà.

Mais au lieu de sentir une lame de fer me sectionner la jugulaire, j'éprouvai la douleur fulgurante de la magie sur ma nuque.

Puis, la force de son corps s'évanouit.

Quand je me retournai brusquement, les deux faés étaient partis. Je n'avais plus sous les yeux que la rue pavée plongée dans l'obscurité. Je posai une main, sur mon cœur et repris mon souffle. Ce faisant, je m'aperçus que j'avais un morceau de papier dans la paume. Je ne savais pas comment il était arrivé là, mais je le dépliai – d'une main tremblante – et découvris un petit mot, dont l'écriture était ronde et étonnamment féminine.

Nous reviendrons te chercher. Tu rejoindras les Faés de l'Ombre, ou tu mourras sur le billot d'exécution.

Au nom des sept enfers ! Qu'est-ce que c'était que cette histoire ?

Une fatigue immense me consumait. J'avais survécu au combat, et ils m'avaient laissé la vie sauve, mais je ne savais absolument pas pourquoi. La peur me tenaillait. D'une certaine façon, le mystère autour du sort qu'ils me réservaient était encore plus inquiétant que l'idée de la mort elle-même.

Je quittai l'allée, tremblant de tous mes membres.

La vue des flèches incandescentes de l'Institut me fit frissonner d'admiration. Je détestais la réaction que m'inspirait l'endroit. C'était un symbole d'oppression, de domination et de conquête, et je ne pouvais pas m'empêcher d'être impressionnée par cet étalage considérable de magie.

Et maintenant – pour des raisons que je ne pouvais comprendre –, ils voulaient que je me joigne à eux derrière leurs murs.

4

Je me réveillai recroquevillée sur un tas de linge et de papiers d'emballage de sucettes, convaincue que je venais de m'arracher à un horrible cauchemar. Il faisait encore nuit, et un rapide coup d'œil à mon portable m'indiqua que je n'avais dormi qu'une demi-heure. En fait, je portais encore ma mini-jupe, maintenant toute froissée.

Je me frottai les yeux et allumai la lampe de mon téléphone.

Il me fallut près d'une minute pour me rappeler ce qu'il s'était passé un peu plus tôt, puis tout me revint d'un coup, me submergeant comme un raz-de-marée. Les vampires, les chasseurs de magie. La sensation inhabituelle et dérangeante d'être impuissante, mon corps plaqué contre un mur. La menace d'être tuée si je ne me joignais pas à eux.

Quelque chose au cours de cette soirée – peut-être l'envoûtement que j'avais senti dans ma nuque – m'avait épuisée, et je m'étais écroulée dès que j'avais regagné mon trou à rats dans l'est de Londres, complètement déboussolée.

Je me précipitai sur mon sac de survie et fouillai dedans, écartai ma trousse de premiers soins et mes fusées de détresse, et trouvai un couteau en fer muni d'une gaine en cuir, que je m'attachai à la cuisse.

Ensuite, mue par l'adrénaline qui courait dans mes veines, j'ouvris brusquement la porte pour me diriger vers la salle de bains commune. Rufus ne me payait pas beaucoup, et en attendant d'avoir fait des économies, je squattais un appartement abandonné avec dix autres personnes.

Je partageais donc les sanitaires avec tous mes colocataires, dont un homme de 50 ans qui se faisait appeler Oncle Darrell, et une femme qui portait en permanence un bonnet de douche, et qui demandait à tous ceux qu'elle croisait si elle pouvait leur emprunter de la lotion pour les mains. Je lui en donnais une bouteille au moins une fois par semaine, mais j'aurais préféré mourir que savoir ce qu'elle en faisait.

Au bout du couloir, j'entrai précipitamment dans la salle de bains. Je m'efforçai d'ignorer Oncle Darrell, qui traînait là, assis sur le bord de la baignoire, en tongs, entouré d'une serviette de toilette. Je le trouvais souvent là en pleine nuit.

— Je t'ai déjà dit ce que je faisais le week-end ? commença-t-il.

Par pitié, pas ça !

— Je me connecte au pouvoir de la terre, continua-t-il. J'enfonce ma virilité dans la terre fraîche de la forêt.

Dégueu.

— Et si nous n'avions pas cette conversation ?

— Mon chaman dit qu'il faut mettre aussi les couilles, pas seulement la bite. C'est un sacré engagement de communier avec la nature.

— Tu ne pourrais pas te contenter d'utiliser une plante en pot dans l'intimité de ton propre salon ?

Je n'aurais pas su dire pourquoi je prolongeais cette conversation.

Il se gratta le menton.

— Je ne sais pas si ça pourrait fonctionner, mais je vais essayer.

Cette fois encore, je me demandais comment ces gens avaient bien pu survivre à une Apocalypse.

Je fouillai dans l'armoire à pharmacie sous le lavabo, tandis qu'Oncle Darrell me faisait part du léger embarras qu'il avait éprouvé quand un blaireau l'avait surpris les couilles enfouies dans la Terre Mère.

Je finis par trouver un miroir de poche et, me retournant, je m'en servis pour regarder ma nuque. Là, luisant au niveau de ma colonne vertébrale, se trouvait une rune dorée à peine visible – une marque faé que je ne pouvais pas lire.

Les mains tremblantes, je posai le miroir à côté du lavabo. Je ne savais pas exactement ce que cela signifiait, mais si j'avais dû essayer de deviner, j'aurais dit que les chasseurs de magie s'en servaient pour me localiser, et que cela expliquait peut-être mon étrange épuisement. Le Spectre ne plaisantait donc pas quand il m'avait dit qu'il me faudrait me joindre à eux ou mourir.

Je ne leur laisserai pas l'occasion de me retrouver.

— Tu ne m'écoutes pas, hein ? cria Oncle Darrell.

— Les couilles. La terre. J'ai pigé.

Je regagnai ma chambre sombre en courant, passant la porte, le cœur battant.

Mon sac à dos de survie était posé à l'entrée, et j'en ouvris la fermeture Éclair avec frénésie. J'en sortis la lampe frontale, et me l'attachai fermement autour de la tête.

Je pris ensuite mon couteau le plus aiguisé. J'élaborai rapidement un plan. J'allais retirer le dispositif de pistage, puis je m'enfuirais de Londres. Peut-être que j'irais à Édimbourg, que je prendrais une nouvelle identité, que je me teindrais les cheveux en noir, ou quelque chose comme ça.

Agenouillée sur le sol, j'approchai le poignard en argent de ma nuque et appuyai la lame contre ma peau.

— Je ne ferais pas ça, à ta place.

La peur me glaça les sangs. Je connaissais cette voix – l'inflexion faé aristocratique et mélodieuse, la voix de mes cauchemars les plus violents. Et ce parfum douceâtre d'eau de rose – l'odeur de mes cauchemars.

Je n'aurais pas cru que cette journée pouvait empirer.

Je me retournai, et le faisceau lumineux de ma lampe frontale tomba sur un homme que j'avais espéré ne plus jamais recroiser. Rien qu'en le voyant, je tremblais déjà. Comment avait-il seulement fait pour arriver jusqu'ici ?

Bien sûr, il avait été chasseur de magie, lui aussi, par le passé. Il savait comment se déplacer dans l'obscurité.

Bien qu'il appartînt à la noblesse faé, il cultivait un look négligé. Il avait un pantalon large en lainage à grosses rayures bleu marine et blanches, une moustache en guidon de vélo, une barbe naissante. Les joues roses, et les yeux cuivre foncé piquetés d'or. On aurait dit un clown désargenté de l'époque victorienne, mais *moi*, je connaissais la vérité. C'était en fait un faé noble, qui se considérait comme le roi des scélérats. Le seigneur des monstres. Il s'était créé un monde dans lequel il était traité en empereur. Comme un dieu, même.

Tout cela faisait partie de son petit numéro. Il voulait que tout le monde, en dehors de l'arène, le sous-estime. Je n'aurais jamais commis cette erreur – et c'était pour cette raison que je n'essayai pas de lui enfoncer mon couteau dans l'œil sur-le-champ.

— Qu'est-ce que tu fais ici ? lui demandai-je d'un ton hargneux.

Ce salaud hantait déjà toutes mes pensées ; et maintenant, il débarquait *chez moi* ?

Il eut un haussement d'épaules.

— Je t'ai surveillée, évidemment. Je ne quitterais jamais des yeux quelqu'un d'aussi précieux que toi. Une beauté délicate et une tueuse impitoyable en un tout parfait. La Terreur Amazone. Tu m'as terriblement manqué.

Mes mâchoires se contractèrent. Il commençait déjà à m'énerver.

— Je ne suis plus une tueuse impitoyable. Plus depuis que les chasseurs de magie ont fermé ton arène.

Il haussa les sourcils.

— Tu ne l'es plus ? Alors, comment qualifierais-tu ce que tu as fait à ces deux pauvres vampires ?

Je me tus. Je n'avais aucune envie de prendre part à son petit jeu. De toute évidence, il désirait quelque chose, et je voulais juste qu'il en vienne au fait.

Il regarda le désordre qui régnait dans ma toute petite chambre et fronça les sourcils.

— Eh bien, manifestement, tu es bien plus heureuse depuis que tu n'es plus sous ma responsabilité. C'est impressionnant, ce que tu as fait de cet endroit… Et j'aime beaucoup la lampe frontale, ça te va à ravir.

Je plissai les yeux, resserrant ma prise sur mon couteau.

— Très drôle, roucoulai-je. J'ai dû rater quelques cours d'entretien ménager quand je résidais sous terre et que je dormais à même le sol sur de la terre battue. D'ailleurs, je croyais que tu aimais que je vive dans la crasse. C'est là qu'est ma place, pas vrai ?

Bon, d'accord ! Sa présence m'affectait vraiment. C'était bien normal. Il s'agissait de Baleros.

— Qu'est-ce que tu veux ? aboyai-je, pressée d'en finir.

— J'ai une tâche à te confier.

Je pris une profonde inspiration pour me calmer. Je refusais de lui montrer qu'il me déstabilisait.

— Pourquoi est-ce que je ferais quoi que ce soit pour toi ?

J'appuyai la pointe de mon couteau contre le bout de mon doigt et le fis tourner.

— Et si je te poignardais plutôt la gorge, avant de t'enfoncer des clous dans tout le corps ?

— Je ne crois pas, Arianna, répondit-il, son visage ne trahissant toujours aucune émotion. Tu sais très bien que tu n'as pas intérêt à attaquer quelqu'un qui te massacrerait en quelques secondes. Enfin… je dois dire que je suis surpris que tu n'habites pas avec Ciara. Ne serait-elle pas plus en sécurité en ta compagnie ?

Mon ventre se noua. Pourquoi évoquait-il Ciara ? Il se foutait complètement d'elle. À l'époque où elle était à mon service, elle n'était que la domestique d'une esclave – la dernière des dernières. Cela m'étonna qu'il connaisse son prénom.

— Ma chère Arianna, reprit-il, je sais que tu as mémorisé toutes mes lois. Toutes, sauf la deuxième : *vous soucier des autres vous rend faible*. Tu as une pitoyable tendance à t'attacher à quiconque te témoigne le moindre signe de gentillesse.

Mon sang se glaça, et mes jambes se mirent à trembler. Je n'arrivais plus à maîtriser ma voix.

— Qu'est-ce que tu as fait de Ciara ?

Une colère noire s'empara de moi. Je dus prendre sur moi pour ne pas me jeter sur lui.

— Qu'est-ce que tu attends de moi ?

Il se redressa, me dominant de toute sa hauteur, puis il sortit de sa poche un téléphone portable, balaya l'écran, et me montra l'image qui s'y était affichée : Ciara, ligotée à une chaise, dans une pièce vide. En la voyant, je sentis l'effroi m'enserrer le cœur comme un étau.

Une lumière l'éclairait, et des larmes coulaient sur son visage. On aurait dit qu'elle hurlait, secouant sa chaise dans son affolement, mais elle était bâillonnée. Son tee-shirt représentant un vampire était déchiré à l'épaule, comme si elle s'était débattue.

La fureur m'envahit.

Baleros remit son téléphone dans sa poche.

— Elle est sous ma garde jusqu'à ce que tu me procures ce que je veux.

— Qu'est-ce que tu veux, bordel ? demandai-je, les dents serrées.

— Quelque chose que l'on appelle la Clé des Mondes.

Ma colère s'intensifiait.

— La *quoi* ?

— Tu as croisé des chasseurs de magie ce soir, n'est-ce pas ? Bien sûr, ils recrutent tous ceux qui se battent assez bien. Je savais que tu te battrais bien, mon petit monstre.

Une soudaine prise de conscience s'abattit sur moi comme une vague glacée.

— C'est *toi* qui m'as dénoncée, pas vrai ?

Il haussa lentement les épaules.

— J'avais besoin que tu rejoignes leurs rangs. Il me faut la Clé des Mondes, et c'est l'Institut qui l'a en sa possession. Les deux chasseurs que tu as rencontrés t'ont marquée, n'est-ce pas ? Ils vont te recruter. Et tu vas les suivre de ton plein gré. Trouve la clé, et vole-la pour moi. C'est un chasseur connu sous le nom de Ruadan qui l'a. C'est une tâche sans difficulté.

Je devais faire tout ce qui était en mon pouvoir pour ne pas l'attaquer.

— Tu m'as tendu un piège. Tu as tout manigancé.

Il ne se laissa pas décontenancer par ma rage.

— Si tu ne me donnes pas la clé dans les deux semaines, j'offrirai la gentille petite Ciara à manger à mon dragon. Quand tu l'auras, envoie-moi un message par le biais de l'un des corbeaux de la Tour. Je viendrai te chercher.

Il n'avait pas de dragon, mais la question n'était pas là. Il tuerait sauvagement Ciara, et il m'enverrait des photos. J'en étais sûre.

Une pulsion violente bouillonnait en moi, et je serrai les dents pour me dominer.

— Pour quoi veux-tu cette clé ?

Il inclina la tête sur le côté, m'observant attentivement.

— Le chaos est comme de l'argile vierge, prêt à être modelé selon nos désirs. L'anarchie est l'occasion de façonner le monde comme nous le voulons.

Je n'étais pas d'humeur à écouter ses leçons.

— Ne fais rien à Ciara, et je t'obtiendrai ta maudite clé.

Il agita l'index dans ma direction.

— Mais ne t'avise pas de me décevoir, ma Terreur Amazone. J'ai une taupe à l'Institut, et si tu me trahis, j'anéantirai Ciara. Puis tu mourras en sachant que c'est toi qui as causé sa perte.

Je lui procurerais ce qu'il désirait ; mais dès que Ciara serait en sécurité, je trouverais un moyen de le tuer. Plus un homme comme lui avait de pouvoir, pire était le monde.

5

Je fermai la porte de ma chambre derrière lui, et me laissai tomber sur le sol, tremblante. Je pris mon portable et j'appelai Ciara, mais je tombai directement sur son répondeur.

Comment Baleros avait-il bien pu faire pour réagir aussi rapidement après que les chasseurs de magie m'avaient retrouvée ? Comment avait-il seulement su qu'ils m'avaient retrouvée ?

Tandis que toutes les possibilités tourbillonnaient dans ma tête, une force puissante s'abattit sur la porte. Il y eut un autre grand coup, et le bois se fendit et vola en éclats dans ma chambre. Je me levai d'un bond. De l'autre côté de la porte brisée se tenaient Aengus et le Spectre. Le corps de ce dernier était nimbé de ténèbres. Maintenant qu'il avait détruit ma porte, il abaissa son poing.

Cette fois encore, mon ventre se noua. Il y avait quelque chose de très dérangeant dans les ombres qui l'entouraient. Elles se tordaient comme des serpents fantomatiques, et me donnaient des frissons.

— Tu aurais pu te contenter de frapper comme quelqu'un de normalement constitué, dis-je, m'efforçant de garder mon sang-froid.

Le Spectre ne répondit pas. Il passa le bras dans le trou béant pour tourner le bouton de la porte. Son regard violet froid promettait de la sauvagerie si je le contrariais. En bref, cela commençait merveilleusement bien entre nous.

En entrant dans la pièce, Aengus haussa lentement les épaules.

— Désolé. Quelque chose semble lui avoir déplu. Il ne parle pas, alors ses motivations sont connues de lui seul.

Oh, charmant ! Un faé psychotique et frappé de mutisme qui, j'en suis à peu près sûre, a envie de m'étriper.

Aengus me regarda, les sourcils froncés.

— Pour l'amour des dieux, qu'est-ce que tu as sur la tête ? C'est un accessoire de faé des rues ?

— C'est une lampe frontale. C'est très pratique. L'électricité ne fonctionne pas très bien ici. Et si tu essaies de m'agacer en me traitant de faé des rues, ça ne prend pas. J'ai été traitée de bien pire par des gens bien pires.

Le Spectre huma l'air comme un animal flairant sa proie. Quand son regard croisa de nouveau le mien, il gronda férocement. L'espace d'un instant, j'eus la conviction angoissante qu'il allait m'arracher la tête. Puis il s'éloigna de moi, et je cessai de retenir mon souffle.

Les yeux plissés, je regardai Aengus.

— Je t'ai planté une pique dans le cou. Ce n'était pas du fer, mais tout de même, comment as-tu fait pour te rétablir aussi vite ?

Il enfonça ses mains dans ses poches avec un sourire amusé.

— Ah, mais tu es une faé des rues ! Les Mors comme nous ne sont pas vaincus aussi facilement.

Je levai ostensiblement les yeux au ciel. Les Mors étaient une race de faés très ancienne. Je ne savais pas grand-chose à leur sujet, mais j'avais la nette impression que leur arrogance et leur snobisme l'emportaient largement sur l'attrait de leur beauté.

— C'est ça... Quelles conneries ! dis-je. Je vais hasarder une hypothèse, et supposer que vous avez des guérisseurs particulièrement doués dans votre joli petit palais. Les nobles Mors doivent en avoir souvent besoin, étant donné que tu as réussi à te faire poignarder alors que vous étiez deux contre une seule faé des rues !

Aengus haussa les épaules.

— Ton apparence m'avait désarçonné, et je n'avais pas envie de te faire de mal. Je n'aime pas tuer de belles femmes.

Je hochai la tête.

— Mais cela ne te dérange pas de tuer celles qui sont moches, par contre, hein ? Quel gentleman !

— Puisque tu es apparemment si perspicace, sais-tu pourquoi nous sommes là, Arianna ?

Je portai une main à ma nuque.

— J'ai trouvé la marque que vous avez laissée. Honnêtement, je pouvais difficilement la manquer…

Il m'était impossible de lui révéler les informations que Baleros m'avait données, alors je devais être naturelle. Du moins, la plus naturelle possible, alors que deux guerriers faés venaient de défoncer la porte de ma chambre et d'insulter ma lampe frontale.

— … et ton ami bavard m'a glissé un petit mot sur lequel il me disait que je devais me joindre à vous. Vous allez devoir m'expliquer le reste.

— Les Faés de l'Ombre ont décidé de te recruter comme novice. Si tu arrives à survivre à ta première épreuve, tu seras associée à l'un des six chevaliers, qui sera ton mentor.

— Associée ?

— Tu passeras tes journées et tes nuits avec ton mentor, pour apprendre à être…

Il désigna ma chambre d'un geste vague.

— … quelqu'un de meilleur que tu ne l'es actuellement.

J'inclinai la tête sur le côté.

— C'est une relation plutôt intense.

— Arianna, dit-il, sa voix douce caressant ma peau, vivre avec nous serait sûrement une amélioration par rapport à la façon dont tu vis maintenant.

Il me faisait un affront, mais sa voix était pleine de séduction et, d'une façon ou d'une autre, j'oubliai de m'offenser. Les hommes beaux étaient agaçants pour ça.

Et puis, peut-être avait-il raison. Une forte odeur de moisi flottait dans mon appartement – si l'on pouvait seulement appeler cela un appartement. Il s'agissait d'une pièce unique, avec une plaque de cuisson sur laquelle je préparais mes repas et un évier minuscule. Je n'avais pas de lit. Je dormais par terre – souvenir de l'époque où j'étais gladiateur.

Je clignai des yeux et regardai le désordre autour de moi. Des paquets de chips vides, une bouteille de Jack siphonnée, quelques vêtements sales. Le ménage n'était pas vraiment mon fort – mais je supposais que c'était normal quand on avait passé six ans dans une cage.

Je croisai les bras.

— Étant donné que je suis une faé des rues bordélique, pourquoi voulez-vous me recruter, au juste ?

Il fit un pas vers moi et se pencha pour murmurer :

— Comme tu me l'as toi-même fait remarquer, tu as réussi à me poignarder.

Sa voix était chaude au creux de mon oreille.

— En temps normal, je ne laisserais jamais une femme s'approcher autant de moi, à moins que nous ne soyons en train de nous livrer à une activité plus agréable.

Je m'écartai un peu de lui. Était-il là pour me recruter, ou pour me séduire ?

— Tu seras en compétition avec les autres novices, continua-t-il, et tu vas probablement mourir. Mais si jamais ce n'était pas le cas, tu aurais l'opportunité de devenir une Chevalière des Faés de l'Ombre, comme nous.

— Une Chevalière des Faés de l'Ombre ? C'est le nom que vous vous donnez ? Le reste de la population vous appelle les chasseurs de magie.

— Nous n’aimons pas cette expression.

— Bien sûr que non, dis-je. Elle est déplaisante. Et si je refuse ?

Aengus eut un sourire en coin.

— Dans ce cas, tu mourras, bien évidemment. Tu es une hors-la-loi. Tu n’as aucun droit.

— Je ne suis pas sûre d’aimer les possibilités qui s’offrent à moi.

Une lueur d’étonnement passa dans les yeux verts d’Aengus.

— En temps normal, nous ne nous fatiguons pas pour les individus comme toi, mais c’était *son* idée. Je ne sais pas pourquoi. Mon compagnon, ici présent, déteste les faés dans ton genre, d’habitude.

— Les faés dans ton genre ? Tu veux dire, celles qui ont une personnalité propre ?

— Non, répondit Aengus. D’après ce que nous avons pu constater, tu violes les règles, tu es impulsive et bordélique, tu bois beaucoup trop, et tu es encline aux bagarres dans les bars. Ton existence tout entière ne sert littéralement à rien.

— J’ai comme l’impression qu’il y avait quelque chose d’insultant dans ce que tu viens de me dire, mais je ne sais pas quoi exactement.

— Nous t’offrons une chance de faire de grandes choses, de vivre dans une forteresse, et de consommer ce que mangent les chevaliers, et tu préférerais vivre comme un animal, dans une pièce jonchée de bouteilles et de paquets de chips vides ?

— Les animaux ne mangent pas de chips et ne boivent pas à la bouteille…

Je plissai les yeux pour lancer ma dernière remarque ironique :

— Ils n'ont même pas de mains.

— Plutôt malin de la part d'une personne qui porte une lampe frontale parce qu'elle n'a pas pu payer sa facture d'électricité.

— Si tu te débrouilles bien, je t'offrirai peut-être ta propre lampe frontale, un jour. Si tu voyais dans le noir, ça t'éviterait peut-être de te prendre des piques dans le cou.

Je faisais de l'esbroufe. Dans l'intérêt de Ciara, j'allais les suivre, de toute façon, mais j'aurais peut-être éveillé leurs soupçons si j'avais capitulé sans me défendre un peu. Après tout, j'étais à l'évidence une souillon indigne et bagarreuse dont l'existence ne servait à rien ; cela aurait peut-être été un peu suspect si je m'étais soudain souciée de faire de grandes choses.

J'indiquai le Spectre d'un signe de tête. Des ombres s'entortillaient autour de lui.

— Et tu essaies de me dire que je pourrais me retrouver à partager une chambre avec le joyeux drille, là ?

Aengus haussa lentement les épaules.

— C'est une possibilité.

C'était une possibilité très désagréable, mais la vie de Ciara était en jeu.

— Pourquoi m'avez-vous laissé revenir ici ? Pourquoi ne pas m'avoir directement arrachée à la rue ?

— Nous devons avoir la permission du Grand Maître Savus avant que tout étranger ne franchisse nos portes, et nous savions que tu n'irais pas bien loin avec le sort d'épuisement que nous t'avions jeté.

— D'accord. Alors soit je crèche avec vous, soit je meurs. J'ai pigé. Et maintenant, comment ça se passe ?

— Maintenant, tu vas venir avec nous. Si tu arrives à franchir le seuil de l'Institut, tu deviendras une novice.

— Le seuil ? Tu veux dire, les douves incandescentes ?

— Trêve de questions ! dit Aengus. Il est temps d'y aller.

Je jetai un coup d'œil nerveux au Spectre, dont le capuchon couvrait presque tout le visage. Malgré tout, je voyais à la rigidité de ses épaules à quel point il était tendu. Je n'aurais pas su dire si c'était à cause de l'état de ma chambre ou parce que j'étais une faé des rues, ou s'il avait eu la malchance de croiser Oncle Darrell en chemin et d'entendre ses histoires de couilles. Quoi qu'il en soit, la sensation de ses yeux d'une vive intelligence posés sur moi me donnait la chair de poule. J'étais convaincue que rien ne lui échappait.

J'étais censée dérober une clé à l'un de ces gars-là. Que ferait quelqu'un comme le Spectre si l'un de ses ennemis lui volait un objet important ? Quelque chose me disait que ce ne serait pas joli à voir.

Songeant à Ciara, enfermée quelque part dans une cellule, je me dis que je n'avais pas le choix. Ciara n'était pas une guerrière. Elle avait grandi dans un taudis, dans un coin paumé des États-Unis ; elle avait été élevée par une tante qui la tabassait, et j'étais presque sûre qu'elle n'avait pas cherché une seule fois à se défendre. Quand nous avions enfin échappé à notre vie souterraine auprès de Baleros, Ciara avait économisé pour s'acheter une collection de peluches, et elle les plaçait tout autour de son lit, le soir, en guise de protection. Il y en avait une qu'elle avait appelée M. Câlinou, et qu'elle serrait dans ses bras quand elle faisait des cauchemars.

Maintenant, elle se trouvait prise au piège d'un cauchemar bien réel, et aucune peluche protectrice ne l'en sortirait.

Je ramassai vivement mon sac de survie par terre.

— Tu n'auras pas besoin de tes affaires, dit Aengus. L'Institut va te fournir tout ce qu'il te faudra.

Je contractai la mâchoire.

— J'emporte ce sac partout où je vais.

Rapide comme l'éclair, le Spectre me l'arracha des mains. Il fouilla dedans, en sortit tous mes couteaux, et me le rendit brutalement. Au moins, j'avais mon kit d'urgence et mes sucettes. Et du ruban adhésif, au cas où les choses prendraient une tournure vraiment intéressante avec mon compagnon de chambre.

Mais surtout, j'avais encore le couteau en fer attaché à ma cuisse.

Je balayai la pièce du regard, et attrapai une bouteille de Jack en sortant. Hors de question que je la laisse derrière moi.

6

Alors que nous approchions de l'Institut, je pris une profonde inspiration.

Quelles connaissances conservaient-ils derrière leurs vieux murs de pierre ? Quels secrets magiques ? Quels antiques enseignements ?

J'écartai une mèche de cheveux humides de mes yeux et, comme nous nous en approchions, je regardai la tour médiévale.

Après l'Apocalypse des anges, des décennies plus tôt, le monde avait été plongé dans une période connue sous le nom d'Anarchie. Faés, démons et humains avaient combattu pour prendre le pouvoir vacant. En fin de compte, les humains avaient accepté de laisser les membres de la noblesse faé – ces connards – faire respecter les lois. Ils étaient censés maintenir la paix. Tous les autres surnaturels avaient été enfermés dans des royaumes magiques.

Et maintenant ? J'allais découvrir quels secrets ils cachaient derrière leurs murs, au juste.

Nous approchâmes encore de l'Institut. Ses flèches et ses douves rayonnantes projetaient sur nos corps des lueurs bleues et dorées. Les vieux murs de pierre se dressaient, menaçants, au-dessus de la Tamise. Un pont enjambait les douves de lumière, et donnait sur un poste de garde en pierre muni de deux tours imposantes.

C'était une véritable forteresse – qui se dressait là depuis plus d'un millier d'années, symbole de conquête et d'accomplissement humains –, et maintenant, les faés s'en étaient emparés. Ils l'avaient faite leur. Quand les humains avaient conclu un accord avec les Faés de l'Ombre, avaient-ils eu conscience qu'ils s'y soumettraient ?

Je ne pouvais pas m'empêcher de me demander quelles connaissances magiques se cachaient derrière ces murs, maintenant que les Faés en avaient fait l'Institut. Quelles qu'elles soient, je voulais les acquérir. Les chasseurs de magie avaient raison : la magie était synonyme de pouvoir.

Bizarrement, mon estomac se mit soudain à gargouiller sous l'effet de la faim. Le moment était vraiment mal choisi pour songer à manger, et pourtant, je ne pouvais pas m'empêcher de penser aux sucettes que j'avais dans mon sac à dos. Je dus lutter contre une envie presque irrépressible de les en sortir sans plus attendre. Il fallait que je donne au moins un peu l'impression de garder mon sang-froid devant les chasseurs de magie.

J'étais flanquée de mes deux nouveaux copains, et Aengus posa ses yeux verts sur moi.

— Ruadan et moi allons franchir le pont. Quand nous serons arrivés de l'autre côté, tu pourras à ton tour prendre la direction du poste de garde.

Je m'immobilisai.

Oh, merde ! Le Spectre était Ruadan ? Celui à qui j'étais censée dérober une clé ?

Je sentis ma gorge se serrer.

— Pourquoi Ruadan ne parle-t-il pas ?

Des ombres ondulèrent autour de Ruadan, et je jetai un coup d'œil à ses mains – des mains puissantes qui auraient pu broyer la trachée d'un homme en l'espace de quelques secondes. Ma tâche n'allait pas être facile.

Je n'avais jamais autant détesté Baleros que je le détestais à ce moment même.

— Ne te soucie pas de savoir pourquoi il ne parle pas, me répondit Aengus. Inquiète-toi seulement de rester en vie au cours des dix minutes qui viennent. Jette un coup d'œil par-dessus le pont quand tu t'engageras dessus. La plupart des recrues ne franchissent jamais le seuil.

J'avais affronté la mort assez souvent, et je haussai les épaules.

— Je ne suis pas comme la plupart des recrues.

— Ton arrogance causera ta perte, un jour ou l'autre.

Je lui adressai un sourire enjôleur.

— Ce jour n'est pas encore arrivé. Bon, alors, est-ce que tu vas me donner un indice sur ce à quoi je dois m'attendre ?

— Non.

Évidemment. Cela m'aurait été trop utile.

Sans un mot de plus, lui et Ruadan commencèrent à traverser le pont. La lumière ambrée qui s'élevait des douves illuminait les deux chasseurs de magie de reflets dorés. J'étais dépitée de devoir le reconnaître, mais ces salauds ressemblaient à deux dieux guerriers tandis qu'ils franchissaient le pont, avec leurs épées en bandoulière sur le dos.

Quant à moi, j'étais là, tremblant dans mes vêtements minables, avec ma lampe frontale sur la tête, serrant contre moi mon drôle de sac de survie plein de sucettes. *Plein de délicieuses sucettes...*

Pour une raison obscure, j'en avais vraiment *très* envie, sur l'instant. Pourquoi étais-je donc aussi affamée ? J'avais mangé une pizza tout entière pour le dîner.

Aengus et Ruadan atteignirent l'autre côté du pont, et ils se tinrent dans l'ombre du poste de garde, juste devant une porte en bois.

La tension m'envahit. Je n'aimais pas affronter des ennemis inconnus. N'être pas préparée était un énorme handicap. Quel que soit l'ennemi auquel je m'apprêtais à faire face, il avait probablement l'habitude de combattre des faés, comme moi, et je ne savais pas encore comment il s'y prenait.

Lentement, je commençai à traverser le pont. Ce faisant, je sentis la lumière magique baigner ma peau et provoquer une vague de picotements euphorisants. C'était comme un grand soleil après un long hiver, comme un parfum de menthe poivrée. Si je n'avais pas eu aussi faim, cela aurait été parfait.

Un tiraillement dans ma poitrine me poussa à baisser les yeux vers les douves. Le faisceau lumineux blanc de ma lampe frontale perça la rivière d'un éclairage doré, et un peu du sentiment d'euphorie que j'éprouvais se dissipa. Sous la magie d'or, une herbe d'un vert éclatant poussait autour d'os : des crânes, des fémurs, des côtes… C'était donc *ça* qu'Aengus voulait dire. Qu'était-il arrivé à ces recrues ? Je plissai les yeux et crus voir une très légère trace verte sur les dents de l'un des crânes.

Je tournai la tête en entendant des pas traînants derrière moi, et fis volte-face en voyant une misérable créature sur le pont. Une silhouette squelettique dans une cape, dont les cheveux blancs emmêlés dépassaient du capuchon. Elle avait l'air à moitié morte, avec ses joues creuses et ses lèvres fines. Étrangement, quelque chose de vert et de pulpeux était étalé sur la partie inférieure de son visage, comme si quelqu'un avait réduit des plantes en bouillie et les avait frottées sur sa bouche.

Je m'étais attendue à quelqu'un de monstrueux – un géant faé, une créature avec un seul œil et équipée d'une gigantesque massue en bois, peut-être. J'avais déjà affronté des hommes comme ça. En revanche, je ne m'étais jamais battue avec une créature qui semblait avoir déjà un pied dans la tombe. J'étais presque désolée pour elle.

Cependant, Baleros m'avait bien formée, et je savais que je ne devais pas sous-estimer mes adversaires, même s'ils avaient l'air à moitié morts. Après tout, tous ceux que j'avais combattus dans l'arène s'étaient trouvés face à une fille menue aux cheveux lavande. La plupart d'entre eux m'avaient sous-estimée ; et ils avaient tous perdu.

Je passai mentalement en revue les enseignements de Baleros.

Évalue ton environnement. Repère les faiblesses.

La silhouette s'avança vers moi, et la faim qui me tenaillait s'intensifia. Je portai une main à mon estomac, soudain en proie à une faim vorace, l'eau à la bouche. Des images s'imposèrent à moi, de tartes, de sandwiches – même du bizarre fromage en spray américain de Ciara. Mon estomac gargouilla de plus belle.

Bon sang ! Pourquoi est-ce que je pensais à manger en de pareilles circonstances ? J'étais censée évaluer mon adversaire, et je pensais à ce satané fromage en spray !

Je fronçai les sourcils quand il fit un autre pas dans ma direction, et j'eus la sensation qu'un vide béant se creusait entre mes côtes. Je n'avais jamais eu aussi faim de ma vie. Même quand Baleros me privait de nourriture pendant toute une semaine et que j'étais sûre que la faim féroce que j'éprouvais allait me rendre folle, cela n'avait pas été aussi intense. Peut-être que l'herbe me rassasierait…

Mon adversaire fit un autre pas vers moi. Je crispai ma main sur mon ventre, incapable de penser à quoi que ce soit en dehors du désir irrésistible de remplir mon estomac d'herbe.

Mais... d'herbe ? Par les sept enfers ! Qu'est-ce que c'était que cette histoire ?

Ce fut à ce moment-là que je compris quel était son pouvoir. J'avais vu les traînées vertes sur les dents du crâne. Comme le Cavalier de l'Apocalypse Famine, qui avait autrefois foulé cette terre, ce faé faisait naître en chacun une sensation de faim accablante, suivie du désir compulsif de se repaître de l'herbe des douves. C'était comme cela que les autres recrues étaient mortes, en ruminant avec voracité, jusqu'à ce que leurs corps s'épuisent, vidés de leur énergie vitale.

Je humai l'air, et perçus une très légère odeur de mousse qui émanait de lui. C'était un faé, comme moi. Cela signifiait qu'il était particulièrement sensible au fer. Heureusement que j'avais mon couteau en fer sur moi. Je le sortis de sa gaine, attachée à ma jambe. Ruadan aurait dû être plus méticuleux.

Je serrai les dents et, m'efforçant de chasser la faim de mes pensées, me jetai sur la créature. Elle fit un mouvement de côté pour m'esquiver. Dans un tourbillon de buée et un sifflement d'air, elle avait évité ma lame et réapparut de l'autre côté.

La faim continuait à me tenailler.

Je pivotai et me jetai à nouveau sur mon adversaire, plus rapidement que lors de ma première tentative ; mais cette fois encore, il m'échappa dans un sifflement.

Il était vif, et la sensation de faim que j'éprouvais empirait. Désormais, je n'arrivais presque plus à penser à quoi que ce soit mis à part à me remplir le ventre d'herbe.

Concentre-toi, Arianna. Tue. De toute évidence, je ne pouvais pas le vaincre grâce à ma rapidité. Il fallait que je lui fasse baisser sa garde. Je devais l'attirer à moi par la ruse.

Certains faés – les pires – se nourrissaient de la souffrance des autres. Si celui-ci se repaissait de leur faim, j'allais le laisser se régaler de moi.

Je m'immobilisai complètement, me forçant à ne pas bouger alors même que le besoin de me remplir l'estomac me consumait. Quand la douleur aiguë et lancinante au creux de mon ventre s'intensifia, je sus qu'il s'approchait.

Par tous les dieux ! Il fallait que je me jette dans les douves, que je me remplisse la bouche d'herbe, et que je mâche, mâche, mâche, jusqu'à ce que la faim cesse d'être douloureuse. J'avais cruellement besoin de me garnir l'estomac… L'herbe semblait m'appeler. Elle me rassasierait. J'en bavais d'envie.

Pourtant, je savais que c'était de la folie. Si je sautais dans les douves, je n'en ressortirais jamais.

Repère les faiblesses.

Avec chaque élancement au creux de mon ventre, je l'attirais un peu plus près de moi. Cette créature se nourrissait de la faim des autres, mais elle était également mue par ses propres appétits.

Exploite ses faiblesses.

Peut-être avais-je un avantage sur certains des autres novices qui lui avaient fait face : j'avais l'habitude de cette sensation. Quand Baleros était en colère contre moi – parce que je ne lui avais pas rapporté autant d'argent que j'étais censée le faire, ou que j'avais répondu avec insolence –, il m'enfermait dans une caisse en métal, et j'y passai une semaine entière sans rien de plus que de l'eau. Le seul moyen que j'avais trouvé pour ne pas perdre la tête, c'était de me réfugier dans mon monde imaginaire, celui dont je rêvais la nuit : une chambre dans un palais, avec un mur ouvert sur l'extérieur.

Une rivière rugissante serpentait à travers une vallée verdoyante ; en contrebas, du chèvrefeuille fleurissait tout autour de moi, et, se mêlant au parfum des fleurs, une douce odeur de pomme flottait dans l'air…

Je ne savais absolument pas d'où me venait cette image, mais mon univers imaginaire me paraissait souvent plus authentique que le monde réel. En ce moment même, je parvenais presque à sentir le goût du pain…

Une vive douleur me transperça soudain. Je humai l'air. Mon adversaire était suffisamment près, et je rouvris les yeux.

Donne le coup fatal.

Cette fois, ma lame s'enfonça dans sa poitrine avant qu'il n'ait pu m'esquiver.

Le corps de la créature se mit à se dessécher et à se craqueler sous mes yeux. Sa peau s'effrita, et elle tomba en poussière à mes pieds, jusqu'à ce qu'il ne reste plus rien d'elle que sa cape.

La faim qui m'avait tenaillée se dissipa, et je remis mon couteau dans sa gaine.

Quand j'arrivai de l'autre côté du pont, Ruadan et Aengus m'attendaient toujours dans l'ombre, devant la porte en bois.

— Tu as survécu, dit Aengus.

Ruadan se rua sur moi – si vite que je n'eus pas le temps de réagir –, et me plaqua contre le mur de pierre. Son avant-bras s'enfonça dans ma poitrine, et il montra les canines dans un grognement féroce. Affolée, je sentis mes poumons se contracter.

Son capuchon était tombé, et pour la première fois, je vis son visage. Ses cheveux d'un blond blanc lui tombaient sur les épaules. Même à la lueur de la lune, sa peau paraissait dorée, et des ombres modelaient les lignes saisissantes de son visage. Sans la méchanceté gravée sur ses traits, il aurait été d'une beauté exquise.

Il grogna, et le son se réverbéra dans mes entrailles. La panique plantait ses griffes dans ma poitrine.

En voyant les ombres qui passaient dans ses yeux, je sus, à cet instant précis, qu'il était en partie démon.

— Quoi ? lançai-je, horrifiée de m'apercevoir que mes jambes flageolaient. J'ai fait ce que j'étais censée faire.

Il sentait la forêt de pins. Et autre chose, aussi : l'air brûlé après le passage de la foudre – une odeur de magie noire puissante.

Pour toute réponse, il glissa une main sous ma jupe. Il arracha brutalement la gaine en cuir de ma cuisse, me laissant sur la peau une sensation cuisante.

Il avait pris la seule arme en ma possession.

Il me regarda d'un air furibond pendant quelques instants, me maintenant plaquée contre le mur de pierre. Le vent dansait dans ses cheveux blond pâle.

J'expirai lentement.

— D'habitude, j'attends le troisième rendez-vous pour laisser un homme mettre sa main sous ma jupe, mais étant donné que tu as une personnalité tellement pétillante…

Il me relâcha, remit son capuchon sur sa tête, et ouvrit la vieille porte en bois. S'éloignant avec colère, il disparut dans les ombres de l'Institut.

Sympathiques, les gens d'ici ! Très accueillants...

Je réprimai un frisson. Je m'étais battue contre de nombreux monstres dans ma vie, mais Ruadan était différent. Il suscitait une peur primitive, des instincts plus anciens que le langage. Si je voulais lui dérober quelque chose, deux possibilités s'offraient à moi : trouver un moyen de le tuer, ou passer le restant de mes jours à me cacher de lui.

Baleros ne serait plus le seul à hanter mes cauchemars. Maintenant, le Spectre viendrait y rôder aussi.

7

Quand nous eûmes franchi la porte, nous restâmes en plein air. Sous la voûte étoilée, je marchais aux côtés d'Aengus sur le sol pavé. Je devinais que deux murs d'enceinte en forme de U formaient les premières fortifications de l'Institut, et que nous avancions entre eux, mais je n'avais pas encore en tête l'agencement total du lieu.

De très vieux murs de pierre se dressaient, menaçants, d'un côté et de l'autre du chemin. Le faisceau lumineux de ma lampe frontale se reflétait sur des fenêtres étroites et sombres çà et là dans la pierre imposante. De la mousse et des plantes grimpantes poussaient tout autour de nous.

Je soupirai profondément et considérai la situation dans laquelle je me trouvais. Ruadan m'avait pris mon couteau, mais ce n'était pas la fin du monde. Baleros m'avait appris à faire des armes des choses qui m'entouraient : meubles, balais, bouteilles en verre – toutes sortes d'objets pouvaient servir à estropier ou à tuer. Je ne serais jamais vraiment désarmée.

Tandis que nous marchions, Aengus me lança un regard perçant.

— Tu as l'air ridicule avec ce truc sur la tête.

— Au moins, je vois où je marche.

Je me mordis la lèvre et repris :

— Alors, c'était une épreuve intéressante. Combien de ces créatures sacrifiez-vous pour vos essais ? Et comment les gens font-ils pour les tuer alors que nous ne sommes pas censés être armés ?

— Le Gorta ? fit Aengus en me regardant à nouveau du coin de l'œil. Nous n'en avons sacrifié qu'un seul, pour le moment. Tu n'étais pas censée le tuer. Tu devais simplement résister à la sensation de faim et continuer ton chemin. Tu es la seule qui a décidé que l'épreuve impliquait la mort. Maintenant, nous allons devoir en trouver un autre, ce qui va être une vraie galère.

Oups !

— Eh bien, l'épreuve a bien été synonyme de mort pour toutes les recrues dont les ossements ornent maintenant les douves. Je n'avais pas l'intention de connaître le même sort.

— On t'a déjà dit que tu avais un côté impitoyable ?

Je lui adressai mon sourire le plus innocent. *Si tu savais... !*

— Où as-tu appris à te battre ? me demanda-t-il, plissant les yeux d'un air soupçonneux. Tu as l'air jeune pour être aussi expérimentée.

— J'ai appris sous terre.

C'était la seule réponse que je lui fournirais.

— Je suppose que cela explique la lampe frontale.

— Où m'emmènes-tu, au fait ?

— Dans ton logement provisoire.

— À partir de demain, je pourrai me retrouver avec toi ou avec Ruadan ?

Je prononçai le nom de ce dernier d'un ton un peu venimeux, mais il m'avait sérieusement agacée, jusque-là.

— Il y a quatre autres chevaliers. J'en conclus que tu n'aimes pas Ruadan ?

— Je dirais qu'il a du mal avec les relations interpersonnelles, avec le truc des ombres, des regards noirs et du défonçage de porte. Sans parler de son silence inexplicable. Et puis, il m'a volé mon couteau.

— Je vois. Il a un trouble de la personnalité, et pourtant, tu as fêté ton invitation au sein de notre Institut en tuant notre seul gardien.

— Tu rabâches encore ça ? Je croyais que nous étions passés à autre chose.

— Eorleoch avait 483 ans.

— À en juger par les ossements dans les douves, ce n'était pas exactement le monsieur le plus gentil du monde, alors si tu essaies de me faire culpabiliser, cela ne fonctionnera pas.

— Il avait quatre enfants.

— Arrête.

— Et un lapin de compagnie.

— Tu aurais dû être plus précis quant à la tâche que j'avais à accomplir si tu ne voulais pas que je le tue, dis-je d'un ton hargneux.

Nous étions toujours à l'extérieur, et il m'emmenait vers le nord. Le silence pesait lourdement sur la vieille forteresse. Nous marchâmes devant plusieurs tours, puis, enfin, Aengus s'arrêta sous une arche. À chaque extrémité du passage sous l'arche, une herse était partiellement levée, ce qui lui donnait l'apparence d'une bouche grande ouverte avec des dents de fer.

Tandis qu'Aengus sortait un passe-partout de sa poche, j'effleurai du bout des doigts le mur de pierre rugueuse.

— Pourquoi ai-je la sensation d'être une prisonnière, ici ? lui demandai-je.

— Parce que c'est ce que tu es. Si tu tentes de t'échapper, nous te couperons la tête avec une hache en fer.

— Sympa.

La porte s'ouvrit en grinçant sur un escalier sombre, éclairé par quelques bougies. Dans la cage d'escalier, l'air sentait le moisi. Des runes dorées scintillaient sur les murs, et même si je ne savais pas lire l'ancienne langue faé, quelque chose me disait qu'elles constituaient une sorte de protection magique. Personne ne devait pouvoir entrer dans la Tour ou en sortir sans être vu. Quoi qu'il en soit, c'était beau. Au milieu des runes, des chèvrefeuilles couraient sur les murs, et leurs lianes semblaient bouger et ondoyer comme des serpents géants.

Je suivis Aengus dans l'escalier tortueux, sur plusieurs étages.

Nous nous engageâmes enfin dans un couloir de pierre exigu. Une lueur argentée filtrait à travers les fenêtres.

— Attends…

J'avais besoin de me repérer. Je regardai par la fenêtre à ma gauche. De là, j'avais une vue sur l'intérieur de l'Institut. Une profusion de fleurs sauvages aux couleurs éclatantes mouchetait les hautes herbes en contrebas. Le panorama me confirma ce que j'avais imaginé de l'agencement des lieux : nous nous tenions à l'intérieur de l'un des murs d'enceinte en U qui entouraient le Tower Green, et au centre, se dressait un bâtiment pâle qui ressemblait à un château avec des tourelles pointues. Des fleurs magnifiques grimpaient sur ses murs en moellon. Je me dis que cela devait être la partie la plus ancienne de l'Institut.

— Allez, dit Aengus, viens.

— Juste une seconde.

J'allai me tenir à la fenêtre d'en face. De là, je pouvais voir la ville de Londres, qui s'étendait comme un océan de joyaux scintillants. Vingt-cinq ans plus tôt – à l'époque où les Quatre Cavaliers parcouraient la Terre –, tout cela n'aurait été que ténèbres. Apocalypse. Anarchie. Et maintenant, tout était redevenu comme avant – mais avec les effroyables chasseurs de magie en plus.

Un jour, j'avais lu que le Grand Incendie de 1666 avait entièrement détruit la majeure partie de Londres. Les architectes du XVIIe siècle avaient projeté de bâtir un nouveau monde, avec de larges avenues modernes et des routes droites bien plus pratiques. Pendant qu'ils se penchaient sur leurs plans, les habitants de Londres s'étaient mis au travail et avaient tout reconstruit à l'identique, s'en tenant aux rues tortueuses et serpentines, à leur tracé totalement absurde qu'ils avaient toujours connu. La même chose s'était produite après l'Anarchie. Tout était redevenu exactement comme avant l'Apocalypse des anges. Il y avait les mêmes bars, la même nourriture, la même technologie. Les mêmes marques et les mêmes boutiques.

— Je n'attendrai pas davantage.

Aengus avançait déjà de nouveau, et il se tenait devant l'une des portes, plus loin dans le couloir.

Je le rejoignis en soupirant. Quand j'arrivai à sa hauteur, il tournait une clé dans la serrure.

— Tu as l'intention de me dire quelle va être la suite des événements ? lui demandai-je. Quelle sera notre prochaine épreuve ?

— Je suis sûr que Melusine va te mettre au courant…

Était-ce une pointe d'ironie que je percevais dans sa voix ?

— … mais tu ferais mieux d'éteindre cette lampe frontale, si tu ne veux pas la réveiller.

Je n'allais pas lui faire le plaisir de lui demander ce qu'il voulait dire, mais j'éteignis quand même ma lampe. La porte s'ouvrit sur une pièce plongée dans l'obscurité, et il me fit signe d'entrer.

Je m'exécutai, et humai l'air. La pièce sentait un peu les fleurs, la mousse, et quelque chose comme la vase du lit d'une rivière.

La porte se referma en claquant derrière moi. La clarté de la lune filtrait à travers une étroite fenêtre et tombait sur une silhouette – celle de quelqu'un assis, droit comme un I, dans un lit. Je devinais des formes féminines et de longs cheveux.

Je laissai tomber mon sac de survie par terre.

— Oh… Une colocataire, dit-elle. Ils m'avaient dit que je n'aurais pas de camarade de chambre. Il faut croire qu'ils se sont trompés. L'entraînement commence demain matin. Ton tee-shirt est froissé… On t'a recrutée dans la rue, n'est-ce pas ? Je vois des vêtements froissés, et je me dis : *Elle ne s'est pas portée volontaire*. J'ai l'esprit de déduction. Je comprends. On t'a forcée à entrer en compétition ici. Tu es une rebelle. Une hors-la-loi. Une canaille. Je ne juge pas. Mais moi ? Je préfère respecter les règles. On peut y obéir et être quand même quelqu'un de sympa. Je me plais à croire que je suis une vraie blagueuse. Tu sais, une marrante, vraiment.

Par tous les dieux ! C'était donc *elle*, Melusine.

— Les autres se sont portés volontaires, comme moi, continua-t-elle, mais ce sont des hommes, grands et musclés. Ce n'est pas grave. C'est leur truc. Je vois des muscles, et je pense *force*. Ma force à moi, c'est la magie. Quand nous en serons aux épreuves qui nécessitent de la magie, je serai dans mon élément. Personnellement, je suis ici en raison de mon intelligence supérieure…

Ce fut à ce moment-là que je commençai à évaluer les probabilités pour qu'Aengus se laisse persuader de me donner une autre chambre. J'estimais que les chances qu'il se soucie de mon bien-être étaient très légèrement supérieures à celles d'une combustion spontanée pendant la nuit, mais inférieures à mes chances d'être tuée à coups de bec de manière aléatoire par les corbeaux de la Tour.

Je décidai de me contenter de rester où j'étais. De toute façon, Melusine me disait déjà des choses que j'avais probablement besoin de savoir. Des choses comme : nous étions censés connaître la magie. Cela allait poser un petit problème pour moi, étant donné que je n'y connaissais absolument rien.

— Ma mère *voulait* que je quitte Maremount, continua Melusine d'un ton détaché. Elle m'a dit : « Tu n'as jamais réussi à te trouver un mari convenable. » Ce n'est pas ma faute si aucun des hommes ne s'est rendu compte que je ferais une excellente épouse. Je sais faire quatre sortes de pain différentes. Du pain de maïs, du pain d'avoine…

Je m'éclaircis la gorge.

— Nous sommes en pleine nuit. Comment se fait-il que tu sois assise dans ton lit ?

— … du pain de maïs et d'avoine, et aussi une autre sorte de pain de maïs avec un peu plus d'œufs. Tu m'as posé une question ?

— Comment se fait-il que tu sois réveillée ?

— J'ai appris à contrôler mes cycles de sommeil. Je peux obtenir l'équivalent de douze heures de sommeil en une heure. Je n'aime pas perdre de temps. Comme le dit le vieil adage, même les faés doivent mourir un jour ou l'autre, alors il ne faut jamais dormir.

— Ce n'est pas un… Non, laisse tomber. Je vais somnoler par terre, nous pourrons poursuivre cette conversation demain.

— Par terre. Intéressant. Je te vois dormir sur le sol, je vois un sac à dos dont tu n'as pas besoin – probablement plein de choses dont tu n'arrives pas à te séparer –, et je pense « histoire traumatique ». Tu es prête à t'enfuir à tout moment. Tu gardes toutes tes affaires avec toi. Tu t'attaches plus aux choses qu'aux gens dans la mesure du possible, tu gardes tes affaires à portée de main, et tu t'attends au pire. J'ai l'esprit de déduction.

Que les dieux me viennent en aide !

Je ne voyais pas grand-chose dans l'obscurité, à part les contours sombres de lits jumeaux et d'une commode contre le mur.

Je retirai mes bottes et avançai à tâtons jusqu'à l'un des coins les plus sombres de la chambre. Je me pelotonnai sur le sol, et m'aperçus qu'il était recouvert d'un épais tapis moelleux, tout doux contre ma joue. Il sentait la terre, le foyer accueillant.

Melusine chantait encore les louanges de ses facultés intellectuelles quand je laissai mes yeux se fermer. Des images se bousculaient dans ma tête – de Ciara, attachée à une chaise, bâillonnée.

Malgré les horreurs qui occupaient mes pensées, j'arrivai à m'endormir, bercée par le monologue de Melusine.

* * *

Quand je me réveillai, la pièce était inondée de lumière, et j'avais un vague souvenir de Melusine en train d'essayer de me tirer du sommeil. Je ne me rappelais pas exactement ce qu'elle m'avait dit, mais c'était probablement quelque chose comme : « C'est le matin ! Je me lève toujours de bonne heure, moi, parce que c'est le meilleur moment pour avoir un excellent sens de l'humour et préparer quatre sortes de pain différentes. »

En temps normal, j'avais le sommeil léger, mais le sort que Ruadan m'avait collé me sapait encore mon énergie. Je m'assis, me frottai les yeux, et vis enfin clairement à quoi ressemblait mon environnement.

En fait, je n'avais pas du tout dormi sur un tapis. Une mousse épaisse et luxuriante couvrait le sol, et du chèvrefeuille grimpait sur les murs de pierre. Des fleurs sauvages poussaient au plafond – des jacinthes des bois, des oxalis jaunes et des orchidées lavande. Les lits semblaient avoir été sculptés dans les troncs d'énormes chênes, et des branches en sortaient, çà et là.

Les faés avaient *vraiment* pris le pouvoir ici, depuis l'Apocalypse.

Je me levai, toujours vêtue de mes vêtements froissés de la veille, et avançai à pas feutrés sur le terrain moussu, jusqu'à une arche qui donnait sur une autre pièce.

Je découvris une salle de bains telle que je n'en avais jamais vu. Une baignoire en pierre sortait du sol comme un élément qui aurait toujours été là, et dedans bouillonnait de l'eau de source chaude. Elle était entourée de fougères, et une lumière nacrée entrait à flots par la fenêtre. De prodigieux bois de cerf noueux sortaient du plafond, et un filet d'eau s'écoulait dans un lavabo en pierre.

Mais surtout, dans cette salle de bains, personne ne viendrait me parler des joies de l'ensevelissement des bourses. Je rêvais de prendre un bon bain chaud dans le calme de ce lieu, mais je savais que j'étais déjà en retard pour ce que j'étais censée faire ce matin-là, quoi que cela puisse être. Apprendre la magie, peut-être.

Je retournai dans la chambre et regardai à travers une fenêtre à petits carreaux séparés par des croisillons de plomb, qui donnait sur le Tower Green. La lumière du matin tombait sur une cheminée, des meubles sculptés dans du bois, et des appliques qui semblaient sortir des murs.

Avec tout ce bois et toutes les bougies, on ne pouvait qu'espérer que certaines des runes scintillantes aux murs servaient à contrôler les risques d'incendie.

Comme je promenais mon regard sur la chambre, je remarquai un petit mot manuscrit sur mon lit.

J'ai essayé de te réveiller. Viens dans le Grand Hall. Tour de la Cailleach.

Ouais ! J'étais bel et bien en retard. Cela ne commençait pas très bien. J'étais négligée, j'avais été capturée dans la rue : j'étais décidément bien partie pour atteindre l'un des objectifs de Baleros, et amener l'ennemi à me sous-estimer.

8

Mon estomac se mit à gargouiller alors que j'attachais mes cheveux lavande en un chignon souple. J'espérais seulement qu'ils allaient nous nourrir, ici. En attendant, je décidai de me régaler d'une sucette au raisin prise dans mon sac de survie.

Je me hâtai de sortir dans le couloir et clignai des yeux, éblouie par la lumière vive qui entrait à flots à travers les fenêtres aux carreaux en losanges. À en juger par l'inclinaison des rayons, il était déjà 7 heures passées.

Avec mon sac à dos sur l'épaule, je descendis l'escalier en courant, puis je franchis la porte qui donnait sur le Tower Green plein de fleurs.

Laquelle des tours était celle de la Cailleach ? Ce n'était pas comme si l'on m'avait donné un plan des lieux, et il y avait des tours partout. J'étais presque sûre que Cailleach était un nom faé, mais je n'avais jamais vraiment appris la langue ancienne.

Je promenai mon regard sur les édifices qui se dressaient devant moi, me référant à ma propre carte mentale du lieu. Je me représentais bien les deux murs en pierre de l'Institut, longés d'un côté par le fleuve.

Mais des dizaines de tours s'en élevaient ; la Tour de la Cailleach pouvait être n'importe laquelle d'entre elles.

Je n'avais pas de plan, mais j'avais la chance d'avoir un odorat très développé – encore plus que la plupart des faés de sang pur. Je humai l'air. Parmi les parfums de fleurs, je décelai un effluve de vase, et me dis que c'était le parfum de Melusine.

Je suivis sa trace à travers les jacinthes. L'odeur me conduisit jusqu'au plus grand bâtiment – le château blanc à l'intérieur des murs d'enceinte de la forteresse.

Quand j'atteignis la gigantesque porte de bois à la base de l'édifice, je poussai dessus de toutes mes forces. Elle s'ouvrit en gémissant sur un tapis de mousse d'un vert éclatant, qui couvrait tout le sol d'un long couloir. Je le remontai jusqu'à ce que j'arrive dans ce que je croyais être le Grand Hall.

Là, il y avait du parquet, et des poutres grossièrement équarries soutenaient le toit. Une longue table de banquet s'étendait dans le hall, et cinq autres novices étaient assis autour. Une bonne odeur de nourriture riche flottait dans la pièce, et mon estomac gargouilla de plus belle. Tous me regardèrent tandis que je me dirigeais vers la table.

Ce fut à ce moment-là que je regrettai d'avoir pris une sucette, et je la retirai de ma bouche, certaine d'avoir des taches violet vif sur les lèvres.

La lumière filtrait à travers les hautes fenêtres sur le meuble chargé de victuailles. Une bonne odeur de pudding sortant du four emplissait l'air, et j'en eus l'eau à la bouche.

Il ne me fallut pas longtemps pour deviner qui était Melusine, étant donné qu'elle était la seule autre femme de l'assemblée. Pendant la nuit, je n'avais aperçu que sa silhouette. À la lumière du jour, je vis qu'elle avait de longs cheveux bleus, qui tombaient en cascade sur sa peau d'une riche couleur cuivrée. Elle était assise un peu à l'écart, quelques chaises libres la séparant des hommes.

Les quatre autres novices étaient donc des faés mâles, et ils me regardaient tous avec un mélange de désir et de haine. Je portais encore ma mini-jupe froissée de la veille. Contrairement à ce qu'Aengus m'avait promis, l'Institut ne m'avait *pas* fourni tout ce dont j'avais besoin. De plus, j'étais à peu près sûre d'empester le Jack Daniel's.

Les quatre faés mâles semblaient être de sang pur, avec leurs oreilles pointues et leurs canines effilées – qu'ils me montraient déjà. Évidemment. La plupart des individus masculins des royaumes des faés considéraient les femmes comme des servantes, et si l'on ne faisait pas partie de l'une des classes nobles, on était ni plus ni moins qu'une esclave sexuelle.

Et pourtant…

Quatorzième loi du pouvoir de Baleros : tissez des liens avec des alliés inattendus.

Je ne pensais pas qu'un seul de ces faés mâles aurait envie de s'allier à moi pour le moment – principalement parce qu'ils me montraient tous leurs canines –, mais je décidai de prendre quand même le contrôle de la situation.

— Je m'appelle Arianna. Je suis une novice aussi.

L'un des mâles avait des cheveux orange couronnés de feuilles de chêne. Il avait épinglé à son habit noir une broche en or en forme de faux. J'imaginais qu'il s'agissait de l'emblème de sa famille. Il hocha la tête presque imperceptiblement.

— Maddan, Fendeur d'Ennemis, fils du roi Locrinus de la Maison de la Faucille d'Or.

Il était donc prince.

Un autre, qui avait la peau bleutée et des cheveux verts ondulés entremêlés d'algues, se présenta ainsi :

— Fintan, Massacreur des Faibles, fils d'Og, Maison d'Allod.

Je connaissais les membres de son espèce : ils vivaient dans l'océan et dévoraient les humains, laissant seulement leur foie, pour une raison étrange. Apparemment, cet organe particulier était impur.

Un autre avait une longue crinière de jais lissée en arrière, et des tatouages noirs serpentaient sur sa peau pâle. Intérieurement, je le surnommai *le Faé Gothique.*

Il plissa ses yeux noirs.

— Bran, Pourfendeur d'Ennemis, fils de Deurbel, Maison de…

Il fut interrompu par un grognement sonore du quatrième faé, qui enfonçait maintenant ses griffes dans la table. Il était énorme, avait des cheveux marron hirsutes, un plastron de cuirasse en argent, et un casque en métal qui imitait une tête de chien. Il portait une tunique de fourrure noire. Quelque chose me disait que c'était un Barghest, un faé féroce capable de se transformer en un monstrueux chien noir.

Son casque métallique lui tombait presque de la tête tant il était en fureur, et ses yeux ardents étaient rivés sur moi. Je ne savais pas s'il me détestait parce que j'étais une femme, parce que j'étais une faé des rues, ou s'il réservait à tout le monde ce genre d'accueil.

Très bien. Je ne me souciais pas franchement de savoir qui était son père, et je me contenterais de l'appeler *le Clebs*.

Le grognement du Barghest se tut, et le silence se fit dans la salle.

Maddan – le prince – huma l'air et eut une moue dédaigneuse.

— Tu n'es pas une noble Mor, sinon, j'aurais entendu parler de toi. Pas étonnant que ça sente la faé des rues, ici ! Et une femelle, en plus... Les chevaliers doivent être aux abois.

— Une faé des rues, répéta Bran, humant l'air, à son tour.

Pas très créatif, celui-là...

— Tu sens le whisky à plein nez.

J'inclinai légèrement la tête sur le côté.

— Tu dis ça comme si ce n'était pas une bonne chose !

Le Barghest grogna.

— Dans mon royaume, les femelles des rues sont des putains. Je les utilise. Quand j'en ai fini avec elles, elles mendient une ou deux pièces, et je leur serre le cou jusqu'à ce qu'elles se taisent.

Changement de programme. À aucun moment je n'allais former une alliance avec l'un de ces cons. D'ailleurs, j'allais même tuer le Clebs. D'une manière ou d'une autre, au cours de nos épreuves, je lui passerais une lame au travers de la poitrine.

— Je suis d'accord, dit le Monstre Marin en me regardant, les yeux plissés. Là d'où je viens, on se sert des femmes comme ça pour s'amuser, et ensuite on les jette.

— Là d'où tu viens ? fis-je, croisant les bras. Du filet d'un chalutier, tu veux dire ?

— Autrefois, intervint Maddan, pianotant du bout des doigts sur la table, seuls les mâles nobles étaient acceptés dans les Instituts. Aujourd'hui, ils ouvrent leurs portes à n'importe quelle pute des rues. Cela suffirait presque à me faire revenir sur ma décision de me rendre ici.

Si les mâles nobles comme lui venaient là, ce n'était que pour une seule raison, et ce n'était certainement pas par choix.

— Mais tu n'as pas d'autre solution, n'est-ce pas ? Ton frère aîné va hériter du titre de ton père, et toi, tu n'as vraiment pas de bol.

Je me penchai par-dessus la table et le regardai droit dans les yeux.

— Alors maintenant, demande-toi pourquoi les chevaliers permettent à une femelle des rues hors-la-loi de se rendre ici… et une femelle qui n'est qu'à moitié faé, en plus. Avec un passé aussi louche que le mien. Pourquoi rompre avec la tradition, comme ça ?

Peut-être, *peut-être* que c'est parce qu'ils savent que je suis exceptionnellement douée pour tuer…

J'indiquai Melusine d'un signe de tête.

— Et peut-être que Melusine a des compétences bien à elle. Tu n'as plus qu'à espérer avoir l'occasion de rentrer chez toi en rampant, déshonoré, mais je pense que tes chances de survie sont minces.

Les quatre faés mâles montrèrent de nouveau les canines, et tandis qu'ils se livraient à cette démonstration ridicule, je réfléchis au moyen de les tuer tous les quatre au cours des trente secondes suivantes. Le Barghest y passerait en premier – je lui planterais son propre couteau dans la gorge. Quant au Monstre Marin, je lui donnerais un coup de pied dans la tête avant de lui lancer son couteau dans la poitrine. À ce moment-là, les deux autres auraient eu le temps de réagir. Bran se prendrait un tesson d'assiette en céramique dans le cou, et Maddan… Eh bien, je lui donnerais des coups de pied jusqu'à ce qu'il soit à moitié mort sur le plancher.

Je croisai les bras, souriant à cette idée.

— Bon ! En tout cas, ravie de vous avoir rencontrés, tous les quatre. Je ferais mieux de manger quelque chose avant d'être de mauvaise humeur.

Je me dirigeai vers Melusine, qui avait ignoré tout l'échange. Étant donné qu'elle avait choisi de s'asseoir un peu plus loin, laissant quelques chaises libres entre elle et les hommes, je commençai à croire à l'intelligence supérieure dont elle prétendait être dotée. Il valait mieux éviter complètement ces connards.

Elle portait maintenant toute son attention sur sa nourriture, qu'elle découpait et mangeait avec une efficacité remarquable. Si je devais me faire des alliés ici, elle semblait le choix le plus raisonnable pour commencer. Je posai mon sac à dos par terre et tirai une chaise en face d'elle, les bonnes odeurs de nourriture me faisant une fois de plus venir l'eau à la bouche.

De toutes les créatures surnaturelles, les faés en particulier étaient connus pour leur cuisine. J'avais sous les yeux une assiette chargée de fraises, du pudding, et des pommes arrosées de miel.

En fin de compte, être novice au sein des Faés de l'Ombre n'était peut-être pas la pire chose du monde.

Melusine gardait les yeux rivés sur son assiette tandis qu'elle mangeait.

— On va nous associer, ce matin.

— Nous associer ? répétai-je.

— Oui. Nous allons découvrir quel chevalier va nous entraîner. Ils sont tous hautement qualifiés. Évidemment, je n'aimerais pas être confiée à Ruadan.

Le pudding au bon goût de beurre fondait dans la bouche.

— Et pourquoi donc ?

— Il ne parle pas, ce qui doit rendre l'entraînement avec lui difficile, et j'ai entendu dire qu'il avait tué ses deux derniers novices. Il leur a brisé la nuque, et ensuite, il leur a coupé la tête avec une lame en fer.

Mon estomac se serra. Les choses n'allaient pas en s'arrangeant. *Tiens bon, Ciara !*

9

Je clignai des yeux, surprise.

— Il ne parle pas et il tue ses novices, murmurai-je. Ce sont en effet de bonnes raisons de l'éviter.

Melusine coupa une fraise en deux.

— Je te l'avais dit : j'ai une intelligence supérieure.

— Tu sais pourquoi Ruadan ne parle pas ?

— Il paraît qu'il a fait vœu de silence. Il ne dira mot avant d'avoir assassiné… quelqu'un. Je crois que c'est vraiment son truc, de tuer.

— Tu ignores de qui il s'agit ?

Elle inclina la tête sur le côté.

— Tu as entendu les rumeurs selon lesquelles deux des Cavaliers de l'Apocalypse seraient encore en vie ? Dans des royaumes magiques. Mort et Conquête. Je crois que Ruadan veut les tuer, eux et leur descendance. Enfin, tout le monde est au courant que les anges n'ont pas leur place sur terre, et ce sont eux qui ont causé tout ça, toutes les guerres, la mort.

— Oh…

Il y eut un silence.

— Il ne me semble pas t'avoir déjà dit mon prénom. Je m'appelle Arianna.

— Et moi, Melusine. Je ne suis pas douée avec les gens.

— Moi non plus.

Je me penchai vers elle et chuchotai :

— Puisque tu sais apparemment plein de trucs, que peux-tu me dire d'autre au sujet des Faés de l'Ombre ?

— Il y a des Instituts des Faés de l'Ombre dans le monde entier, mais celui-ci est le plus ancien.

Melusine planta sa fourchette dans deux morceaux de fraise.

— Le Grand Maître de l'Institut de Londres est incroyablement puissant. D'ailleurs, il contrôle le brouillard. Il a une armée tout entière qu'il peut appeler et faire sortir du brouillard, même si je ne l'ai jamais vue. Elle est à son service depuis qu'il a tué le Grand Maître précédent. Elle leur est transmise, comme un héritage.

— Une armée de brume… C'est assez inquiétant.

— Tous les Faés de l'Ombre ont une liste de cibles à éliminer.

— Tu sais qui figure sur cette liste ? À part les Cavaliers de l'Apocalypse et les anges ?

— Non. Je suppose que nos mentors nous le diront.

Elle regarda mon assiette et fronça les sourcils.

— Tu as moins de fraises que n'importe qui d'autre.

Elle planta sa fourchette dans l'une de ses fraises et la posa dans mon assiette, puis elle se remit à découper ses fruits en morceaux.

Je commençai à trouver Melusine étrangement attachante.

— Alors, à propos de l'association à un mentor dont tu parlais, comment allons-nous… ?

Je fus interrompue par des claquements de talons sur le sol et, quand je me retournai, je vis un faé mâle entrer dans la pièce d'un air digne. En voyant la brume qui s'enroulait en volutes autour de son corps, je sus que c'était le Grand Maître. Ses cheveux blancs étaient attachés en arrière, et une couronne en argent brillait sur sa tête. Ses vêtements étaient nets et soignés, et il avait un carquois attaché dans le dos. Je me demandais comment il faisait pour manier cet arc, car il lui manquait un bras – qui avait été remplacé par une prothèse en argent.

Une pâle lumière émanait de son corps, et je sentais la puissance qu'il dégageait se propager dans la pièce. Une broche en argent en forme de cheval était épinglée à sa cape. Cependant, le plus déconcertant, c'était qu'il avait dans sa main valide ce qui semblait être un crâne humain – du moins, je pensais qu'il était humain. Une sorte de coupe, ornée de fioritures en argent, avait été façonnée dans ce crâne, et de la brume s'enroulait autour. Le Grand Maître but une gorgée de ce qu'elle contenait tout en avançant à grands pas.

J'avais soudain perdu tout intérêt pour la nourriture.

Il leva sa coupe.

— Novices des Faés de l'Ombre ! Je suis le Grand Maître Savus. Vous vous êtes portés volontaires dans l'espoir d'avoir l'honneur de rejoindre nos rangs.

Ses yeux pâles se posèrent sur moi.

— *La plupart d'entre vous* se sont portés volontaires. Il y en a, en dehors de ces murs, qui nous appellent les chasseurs de magie ; mais nous ne considérons pas que notre rôle est de tuer. Nous considérons qu'il est de protéger et de sacrifier. Les Faés de l'Ombre servent les Dieux Anciens. Des dieux qui puisent leur force dans les sacrifices. Nous leur avons toujours fourni du sang frais. De la même manière, nous avons toujours protégé les faés contre les ennemis démoniaques, et nous continuerons à présent à faire respecter la loi et à maintenir l'ordre public en terrassant les monstres qui n'ont plus leur place ici.

À ce moment-là, les six Chevaliers des Faés de l'Ombre entrèrent dans la pièce à grandes enjambées, portant tous des capes de couleurs différentes. Celle d'Aengus était verte, celle de Ruadan noire, et les capes des autres étaient d'éclatantes couleurs de la nature, comme celle des feuilles jaunissantes ou le bleu pâle d'un lac sous le ciel. Comme la plupart des membres de la haute noblesse faé, les six chevaliers étaient beaux.

À la lumière du jour, je voyais mieux les traits de Ruadan. Les rayons du soleil tombaient sur ses traits finement ciselés et sur sa sublime peau dorée. De la magie noire – une magie démoniaque – flottait dans l'air autour de lui. Il n'était pas seulement faé. C'était un bâtard, comme moi. Il devait être en partie démon. Quoi qu'il puisse être, une puissance ténébreuse émanait de lui. Même de loin, je la sentais qui serpentait sur ma peau comme une dangereuse caresse.

La lueur froide d'éclats argentés brillait dans ses yeux violets, et quand son regard se posa sur moi, je fus parcourue d'un frisson.

— Ici, à l'Institut, poursuivit Savus, certains d'entre vous mourront au cours des épreuves. En fait, un seul d'entre vous obtiendra une place parmi nous en tant que chevalier. Les autres seront renvoyés d'où ils viennent…

Il me regarda.

— … ou seront exécutés, naturellement.

Quelqu'un me donna une petite tape sur l'épaule, et je sursautai. Maddan – ce con – était venu s'asseoir sur la chaise à côté de la mienne.

— Ils te tueront quand tu les auras déçus, chuchota-t-il.

Je me mordis la lèvre. Apparemment, en plus de chercher la Clé des Mondes, j'allais en fait devoir prendre les épreuves au sérieux ; sinon, ils m'exécuteraient.

Heureusement que j'avais l'habitude de survivre aux épreuves !

— Si vous subsistez bel et bien et que vous devenez l'un des nôtres, continuait Savus, vous vous perfectionnerez dans les traditions des Faés de l'Ombre. Vous apprendrez les arts de la guerre, de la magie et de l'espionnage. Vous apprendrez à puiser du pouvoir dans la Terre.

Oh, par pitié, faites que cela n'implique pas d'enfouissement de bourses !

Je jetai un coup d'œil aux quatre novices mâles qui bombaient le torse. Ils étaient ravis. Prêts à *tout* pour devenir des chevaliers.

— La relation entre un novice et son mentor est divine, continua le Grand Maître. Pour les Faés de l'Ombre, elle porte le nom d'*anathra*, lien sacré entre un enseignant et un élève.

Je sentis ma gorge se serrer. Baleros avait été un Chevalier des Faés de l'Ombre, et dans l'arène, il avait été mon professeur. Étant donné qu'il m'avait mise dans une cage, je n'étais pas sûre qu'il considérait le lien qui nous unissait comme sacré, mais ce qui était sûr, c'était que cet enfoiré m'obnubilait. Le bras en argent de Savus brillait dans la lumière du matin.

— Les novices et leurs mentors feront tout ensemble : s'entraîner, manger, dormir. Vous irez peut-être ensemble dans d'autres royaumes pour apprendre l'art du combat.

Ces mots me firent dresser l'oreille. *Dans d'autres royaumes*... Était-ce là ce qu'ouvrait la Clé des Mondes ?

C'était exactement le genre de connerie à laquelle je m'attendais venant de Baleros, qui était assoiffé de pouvoir. Il avait prospéré au cours des années anarchiques qui avaient suivi l'Apocalypse. Il avait tout intérêt à déclencher de nouveau le chaos, et le meilleur moyen d'y parvenir était d'ouvrir les royaumes magiques. Les démons de l'Ombre, les démons du Feu, les démons de la Tempête, les faés… tous envahiraient une fois de plus le monde et se battraient pour obtenir le pouvoir. Et Baleros savait tirer profit du chaos.

Savus leva le crâne.

— Vos épreuves commenceront demain. Vos mentors vont vous entraîner, et avec un peu de chance, vous survivrez à la première épreuve.

Il sourit.

— Et maintenant, un précepteur va vous être attribué, et vous formerez le lien de l'*anathra*. Vous devez comprendre que nous ne choisissons pas ces associations. Les Dieux Anciens les déterminent pour nous.

Je regardai les différents mentors. Ils se tenaient très droits. Pendant une fraction de seconde, Aengus m'adressa un demi-sourire. S'il n'y avait pas eu Ruadan et la Clé des Mondes, j'aurais espéré lui être associée.

Tandis que j'observais les chevaliers, une magie argentée serpenta autour des recrues. Elle effleura ma peau, me faisant frissonner et dresser les poils sur ma nuque. Ce pouvoir semblait immense. Il sentait la forêt faé des temps anciens – les chênes, la mousse, le lichen ainsi que la terre riche et fertile – mais aussi des choses plus sombres, comme les os et le sang. Je fermai les paupières et inspirai profondément. Je me sentais chez moi.

En face de moi, Melusine glapit, et je les rouvris brusquement. Elle se tenait le bras et le fixait, les yeux écarquillés. Puis, affichant un sourire rayonnant, elle leva le regard et lut :

— Aengus !

Ses yeux verts pétillants, Aengus se dirigea vers elle, et il quitta la pièce avec elle.

Je promenai mon regard sur les autres chevaliers, et ma respiration s'accéléra. La magie de Ruadan tourbillonnait autour de lui, obscurcissant sa silhouette et la rendant indistincte. Même si je devais lui prendre la Clé des Mondes, je n'avais *vraiment* pas envie de passer davantage de temps avec lui.

Je jetai un coup d'œil aux autres recrues, et Maddan se pencha encore vers moi.

— Tu ferais mieux de prier pour ne pas être avec le Spectre. Il massacre ses novices.

Pour toute réponse, je montrai les dents. Ils me considéraient déjà tous comme une faé des rues, alors je ne voyais pas l'intérêt de rester digne devant eux. Ces connards n'avaient qu'à me sous-estimer !

De toute façon, il fallait *absolument* que je sois associée au Spectre, même s'il avait une tendance fâcheuse à tuer ses novices. Il avait exactement ce que je voulais.

Bran – le Gothique – se redressa, retroussa sa manche et lut le nom *Eifion*.

Un chevalier qui portait une cape pourpre baissa son capuchon. Des feuilles d'olivier couronnaient ses cheveux noirs. Il se dirigea solennellement vers Bran.

Tous deux s'éloignèrent, leurs pas résonnant dans le hall haut de plafond.

J'inspirai profondément, et une vive douleur me brûla soudain l'avant-bras – semblable à celle de la magie qui m'avait marqué la nuque. Il y eut une odeur de chair brûlée. Le cœur martelant la poitrine, je retroussai ma manche. Ce que je découvris me terrifia et m'enchanta à la fois.

Là, tatoué en noir sur mon avant-bras, se trouvait le nom *Ruadan*.

Je levai les yeux vers lui.

Cependant, au lieu de s'avancer vers moi comme les autres l'avaient fait avec leur novice, il me lança un regard trahissant un profond dégoût, puis il tourna les talons et quitta la pièce à grandes enjambées, sa magie ténébreuse traînant derrière lui.

Dans l'intérêt de Ciara, il fallait que je sois associée à lui, mais ma poitrine se serra quand même.

Les autres novices ricanaient derrière moi.

— Comme c'est étonnant ! dit Maddan. Même ton mentor ne veut pas entendre parler de toi.

10

Avant de me mettre à la recherche de Ruadan, j'avais regagné la belle chambre que j'avais partagée avec Melusine pour y prendre un bon bain chaud. Maintenant, j'avais envie de rester dans l'eau chaude et bouillonnante pour toujours. Ici, cela sentait bon les fleurs sauvages et la mousse.

Quand je me laissai glisser plus profondément dans l'eau, une vision s'imposa à moi – le palais de mes rêves, avec la rivière et une agréable odeur de pomme. Je me sentais en sécurité, là.

La vapeur montait en volutes autour de moi.

Hélas, j'étais censée quitter cette chambre ravissante. Les Dieux Anciens avaient décidé que je devais dormir dans la même chambre qu'un assassin muet et taciturne qui tuait ses novices ; qui étais-je pour contester les décisions des dieux ?

Je me séchai, promenant mon regard sur les cicatrices qui marquaient mes bras et mon ventre. Ma poitrine, aussi. En fait, ma peau était dans un sale état, mais j'en étais fière. Chaque centimètre de chair dentelée ou boursouflée était la preuve de ma capacité à survivre. J'avais une cicatrice courbe sous le nombril, à l'endroit où un vampire m'avait donné un coup d'épée. Un creux profond à côté de la clavicule, où un chien des enfers m'avait transpercée d'un coup de lance. Mes bras étaient couverts de stries et de sillons dus à une centaine de combats à l'épée. Enfin et surtout, j'avais une trace profonde à l'intérieur du poignet droit, à l'endroit où Baleros m'avait marquée de son symbole. Dès que je m'étais échappée de l'arène, j'avais retiré sa marque.

Si j'avais été humaine, bon nombre des coups ayant causé ces blessures m'auraient tuée.

Je m'enroulai dans la serviette, et regardai mon visage dans le miroir embué. Le bain chaud avait rosi mes joues, et mes cils mouillés formaient de longues pointes noires. Mes yeux couleur d'ambre brillaient dans la lumière du matin.

Au moins, mes adversaires gladiateurs ne m'avaient pas balafrée.

Je savais qu'une femme n'était jamais censée avouer qu'elle se trouvait belle. C'était un péché mortel. Tout le monde déteste les femmes qui se trouvent jolies, et elles sont particulièrement vilipendées si elles ont des défauts et qu'elles ont quand même le cran de se sentir splendides. Des cicatrices, pas la bonne morphologie, pas les bons cheveux – peu importe. Elles sont censées se sentir mal. Je gardais donc pour moi mon opinion sur la question : j'étais couverte de cicatrices, j'étais belle, et je n'avais pas besoin de savoir ce que qui que ce soit d'autre en pensait.

Huitième loi du pouvoir de Baleros : cachez vos véritables intentions.

Étant donné que je n'avais rien d'autre à me mettre pour le moment, j'avais lavé mes vêtements dans la baignoire, puis je les avais pendus à la fenêtre pour les faire sécher au soleil, mais ils étaient encore humides quand je les enfilai. Le tissu me collait à la peau.

Je traversai une dernière fois la chambre moussue, appréhendant déjà de devoir partir à la recherche de Ruadan. Tout en me dirigeant vers la porte, je mis mon sac de survie sur mon épaule. Ruadan avait pris tous mes couteaux, alors s'il essayait de m'assassiner dans mon sommeil, j'aurais un *léger* désavantage ; mais il m'avait laissé mon briquet et mon déodorant en aérosol. Les lance-flammes improvisés ne faisaient sans doute pas partie des anciennes traditions faés.

Comme je descendais l'escalier d'un pas rapide, je me demandai qui était la taupe de Baleros au sein de l'Institut, et pourquoi il n'avait pas demandé à cette personne de voler la Clé des Mondes. Pourquoi avait-il besoin de moi pour la dérober ?

Je sortis à l'air libre. Dans le Tower Green luxuriant couvert de fleurs sauvages, je respirai l'air. Le parfum des jacinthes des bois, des orchidées et de l'herbe fraîche me submergea. Toutefois, en dessous de ce parfum, je décelai une odeur de pin. Le parfum de Ruadan. Je pris sa direction, sentant déjà mon cœur s'emballer à la perspective de revoir le Spectre. Je suivis sa trace à travers le Tower Green, et son odeur se fit plus puissante à mesure que j'avançais. La lumière du soleil me réchauffait la peau.

Enfin, l'effluve des pins me conduisit jusqu'à une tour circulaire avec d'étroites meurtrières et, tout en haut, des fenêtres aux carreaux en losanges. Elle se dressait à proximité d'une porte de pierre basse qui donnait sur le fleuve. J'étais à peu près sûre que, très longtemps auparavant, des monarques avaient fait passer des traîtres par là, de la Tamise à la Tour. Une fois qu'ils eurent franchi le portail, ils ne goûtèrent plus jamais à la liberté.

À l'heure qu'il était, j'éprouvais un vif élan de compassion pour ces pauvres diables.

Je contournai la base de la tour, jusqu'à ce que je tombe sur une porte noire cloutée, qui s'ouvrait sur une cage d'escalier austère.

Tout en montant les marches de l'escalier en colimaçon, je passai en revue ma mission. Je devais rester concentrée sur la Clé des Mondes, sans jamais dévoiler mes véritables intentions. Il fallait absolument que Ruadan baisse sa garde en ma présence, ce qui, pour le moment, me paraissait pratiquement inconcevable.

Comment allais-je bien pouvoir faire pour gagner la confiance d'un assassin démoniaque, tellement déterminé à massacrer ses ennemis qu'il ne parlerait pas avant d'avoir atteint son but ?

Mes pas résonnaient entre les murs de pierre de la tour.

Dixième loi du pouvoir de Baleros : faites en sorte d'avoir toujours trois longueurs d'avance.

Quelle serait ma stratégie de repli une fois que j'aurais volé la Clé des Mondes au Spectre ?

Je n'en avais pas. Même si j'arrivais à tuer Ruadan avant de sortir de là, ce qui serait en soi une tâche ardue, je me retrouverais alors avec tous les Faés de l'Ombre à mes trousses, et ils me pourchasseraient jusqu'aux confins de la Terre, pour m'infliger une mort atroce.

Je regrettais maintenant de n'avoir jamais appris l'ancien art faé du morphing. Toutefois, cela n'aurait peut-être pas suffi à me protéger des Faés de l'Ombre si j'avais été une fugitive. La gorge serrée, je suivis l'odeur virile de Ruadan dans un long couloir voûté. Peut-être pourrais-je voler la Clé des Mondes sans que personne sache que c'était moi qui avais fait le coup.

Et si je parvenais à trouver un moyen de faire porter le chapeau au prince ? Faire d'une pierre, deux coups !

Onzième loi du pouvoir de Baleros : servez-vous de la destruction de vos ennemis pour atteindre vos propres buts.

Enfin, l'odeur des pins me conduisit jusqu'à une porte au bout du couloir. Je pris une profonde inspiration, puis je frappai. Au bout d'un moment, Ruadan vint ouvrir. Il me regarda d'un air furieux, ses yeux lançant des éclairs argentés.

Pour la première fois, je le voyais sans sa cape. Il avait des couteaux attachés à la taille, et une épée dans le dos. Son tee-shirt moulait son corps, qui semblait sillonné de muscles puissants. J'aperçus quelques cicatrices sur la peau exposée de ses poignets. Tout en lui était guerrier, et j'avais le sentiment qu'il était très vieux. Je me demandais combien de combats il avait menés au fil des siècles, combien de vies il avait prises. C'était difficile de ne pas se sentir petite et vulnérable face à lui – une sensation à laquelle je n'étais pas du tout habituée.

Son regard était glacial, et la lueur cruelle qui y brillait me transperça jusqu'à l'os. Il n'y avait rien d'étonnant à ce que les Faés de l'Ombre terrifient tout le monde !

J'expirai lentement, m'efforçant d'ignorer l'instinct qui me disait de m'enfuir en courant, le plus vite possible.

— Il semble que nous ayons été associés. Je vois à ton expression que tu t'en réjouis autant que moi.

Son regard me clouait sur place, et je m'adjurai intérieurement de respirer plus lentement. J'essayai d'imaginer les battements frénétiques de mon cœur de s'espacer. Il fallait que je reprenne le contrôle.

Il ouvrit un peu plus grand la porte, et j'entrai dans la pièce. La chambre de Ruadan était plus sobre que celle dans laquelle j'avais passé la nuit. Elle correspondait parfaitement à sa personnalité exubérante.

Ici, il n'y avait pas de mousse sur le sol de pierre grise et brute. Aucune fleur ne poussait. Des éclats de roche d'un noir de jais scintillaient dans les murs de pierre. Son lit semblait surgir de la terre elle-même, comme si les vieilles dalles l'avaient fait apparaître spécialement pour lui. De la même manière, une petite table en pierre et les sièges qui l'entouraient semblaient être sortis du sol.

Les faés avaient profondément transformé ce lieu avec leur magie. En réalité, c'était plus beau que tout ce qu'il m'avait été donné de voir jusque-là. Même ce décor sinistre.

Une commode était placée contre l'un des murs, et sur celui d'en face était accroché l'arsenal de Ruadan :

des haches, des épées, des arbalètes, des couteaux... Ruadan avait là environ quarante-sept moyens différents de tuer des gens.

J'émis un sifflement bas.

— Eh bien, Ruadan, j'adore ta déco ! C'est ravissant et très pittoresque.

Il se contenta de me regarder fixement. Un vent venu de nulle part souffla doucement sur la pièce, agitant une mèche de ses cheveux blond pâle. Je sentis une impulsion de sa magie noire passer sur moi, courir sur ma peau comme un frisson glacial et électrique. Je me cambrai sous l'effet de cette énergie brute, le cœur martelant la poitrine. Cette fois encore, je m'efforçai de me calmer, de respirer plus lentement, et il me fallut un moment pour me ressaisir.

Je montrai le lit du doigt.

— Je vois qu'il n'y a qu'un seul lit.

Il se tenait très raide. Quand je l'avais rencontré, il m'avait donné l'impression d'une indifférence détachée. Maintenant, il me regardait fixement, avec une sorte de curiosité intense et perturbante, comme si j'appartenais à une espèce extraterrestre, et qu'il avait envie de m'éviscérer et de m'étudier. On ne pouvait pas dire que son regard était *chaleureux*.

Tant mieux ! Je voulais qu'il se casse, pour que je puisse fouiller cette chambre de fond en comble. Il était possible que la Clé des Mondes s'y trouve. Peut-être pourrais-je utiliser le dégoût que je lui inspirais pour le chasser de cette pièce.

Je retirai mes bottes et me dirigeai vers son lit d'une allure nonchalante. Je m'assis sur le bord et ouvris la fermeture Éclair de mon sac de survie. J'écartai les allumettes, les bougies et les barres chocolatées, jusqu'à ce que je trouve une bouteille de Jack enfouie tout au fond.

Aengus m'avait dit que je n'étais pas le genre de recrue que Ruadan apprécierait – qu'il détestait les gens bordéliques, les ivrognes, les paumés, ceux qui se bagarraient dans les bars, les ratés…

C'était peut-être le meilleur moyen d'avoir un peu de solitude dans cette pièce. Peut-être aussi que j'étais *très* douée pour trouver des excuses et justifier ma consommation d'alcool.

Quoi qu'il en soit, je bus une gorgée de whisky, savourant la sensation de brûlure dans ma gorge. Puis j'en bus une seconde, plus longue.

Je tendis la bouteille à Ruadan, m'essuyant la bouche du revers de la main.

— Tiens… Je me dis que tu en as bien besoin. Manifestement, il y a quelque chose qui te chagrine, et ça pourrait te faire du bien.

Des volutes de sa magie noire cinglèrent l'air autour de lui. Puis il tourna les talons et quitta la pièce.

Bien joué, Arianna ! On ne pouvait pas dire que je n'avais pas un talent particulier pour mettre les gens en rogne.

Et maintenant, je devais trouver la Clé des Mondes. Je voulais à tout prix libérer Ciara.

11

Je commençai par la commode, noire et dépourvue d'ornements. J'en ouvris tous les tiroirs un à un, et trouvai des piles de vêtements bien rangés, tous noirs et gris. Des pantalons, des pulls, et même des sous-vêtements. N'ayant rien trouvé du premier coup, je fouillai une seconde fois, glissai les doigts dans les poches et tripotai les bords des tiroirs. J'inspectai tout, en fait. Tandis que je m'affairais, l'adrénaline courait dans mes veines. J'avais parfaitement conscience de ce qu'il risquait de se passer si Ruadan me prenait sur le fait. La menace de l'exécution planait au-dessus de moi comme… eh bien, comme un couperet.

Après avoir examiné tout le contenu de la commode, je me dirigeai vers le lit de Ruadan. Son odeur s'y attardait, et je la trouvais agréable, ce qui était perturbant. Je tirai sur les draps, glissai une main dans les taies d'oreillers. Je retournai tout, puis remis tout exactement comme c'était auparavant. À tout moment, j'avais douloureusement conscience que Ruadan aurait pu faire irruption. Ou, plus vraisemblablement, s'insinuer dans la pièce comme de la fumée, de sorte que je ne le verrais que lorsque ses mains seraient déjà autour de ma gorge, prêtes à me briser le cou. Je m'efforçais de faire aussi vite que possible.

Je n'étais pas quelqu'un d'ordonné, mais je savais *comment* ranger. Simplement, en temps normal, je ne faisais pas l'effort de le faire, parce que, honnêtement, je m'en contrefichais. Je pris un peu de recul pour observer le lit et vérifier qu'il était exactement comme quand j'étais entrée dans la chambre. Cela me semblait parfait.

Ensuite, je regardai de nouveau autour de moi. Les deux seuls autres meubles de la pièce étaient la table en pierre brute et un bureau noir, sous l'une des fenêtres. Il n'avait pas de tiroirs. Seules quelques feuilles de papier vierges étaient posées dessus, avec un stylo.

Malgré tout, quelque chose dans la disposition de ce bureau me paraissait bizarre. Tout dans cette pièce était parfaitement symétrique, parfaitement ordonné ; mais le meuble n'était pas tout à fait centré entre les deux fenêtres – il était légèrement décalé sur la droite.

Je m'en approchai et me glissai à quatre pattes en dessous, puis je tendis le cou et regardai en l'air. Rien. J'examinai ensuite la pierre, sous le bureau. Je ne vis tout d'abord que des dalles bien lisses ; mais en y regardant de plus près, je remarquai une irrégularité dans l'une des dalles – un carré plus petit incrusté dedans.

Mon cœur se mit à battre la chamade. Se pouvait-il que ce soit ce que je cherchais ? À quatre pattes sous le bureau, j'étais dans une posture que je n'aurais pas pu expliquer avec élégance, et je n'avais aucun plan de sortie, mais il fallait absolument que je découvre ce qu'il cachait…

Je soulevai la petite pierre, mais ce ne fut pas une clé que je trouvai ; non, c'était un petit morceau de parchemin.

Le cœur martelant la poitrine, je le sortis de sa cachette, et retins mon souffle en voyant une liste de noms.

Adonis

Kratos

C'étaient deux des Cavaliers de l'Apocalypse – Mort et Guerre.

La liste comportait un certain nombre de noms d'anges. Des réfugiés et des fugitifs de la guerre survenue des décennies plus tôt. Soudain, mes yeux se posèrent sur un nom qui fit faire un bond à mon cœur.

Baleros.

Je n'avais pas trouvé la clé en possession de Ruadan, mais j'avais mis la main sur sa liste noire.

Ce fut à peu près à ce moment-là que je pris conscience d'une sensation dérangeante, des poils dressés sur ma nuque, de la chair de poule sur mes bras. Je n'avais pas entendu Ruadan entrer, mais je sentais son regard posé sur moi. En règle générale, j'étais très douée pour entendre les pas et les battements de cœur, le souffle de quelqu'un qui s'approchait de moi par-derrière. Mais *lui* était le Spectre, et il ne trahissait rien.

Je sentis ma gorge se serrer, douloureusement consciente de l'air que j'avais. À quatre pattes sous son bureau, dans une jupe qui était déjà trop courte quand je me tenais debout et dont dépassait probablement ma petite culotte rose, j'étais *manifestement* en train de lire sa liste noire. Je poussai un profond soupir et la remis à sa place.

J'avais le très désagréable sentiment que mon nom ne tarderait pas à y figurer.

Je remis le carreau de pierre par-dessus et, le cœur battant et la bouche toute sèche, sortis de dessous son bureau. Quand je me tournai pour le regarder, je vis que ses yeux violets s'étaient assombris jusqu'à devenir totalement sombres.

Et merde ! Généralement, chez un démon, cela indiquait qu'il était sur le point de vous arracher la tête.

J'avais les jambes un peu flageolantes.

— J'ai fait tomber une pièce. Elle a roulé… Bon, tant pis !

Sa magie nébuleuse fendait l'air autour de lui et, dans une brume obscure, il disparut et se matérialisa à côté de son lit. Il prit son oreiller et le renifla, puis il me regarda, grondant férocement.

Oh, non… Il sentait mon odeur partout sur son lit.

Dans un autre éclair noir, il disparut et réapparut devant la commode, et il renifla l'air.

Au point où nous en étions, cela n'aurait plus servi à rien de nier que j'avais fouillé toute sa chambre. Je commençai donc à me diriger à reculons vers la porte.

— Je voulais juste savoir avec qui j'allais vivre… Tu en aurais fait autant à ma place.

Je jetai un coup d'œil à son arsenal d'armes, mais je savais déjà que je ne pouvais pas me déplacer aussi vite que lui. Il serait à côté avant même que je n'aie fait un seul pas. Je continuai donc à me rapprocher de la porte. Sa fureur émanait de son corps en volutes de magie noire, semblables à des spirales d'encre dans l'eau, obscurcissant tout autour de lui. J'ouvris la porte derrière moi, et m'avançai dans l'embrasure sans le quitter des yeux.

Quand Ruadan gronda, mon ventre se noua. Il bondit sur moi, m'attrapa par les côtes et, une fraction de seconde plus tard, j'atterris sur les fesses sur le sol de pierre.

Il m'avait littéralement jetée dehors. *Brutalement.* L'instant d'après, il me lança mon sac de survie, et je levai les bras pour ne pas le recevoir sur la tête.

— Je veux ma bouteille de whisky ! criai-je.

Il me la lança ; je l'attrapai au vol sans difficulté, et il claqua la porte.

Ainsi commençait la première journée de notre magnifique relation d'*anathra*.

* * *

Comme Ruadan m'avait chassée de sa chambre, je passai le reste de l'après-midi à explorer l'Institut.

J'avais découvert que la moitié des pièces étaient gardées par des ogres irascibles. Toutefois, j'étais à peu près sûre d'avoir réussi à charmer l'un d'entre eux – un buveur de bière qui m'avait surnommée *Vicomtesse von Tototte*, et qui n'avait pas arrêté d'essayer de me persuader de m'asseoir sur ses genoux. Pour être honnête, je soupçonnais quiconque ayant une paire de nichons d'être capable de le charmer. Il m'avait déjà dit où je trouverais la bibliothèque de l'Institut, et je montai maintenant un escalier en colimaçon dissimulé, guidée par une odeur de vieux livres.

En haut de l'escalier, une très vieille faé gardait l'entrée. Ses cheveux blancs tombaient en cascade sur sa cape bleu nuit parsemée d'étoiles. Au-dessus de nous, le plafond voûté était aussi haut que celui d'une cathédrale médiévale. Il me semblait que ce lieu n'existait pas à l'époque où les humains avaient le contrôle de la Tour, mais j'adorais cet ajout. Tout comme la cape de la bibliothécaire, le plafond peint en bleu nuit avait été orné d'étoiles, de lunes et de constellations argentées.

Je regardai par-dessus l'épaule de la bibliothécaire. Des boules de lumière brillaient, suspendues dans l'air, et éclairaient les étagères chargées de gros volumes anciens. Les livres s'empilaient sur deux étages. Des plantes grimpantes en fleurs poussaient entre les livres, et l'air embaumait le chèvrefeuille. J'aurais juré que les lianes bougeaient. *Par tous les dieux !* Cet endroit était merveilleux.

La bibliothécaire me regarda par-dessus la monture de ses lunettes en demi-lune.

— Tu es une novice, n'est-ce pas ? me demanda-t-elle d'une voix chantante, derrière son pupitre en bois.

— Oui. Je viens d'être recrutée. Je cherche…

Je ne pouvais décemment pas annoncer de but en blanc que je cherchais la Clé des Mondes.

— … des informations au sujet des royaumes magiques. J'ai cru comprendre que le rôle des chevaliers était d'empêcher les surnaturels de sortir de leur monde, en se servant de la mort comme moyen de dissuasion, et je voulais en apprendre davantage sur les mondes verrouillés.

Un vrombissement s'éleva dans l'air quand la bibliothécaire se retourna et qu'elle flotta au-dessus du sol de pierre. Ce fut à ce moment-là que je me rendis compte qu'elle se tenait sur une sorte de gyropode en bois avec des roues en argent, alimenté par la magie faé. Il planait avec élégance dans les airs. *Bon sang...* Il m'en fallait absolument un pareil !

— Par ici, dit-elle.

Je la suivis dans la bibliothèque, parcourant du regard les piles de livres qui s'élevaient jusqu'au plafond. Du coin de l'œil, je perçus un mouvement vif ; je tournai la tête et vis deux grands papillons de nuit de couleur crème qui voletaient autour du dos des livres. Leurs ailes ressemblaient à du papier ancien, et leurs battements d'ailes rapides soulevaient des nuages de poussière. Tout autour de nous, des grains de poussière étaient en suspens dans l'air, pris dans la lumière.

— Les papillons de nuit ne sont-ils pas mauvais pour les livres ?

— Ce sont ceux de la bibliothèque, me répondit la bibliothécaire d'un ton qui suggérait que j'étais idiote.

Tout de même ! Tout le monde connaissait l'existence de ces insectes.

— Ils époussettent les livres, expliqua-t-elle.

Ce fut seulement à ce moment-là que je m'aperçus que les boules scintillantes étaient en fait des vers luisants géants. Ils étaient roulés en boule et suspendus au plafond par de fins fils de soie.

Cet endroit recelait une débauche de connaissances magiques. De plus, on y trouvait des gyropodes, d'immenses piles de livres, et on y était coupé du reste du monde… Je me demandais s'il y avait un moyen de convaincre les Faés de l'Ombre de me laisser travailler ici au lieu de me former pour que je devienne chevalier. Tout ce que je demanderais en échange, ce serait la Clé des Mondes. Je commençais à en avoir assez de tuer des gens, de toute façon.

La bibliothécaire me conduisit jusqu'à un coin de la bibliothèque, où une pâle lumière tombait à travers des fenêtres très pointues, transperçant les nuages gris acier. Apparemment, un orage n'allait pas tarder à éclater.

— Voilà, c'est ici ! dit-elle. Les royaumes magiques.

Le gyropode vrombit, et elle monta brusquement à l'étage du dessus. Elle prit un livre et souffla dessus pour en retirer une couche de poussière qui forma un petit nuage scintillant, puis elle redescendit à une vitesse alarmante, et s'arrêta dans un autre vrombissement à quelques centimètres du sol.

Quelque chose me disait que mon amie bibliothécaire avait le goût du risque. Elle me plaisait déjà.

Soudain, un éclair fendit le ciel, puis le tonnerre gronda si fort que cela fit vibrer les étagères.

Me regardant par-dessus la monture de ses lunettes, la bibliothécaire dit :

— Là-dedans, tu trouveras tout ce qu'il te faut sur les royaumes magiques. Maremount, Acidale, Loukomourie, Lilinor... Chacun d'entre eux. Ce n'est qu'un guide introductif. Quand tu auras fini celui-là, tu pourras creuser un peu plus en te plongeant dans d'autres livres, plus détaillés...

Elle agita la main en direction des piles de livres.

— Est-ce que je peux rester ici aussi longtemps que je veux ?

Elle haussa les épaules.

— Bien sûr.

Là-dessus, elle s'éloigna en trombe dans un vrombissement, ses cheveux blancs flottant derrière elle.

Je soupirai. C'était peut-être la personne la plus cool que j'aie rencontrée de toute ma vie.

Je commençai à feuilleter le livre ancien, me penchant sur tous les royaumes les uns après les autres. Les royaumes des vampires, celui des sorcières, celui des faés... Rien de tout ce que je lisais ne m'était vraiment utile, car rien ne concernait la Clé des Mondes.

Je ne m'arrêtai que lorsque j'arrivai à un lieu appelé *Emain* ; l'article d'une page ne contenait pas beaucoup d'informations intéressantes, mais les mots « Quartier Général Mythique des Faés de l'Ombre » retinrent mon attention. Le texte décrivait brièvement l'endroit comme un monde légendaire qui n'existait probablement même pas. Apparemment, de nombreux faés en rêvaient, mais personne de crédible n'y était jamais allé. Cependant, l'image sous l'article m'avait frappée. On y voyait un palais avec des colonnes qui donnait sur une vallée rocailleuse, et dont les flancs étaient parsemés de pommiers. Je caressai le papier fragile du bout des doigts. C'était presque exactement le palais de mes rêves.

* * *

Au cours des quelques heures que je passai à la bibliothèque, je piochai dans mon sac de survie, mangeai plusieurs barres chocolatées, des sucettes, et bus ma réserve d'eau. Ce n'était pas comme si les faés utilisaient des catalogues sur fiches ou des bases de données numériques ; mes recherches furent chronophages, car tous les ouvrages qui avaient un vague rapport entre eux avaient été regroupés sans être triés.

Quand je trouvai enfin quelque chose au sujet de la Clé des Mondes, la nuit était tombée. Les vers luisants n'éclairaient pas assez ce coin de la bibliothèque, et j'allumai donc ma lampe frontale.

J'avais entre les mains un grand livre noir, sur le dos duquel étaient gravés les mots argentés suivants : « Protecteurs des Royaumes ». C'était exactement le genre de conneries prétentieuses qu'adoraient les chasseurs de magie. *Pardon ! Les « Chevaliers des Faés de l'Ombre ».*

Comme on pouvait s'y attendre, ce livre parlait d'eux. Je le survolais à contrecœur quand, soudain, mes yeux se posèrent sur les mots « Clé des Mondes ». Mon cœur fit un bond dans ma poitrine.

Je me mis à lire le plus vite possible. Apparemment, il y avait six Instituts faés, tous peuplés essentiellement de nobles Mors. Il y avait l'Ordre des Faés de l'Ombre, l'Ordre des Faés du Feu, l'Ordre des Faés de la Tempête, et ainsi de suite. Chacun d'eux avait nommé un « Sénéchal », un gardien de la Clé des Mondes qui fermait les royaumes magiques. Je présumais qu'il s'agissait de Ruadan. Mais où cachait-il… ?

Le fil de mes pensées fut interrompu quand le livre me fut brusquement arraché des mains.

Mince, alors !

La bouche soudain toute sèche, je levai les yeux vers le regard glacial de Ruadan. Avait-il vu ce que j'étais en train de lire ?

12

Je le regardai et fronçai les sourcils.

— Grands dieux ! D'où est-ce que tu sors ?

Le silence était tel que j'entendais même le battement d'ailes des papillons de nuit. Des ombres rendaient l'air autour de lui encore plus opaque.

— Ah oui, c'est vrai ! Tu es le Spectre. Tu ne parles pas, et tu ne t'abaisses pas à la simple politesse d'avoir des pas audibles.

Je touchai du bout de l'index le dos des livres à proximité. Supposant qu'il avait vu ce que je lisais, je devais trouver un moyen de m'expliquer.

— Comme tu n'as pas l'air d'avoir envie de me former et que cela ne te dérange apparemment pas que je sois vouée à être exécutée, je me suis dit que je pouvais au moins apprendre des choses sur l'Institut. C'est ce que j'étais en train de faire quand tu m'as arraché mon bouquin des mains. Alors, tu vas m'apprendre des trucs, ou je continue ma lecture ?

Il ne me rendit pas mon livre. Il resta là, avec son immobilité surnaturelle ; des ombres s'insinuant dans l'air autour de lui. Heureusement que ma lampe frontale était allumée, sans quoi j'aurais eu beaucoup de mal à voir quoi que ce soit dans les ténèbres nébuleuses.

— Ne sommes-nous pas censés être unis par une sorte de lien magique ? Notre *anathra* ? Je crois que je vais être désavantagée pour l'épreuve de demain si je n'ai pas la moindre idée de ce que c'est. Les autres s'y sont tous préparés, aujourd'hui. Tu n'as donc aucun sens des responsabilités ?

Il indiqua la sortie d'un brusque signe de tête, puis il tourna les talons et quitta la bibliothèque avec raideur. Étant donné qu'il était franchement nul en matière de communication, je dus deviner qu'il voulait que je le suive, mais je n'en étais pas totalement sûre. Je regardai fixement les deux épées qu'il avait dans le dos tandis que je le suivais, et ne pus m'empêcher de me demander si l'une d'elles était destinée à mon cou.

Dehors, l'orage était revenu, et un violent coup de tonnerre retentit au-dessus de l'Institut. Talonnant Ruadan, je traversai derrière lui le Tower Green envahi par la végétation. Il ne s'arrêta que pour prendre ma lampe frontale sur ma tête et la jeter dans l'herbe. Je la ramassai et la fourrai dans mon sac, puis je lui courus après. Comme nous marchions, le ciel se déchira, et une pluie torrentielle et glacée se mit à tomber sur nous.

Frissonnante, je croisai les bras sur ma poitrine tout en avançant. Où m'emmenait-il, au juste ? Cette petite balade ne me disait rien qui vaille.

Peut-être était-ce dû à l'histoire humaine du lieu – au Tower Green où des monarques avaient autrefois brûlé et décapité des reines, des nobles et des prêtres pour trahison –, mais je ne parvenais pas à me défaire de l'impression qu'il me conduisait à l'endroit où il allait m'exécuter. Je m'efforçai de me calmer et serrai les dents. Je me battrais jusqu'au bout, et pour cela, il fallait que je garde la tête froide.

Il m'emmena dans un passage sombre qui traversait l'un des vieux murs de la tour. Comme nous remontions le tunnel plongé dans l'obscurité, je regardai autour de moi au cas où j'aurais besoin d'une arme improvisée, mais je n'y voyais presque rien.

Ruadan était plus à l'aise que moi dans le noir, et j'avais envie de reprendre ma lampe frontale et de la rallumer.

— Je présume que tu n'as pas l'intention de me dire où nous allons ?

Pour toute réponse, il me lança un regard furibond de ses yeux violets et froids qui perçaient les ténèbres. Cependant, quelques instants plus tard, le passage déboucha sur un cimetière embrumé. Tout autour de nous, des pierres tombales sortaient du sol, de guingois, comme les pilotis pourris d'une vieille jetée.

Le brouillard s'enroulait autour des sépultures. Alors que nous nous engagions plus avant dans le cimetière, je lus les noms gravés sur certaines des tombes.

LORD AUBREY DE VERE
ÉDOUARD PLANTAGENÊT, COMTE DE WARWICK
MARK SMEATON
MARGARET POLE, COMTESSE DE SALISBURY
REINE ANNE BOLEYN

Ce fut à ce moment-là que je m'arrêtai. Je regardai fixement sa pierre tombale richement ornée, sur laquelle était gravé l'insigne ouvragé représentant les initiales *AB*. C'était le premier nom que je reconnaissais, et j'étais aussi au courant de son histoire. Décapitée au Tower Green pour les crimes d'inceste et d'adultère – ou, plus exactement, pour avoir commis le crime odieux de continuer à exister alors que le roi avait cessé de l'aimer.

Ces humains avaient été exécutés là, il y avait très longtemps de cela. Étant donné qu'ils étaient considérés comme des traîtres, ils auraient dû être enterrés dans des tombes anonymes, alors je n'avais pas la moindre idée de ce qu'était cet endroit.

Je ne savais pas exactement ce qu'il se passait, mais de la magie était à l'œuvre, ici. Peut-être que tandis que les humains avaient ignoré ces morts accusés de trahison, les faés leur avaient rendu hommage en leur faisant des sépultures secrètes, dans un cimetière enveloppé de magie.

Je poussai un profond soupir. Cet endroit était bien un lieu mortuaire, mais avec un peu de chance, ce n'était pas un lieu d'exécution.

— Alors, qu'est-ce qu'on fait ici ? demandai-je.

Franchement, je n'aurais pas su dire pourquoi je m'acharnais à lui poser des questions.

Ruadan s'avança vers moi, menaçant. Lorsqu'il tendit la main dans son dos pour prendre l'une de ses épées, la peur s'empara de moi. Il me fallut quelques instants pour me rendre compte qu'il me la tendait.

Des gouttes de pluie scintillaient sur sa lame, tranchante comme un rasoir.

Je saisis fermement la poignée du fer, et me sentis aussitôt plus à l'aise. Quand j'étais la Terreur Amazone, le combat à l'épée était ma spécialité.

Je repliai les doigts sur la poignée.

— Dis-moi que c'est un entraînement pour demain, et pas un duel à mort, s'il te plaît…

Il esquissa un bref hochement de tête en guise de réponse.

D'accord. Très bien. Notre relation d'*anathra* faisait déjà de beaux progrès.

Un éclair fendit le ciel au-dessus de nous, illuminant la mâchoire contractée de Ruadan, ses traits masculins et ses volutes de magie noire. Il retira de son fourreau l'épée qu'il avait dans le dos. Il me transperça de son regard violet, et se tint là, avec son étrange immobilité animale, comme une vipère sur le point de frapper sa proie. Les seules choses en mouvement autour de lui étaient ses cheveux et sa magie ténébreuse.

Je resserrai ma prise sur ma lame, et adoptai une position de combat. Une rafale fouetta ma jupe.

Ruadan plissa les yeux, et la froideur de son regard sembla me traverser. L'instant d'après, il plongeait sur moi, tandis qu'un autre éclair fendait l'obscurité.

Mon instinct et mon entraînement prirent le dessus, et je parai. Nos épées s'entrechoquèrent, et nous nous tournâmes autour, dans des mouvements aussi fluides que ceux de deux danseurs. On n'entendait plus que le bruit de nos pas sur la mousse du cimetière et les lames de nos épées frappant l'une contre l'autre. Ruadan donna un violent coup, mais je l'esquivai en pivotant. Sa rapidité m'étourdissait, mais d'une certaine façon, on aurait dit que nous pouvions prédire les mouvements de chacun. Cependant, il ne cessa d'accélérer l'allure, jusqu'à ce que je sois tout essoufflée. Si nous continuions à ce rythme-là, j'allais finir par faire n'importe quoi.

— Tu m'entraînes, grommelai-je, ou tu essaies de me tuer ?

Il se jeta de nouveau sur moi, avec la vitesse d'un vent de tempête.

Seizième loi du pouvoir de Baleros : comptez sur l'effet de surprise.

Je me baissai et tentai de lui donner un coup dans les jambes – pas pour les lui couper, je ne suis tout de même pas un monstre. Je voulais seulement lui faire perdre l'équilibre. Cela ne fonctionna pas. Il bondit, évitant le coup. Je me redressai vivement, et la violence de notre entraînement s'intensifia dans une tourmente d'entrechoquement d'acier et de tourbillons d'air.

Maintenant que je commençais à m'habituer à sa rapidité, je laissais mon côté faé prendre le dessus, et je l'esquivais et l'attaquais avec élégance. Tandis que nous nous battions, un sourire sombre se dessina sur mes lèvres. La beauté ancestrale de l'art du combat courait dans mes veines. Cela faisait bien longtemps que je n'avais pas eu l'occasion d'affronter quelqu'un qui pouvait rivaliser avec moi, et mon cœur martelait ma poitrine. La pluie battante collait mes cheveux à mon visage. Y avait-il quoi que ce soit de plus parfait qu'un beau combat ?

Je commençai à le faire reculer en direction de l'une des tombes. J'allais l'acculer à la stèle, et lui mettre la pointe de mon épée sous la gorge. Peut-être, *peut-être* seulement, que la Terreur Amazone était de taille à affronter le Spectre.

Dominez. Anéantissez vos ennemis impitoyablement.

Il y eut un autre éclair, et lorsque j'aperçus son sourire en coin amusé, mon ventre se noua.

J'en avais vu, des expressions pendant les combats, et celle-là voulait dire : *Je me suis bien foutu de toi.*

Comment était-ce possible ? Personne ne m'avait encore *jamais* battue dans un combat à l'épée. L'avertissement d'Aengus, selon lequel mon arrogance causerait ma perte, résonnait à mes oreilles et m'agaçait au plus haut point. Je serrai les dents et m'efforçai de me concentrer exclusivement sur Ruadan. Il m'obligeait maintenant à reculer, me coinçant entre son épée et le saule derrière moi. C'était exactement la stratégie que j'avais essayé d'employer. Dans l'obscurité, ma lame fit des étincelles contre la sienne, et je reculai encore d'un pas. Je perdais du terrain à une allure alarmante face à lui, mais il se déplaçait à une vitesse tellement stupéfiante et avec une si grande précision…

Je détestais perdre. *Bon sang !* Ce que je détestais ça.

Il se battait avec une férocité brutale et efficace avec laquelle je ne pouvais pas rivaliser. Je n'avais jamais affronté un homme comme lui dans l'arène des gladiateurs, parce qu'un homme tel que lui ne se serait jamais laissé capturer en premier lieu. Comme je reculais encore d'un pas, un bref sentiment de haine de moi me transperça la poitrine, si intensément que j'en eus le souffle coupé ; mais il se dissipa presque aussitôt.

Enfin, il m'accula au saule. D'un violent coup d'épée, il me désarma. Ma propre épée tomba par terre, et il enfonça légèrement la pointe de la sienne dans mon cou.

Venait-il de me la faire à la Baleros ? M'avait-il amenée à croire qu'il était plus faible et plus lent qu'il ne l'était en réalité pour que je baisse ma garde ? C'était ce que je croyais. Et maintenant, j'étais coincée là, totalement sans défense.

Une colère sourde bouillait en moi. Je détestais être dominée, je détestais avoir le sentiment de n'être pas à la hauteur, et je dus faire un effort considérable pour me retenir de lui hurler des injures. Cela n'aurait pas été une façon élégante de perdre ; et puis, de toute façon, je n'étais pas du genre à abandonner si facilement. Peut-être n'étais-je pas totalement sans défense, après tout, car nos épées n'étaient pas les seules armes à notre portée.

Utilisez votre environnement à votre avantage.

L'adrénaline monta en moi. Je canalisai mon énergie et bondis, attrapant une branche d'arbre au-dessus de ma tête. J'ignorai la vive sensation de brûlure provoquée par la lame de Ruadan me frôlant l'abdomen et, m'agrippant à la branche, je balançai les jambes puis lui donnai un coup de pied dans la tête. Il chancela en arrière.

Comme je me laissais retomber sur le sol, il ramenait déjà la pointe de son épée vers mon cou ; mais je m'y attendais, et je me penchai pour l'esquiver, tout en repoussant violemment la main qui tenait le fer pour l'écarter de moi. De ma main libre, je lui assénai un coup de poing dans la mâchoire de toutes mes forces, puis un coup de pied dans le ventre. Quand il se plia en deux, je lui donnai un autre coup de pied dans la tête, mais il tenait toujours fermement sa lame.

Il se redressa. Ses yeux s'assombrirent, et il lâcha son épée de son propre chef. D'une certaine façon, je fus plus effrayée par ce geste que je ne l'aurais été s'il l'avait brandie dans ma direction. C'était comme si, jusque-là, il s'amusait, mais que, maintenant, il allait passer aux choses sérieuses. Quand il se mit à gronder, j'eus la désagréable impression qu'il s'apprêtait à me prouver quelque chose – à savoir qu'il n'avait pas besoin d'une arme pour me flanquer une raclée.

Je tentai de lui mettre un autre coup au visage, mais cette fois, il attrapa mon poing dans la paume de sa main, me tordit le bras, me retourna brusquement et me plaqua contre le tronc de l'arbre. Aussitôt, je projetai le coude en arrière pour lui en donner un coup dans le ventre – une, deux, trois fois. Il desserra sa prise.

Je fis volte-face et fis pleuvoir les coups de poing, mais il les para tous. Ses bras bougeaient à une vitesse folle, et il n'avait même pas l'air de transpirer. La seule chose qui indiquait que je l'avais agacé était la noirceur terrifiante de ses yeux : quand j'y plongeais les miens, j'avais l'impression de regarder dans le néant.

J'étais à bout de souffle et je commençais à m'affoler. Je fis un mouvement désespéré pour le frapper. Il se baissa pour esquiver le coup, et quand il se redressa, il me donna un coup de poing dans l'épaule. Une douleur aiguë se propagea dans mon bras, et la violence du coup me fit tourner sur moi-même.

Je me retrouvai face à l'arbre et, aussitôt, il m'empoigna les cheveux d'une main et plaqua l'autre sur mon menton, pressant son corps musclé contre le mien. Il m'avait mise dans la position parfaite pour me rompre le cou, et j'étais complètement impuissante entre ses mains. Je sentis alors ses canines effleurer ma gorge. De la pure domination faé. La sensation de ses crocs sur ma peau me fit frissonner. Mes genoux se dérobèrent sous moi et je faillis tomber.

Mon cœur battait la chamade, martelant ma cage thoracique. Je manquais d'air et haletais. Cependant, il ne bougeait pas, ne me brisait pas la colonne vertébrale. J'avais l'impression qu'il voulait que je demande grâce, ou quelque chose comme ça.

Je dus me rappeler qu'il s'agissait d'un entraînement, et non d'un duel à mort. Avais-je retiré quelque chose de cet exercice ? J'en retenais essentiellement qu'il valait mieux ne pas se battre contre quelqu'un que l'on surnommait *le Spectre*.

— C'est bon, dis-je entre mes dents, j'ai compris. Tu es très fort et très viril, et je ne suis pas une adversaire à ta hauteur… *pas encore*.

Il me relâcha lentement. J'écartai mes cheveux trempés de mon visage.

Oh… J'étais complètement dépassée avec celui-là.

13

Je le suivis en silence sous la pluie, en direction de sa chambre. Je n'avais pas la moindre idée de ce qu'il pensait de mes perspectives pour l'épreuve du lendemain. Il fallait que je reste en vie au moins assez longtemps pour trouver la Clé des Mondes.

Rester en vie, trouver la clé, sauver Ciara. Telle était ma mission. Ensuite, il faudrait que je trouve un moyen de m'habituer à l'existence de fugitive. J'avais l'horrible pressentiment que Ciara et moi pourrions bien nous retrouver à résider de nouveau sous terre.

Quand nous arrivâmes dans la chambre de Ruadan, je frissonnais à cause des courants d'air du château. Mes vêtements mouillés étaient collés à mon corps. Alors que je posai mon sac à dos, mon estomac émit un gargouillement sonore, rivalisant avec le tonnerre. Je crispai une main sur mon ventre.

— Je n'ai rien mangé depuis le petit déjeuner.

Ruadan faisait de nouveau ce truc : il se tenait parfaitement immobile et me regardait fixement, et cela commençait à me faire juste *un peu* flipper.

Quand je baissai les yeux, je m'aperçus que la pluie glaciale avait fait durcir mes tétons sous mon tee-shirt. Cela ne m'aida pas à me sentir plus à l'aise, et je m'empressai de croiser les bras sur ma poitrine.

— Je suis gelée. Je suppose que tu n'as pas de baignoire ? Ni de vêtements secs à me prêter ?

Il se dirigea vers la commode noire, et ouvrit l'un des tiroirs dans lesquels j'avais fouillé un peu plus tôt. Il en sortit une tunique noire – environ dix fois trop grande pour moi – et me la tendit, puis il indiqua d'un signe de tête une arche qui donnait sur une autre pièce. Il n'y avait pas de porte, alors... c'était gênant. Cela dit, jusque-là, Ruadan n'avait manifesté absolument aucune attirance sexuelle pour moi.

Je haussai les sourcils.

— Je vais émettre une hypothèse : quand toute cette histoire d'*anathra* a commencé, ça se passait entre hommes ?

Il hocha la tête.

Je me dirigeai vers la salle de bains. Comme sa chambre, celle-ci était sobre, et la pierre noire, lisse et brillante, y était incrustée d'éclats scintillants. Une baignoire de pierre sortait du sol, comme si elle avait poussé là. De l'eau de source chaude y bouillonnait.

Je retirai les vêtements trempés et froids qui me collaient à la peau. J'avais la chair de poule et je claquais des dents.

Je pénétrai dans l'eau bouillonnante, dont la chaleur me brûla presque et fit rosir ma peau. Mes muscles se décontractèrent aussitôt. Me plongeant dans le bain avec délectation, je pris un savon sur le rebord de la baignoire et me frottai le corps avec, savourant la chaleur de l'eau. Je me nettoyai ensuite les cheveux, et mis la tête sous l'eau pour les laver. Le savon sentait la lavande. C'était curieux ; je n'aurais pas cru que Ruadan était du genre amateur de parfum floral.

En réalité, je ne savais rien de lui, sinon que c'était un guerrier désespérément doué, un con aux pulsions meurtrières, et qu'il était odieusement beau. *Ah oui !* Et qu'il voulait tuer l'homme qui m'avait envoyée là. D'après ce que j'en avais vu, il avait des bras extrêmement puissants et…

Je serrai les poings et m'empêchai de songer trop longtemps à son apparence. Je n'allais pas me prélasser comme cela, nue dans la baignoire de ce type, à penser à sa beauté.

Je me levai, et l'eau chaude ruissela sur mon corps. Tandis que je me séchais, le souvenir perturbant des dents de Ruadan sur ma gorge s'imposa à moi.

J'enfilai sa tunique, qui glissa sur ma peau nue et me tomba à mi-cuisse. Mes jambes avaient été moins endommagées que mon torse. Je n'avais que quelques grosses cicatrices sur la cuisse droite, à cause d'un adversaire agaçant, capable de se changer en dragon, qui m'avait brièvement coincée dans l'arène.

Quand je regagnai la chambre de Ruadan, une bonne odeur me fit venir l'eau à la bouche. Sur la table en pierre brute dans le coin de la pièce était posée une tourte fumante, qui sentait le romarin, la pomme de terre et la viande. *La perfection !*

Les tourtes des faés étaient tout simplement ce qu'il y avait de meilleur au monde, et mon estomac gargouilla de plus belle, à mon grand embarras.

Je jetai un coup d'œil à Ruadan, qui portait toujours ses vêtements mouillés. Il indiqua la table d'un geste, et je souris comme si cela confirmait que le repas était pour moi.

Avant de m'asseoir, je sortis ma bouteille de whisky de mon sac à dos et la posai brutalement sur la table en pierre. Je m'assis, et vidai d'un trait le verre d'eau devant moi avant de me servir un whisky.

Je levai la bouteille et l'inclinai vers Ruadan.

— Tu veux un petit verre ?

Ses yeux violets me transpercèrent.

Je bus une gorgée.

— Ruadan, ton attitude pète l'ambiance.

J'entamai ma tourte et en savourai chaque délicieuse bouchée. La personne qui l'avait faite avait utilisé exactement la bonne quantité de beurre. Après avoir passé six années sous la garde de Baleros, je ne tiendrais plus jamais la nourriture pour acquise. À chaque repas, Baleros nous servait sa version d'un porridge – du lait mélangé à des flocons d'avoine crus et à des haricots en boîte. Trois fois par semaine, il nous donnait des citrons verts pour que nous n'attrapions pas le scorbut. Sur le plan nutritionnel, ce n'était pas la pire des choses, mais cela ne m'avait vraiment pas transcendée.

J'avais mangé la moitié de ma tourte quand Ruadan retira son tee-shirt mouillé. Je promenai mon regard sur sa peau dorée sillonnée de muscles puissants. Comme le mien, son corps était marqué par des cicatrices. Il aurait probablement pu les faire disparaître s'il l'avait souhaité, mais il ne voulait pas avoir la peau lisse d'un érudit. Il avait un unique tatouage, sobre, au milieu du dos – une rune dans l'ancienne langue faé.

Quand il commença à enlever son pantalon, je m'empressai de reporter mon attention sur ma tourte. De toute évidence, cela ne l'intimidait pas d'être nu devant moi, ce qui me confortait dans l'idée qu'il n'éprouvait aucune attirance sexuelle pour moi. Je n'étais qu'une guerrière novice agaçante parmi d'autres, qu'il devait se coltiner. Malgré tout, je n'étais pas aveugle, et il était sublime, alors je ne pouvais pas vraiment le traiter avec la même indifférence.

Quand il fut de nouveau habillé, il traversa la pièce dans ma direction et s'assit en face de moi à la table en pierre. Ses cheveux d'or pâle encadraient ses pommettes parfaites.

Le ventre plein, je me laissai aller en arrière sur ma chaise.

— Je suppose que je n'ai pas fait des étincelles pendant notre entraînement… Tu aurais des conseils à me donner ?

Il se contenta de secouer la tête.

Je commençai à perdre patience.

— C'est tout ? C'est comme ça que tu entraînes quelqu'un ?

À mon grand étonnement, il sortit un petit morceau de papier et un crayon de la poche de son pantalon. Il se mit à écrire, le grattement de la mine de son crayon emplissant le silence.

Lorsqu'il eut terminé, il me tendit le morceau de papier. Dessus, de son écriture ronde, il avait écrit :

Tu es gâtée, rebelle, et tu es une criminelle impitoyable. Tu es indisciplinée, coléreuse, impulsive, et tu te bats comme une faé des rues...

— Je *suis* une faé des rues, lui dis-je d'un ton hargneux.

Il montra le papier du doigt, et je continuai à lire.

... mais tu n'as pas besoin de mon aide pour l'épreuve de combat à l'épée. Tes compétences sont largement supérieures à celles des autres novices, et même celles de certains chevaliers. Prends juste soin d'effacer le sourire suffisant de ton visage, parce qu'il indique que tu es sur le point de frapper.

— Très bien.

Il m'arracha le morceau de papier des mains et écrivit :

Qui t'a formée ?

Cachez votre vraie nature.

Je haussai les épaules.

— J'ai toujours été douée pour ça, c'est tout. Les faés des rues doivent avoir ça dans le sang.

Il plissa les yeux. De toute évidence, il ne me croyait pas, et quelque chose comme une rage froide brûlait dans son regard. Baleros s'était déjà battu contre lui. Se connaissaient-ils bien ?

Je pliai le papier. Puisque nous nous parlions enfin, en quelque sorte, peut-être pouvais-je aborder le sujet de la Clé des Mondes.

Je bus une gorgée de whisky.

— Il paraît que certaines des épreuves se dérouleront peut-être dans d'autres royaumes. Je croyais que les royaumes magiques étaient tous fermés à clé, de nos jours.

Il croisa les bras. Des ombres formaient une flaque sur le sol, autour de lui.

— Je sais que tu es capable de communiquer, maintenant. Tu viens de le faire. Tu as un côté obstiné.

Il se pencha vers moi, et balaya mon corps de son regard froid, m'examinant attentivement. Quand ses yeux se posèrent sur les grosses cicatrices qui m'entaillaient la cuisse, son corps se crispa.

Il se leva et vint s'agenouiller devant moi pour les regarder de plus près. Pour une raison ou pour une autre, elles avaient piqué sa curiosité. Soudain, il posa ses mains puissantes sur ma cuisse et effleura mes cicatrices du bout des doigts. J'eus le souffle coupé par la douceur inattendue de ce contact.

Son front se plissa. J'avais pleinement conscience de la chaleur de ses doigts, de son souffle sur ma peau. Il semblait profondément concentré sur la cicatrice qu'il examinait – non pas d'une façon bizarre, comme un fétichiste, mais simplement avec une curiosité clinique. Il alla même jusqu'à relever un peu le bas de la tunique pour mieux voir. Je me raidis, douloureusement consciente du fait que j'étais complètement nue en dessous.

Je commençais à avoir l'impression qu'il n'avait pas la moindre idée de l'effet qu'il avait sur les femmes, ce qui, à mon grand désarroi, ne le rendait que plus séduisant encore. Cela ne le dérangeait peut-être pas d'être nu devant moi, mais je n'étais pas sur la même longueur d'onde que lui.

Il fit glisser ses mains un tout petit peu plus haut, et je les repoussai avec force.

Il eut l'air surpris, comme si je l'avais interrompu en pleine étude scientifique. Puis il s'écarta de moi.

Je saisis le bas de la tunique et tirai dessus. J'étais à peu près sûre d'avoir les joues toutes rouges.

Il reprit son crayon et son papier, et griffonna :

Comment t'es-tu fait ces cicatrices ?

— En me battant dans un bar, mentis-je. Un type m'a jetée par la fenêtre parce que je l'avais traité de tête de con.

L'expression de Ruadan s'éclaircit, comme s'il se disait qu'il aurait dû se douter que je n'étais rien de plus qu'une fille qui se bagarrait dans les bars. Il avait presque l'air soulagé.

— Comment ça va se passer demain, exactement ? Ce sera un simple combat à l'épée ?

Il écrivit encore sur son papier.

Tu vas aller dans un autre royaume. Tu te battras contre les autres novices, mais aussi contre des démons.

Mon cœur fit un bond dans ma poitrine. *Dans un autre royaume.*

— Et comment allons-nous faire pour y aller ? demandai-je.

Son visage se ferma de nouveau, et il se dirigea vers le lit. Il semblait savoir que la Clé des Mondes était très précieuse, et si j'insistais maintenant, je risquais de me l'aliéner complètement.

Il se glissa dans son lit et souffla en l'air. Toutes les bougies s'éteignirent aussitôt, et la pièce fut plongée dans l'obscurité. Comment avait-il fait cela ? Ce n'était assurément pas un truc de faé.

Toujours vêtue de sa tunique, j'allai dans un coin de la pièce et me pelotonnai sur le sol. La pierre froide mordait ma peau nue. Il m'avait offert une tourte, mais il n'irait pas jusqu'à me donner une couverture. Je comprenais bien qu'il agissait avec une sorte d'efficacité brute : il était censé me maintenir en vie, et je n'aurais pas valu un clou dans un combat à l'épée si je n'avais rien mangé ; mais mon confort physique ne changerait rien à ma performance, alors je pouvais bien dormir sur la pierre froide.

Cela n'avait pas d'importance. J'avais l'habitude d'y dormir, même si je frissonnais. Dans la cage dans laquelle j'avais vécu, Ciara et moi nous racontions des histoires, tous les soirs, pour nous endormir. Des histoires de magie, de héros, de femmes menant des armées au combat et anéantissant les hommes qui les avaient opprimées. Des histoires au sujet d'une déesse que nous avions inventée, appelée Ciarianna, qui massacrait les dieux guerriers grotesques qui avaient essayé de la réduire en esclavage. Des histoires de femmes qui étripaient les hommes qui les avaient maltraitées. Pelotonnée sur le sol, je me racontai l'une de ces histoires à voix basse – celle de Ciarianna tuant un seigneur de guerre. Étrangement, les détails épouvantables m'apaisaient.

Quand je m'endormis, je rêvai de Ciara, dormant à mes côtés, un bras autour de moi pour m'empêcher de frissonner.

14

Le lendemain soir, à la nuit tombante, nous nous rendîmes au Tower Green. La lueur rougeâtre des derniers rayons du soleil perçait les nuages, teintant le ciel de violet et d'ambre.

Les novices s'étaient mis en rang, et leurs mentors respectifs se tenaient à proximité. Nous nous trouvions sur une place pavée au sommet d'une colline.

Dès que nous étions arrivés sur le lieu de rendez-vous, Melusine s'était penchée vers moi pour murmurer :

— C'est ici qu'on exécutait les gens, autrefois !

À en juger par l'expression jubilatoire qu'elle affichait, on aurait dit qu'elle se retenait de battre joyeusement des mains.

Je touchai la sangle de cuir sur ma poitrine. Le matin même, Ruadan m'avait remis toute une pile de vêtements soigneusement pliés : beaucoup de trucs en cuir noir, des tee-shirts ajustés et quelques robes. Il y avait aussi des sous-vêtements qui, étonnamment, m'allaient parfaitement, comme s'il avait pris mes mensurations exactes. Je ne savais pas si c'était lui qui avait choisi ces vêtements ou quelqu'un d'autre, mais celui qui les avait sélectionnés avait estimé que des culottes et des soutiens-gorge noirs transparents étaient ce qui m'irait le mieux, ce qui était intéressant.

Plus important encore, Ruadan m'avait choisi l'une de ses propres épées et me l'avait prêtée ; une longue épée en acier celtique, sur laquelle étaient gravées des runes faés.

Je jetai un coup d'œil aux autres novices.

Maddan – celui à la broche d'or en forme de faux – renifla l'air quand nos yeux se croisèrent et eut une moue de dégoût.

La lumière crépusculaire se reflétait sur le casque du Clebs, qui montra les dents en me fixant. Pourquoi était-ce moi qui étais censée être répugnante ? Le Barghest se changeait en un animal qui se léchait probablement les couilles, et cela semblait ne déranger personne.

Le Faé Gothique regardait droit devant lui, tandis que le vent dansait dans ses cheveux noirs.

Quant au Monstre Marin, il se passait la langue sur les dents, et j'aurais juré avoir vu des gouttes de sang sur ses canines. Je me demandai s'il avait pris la peine de laisser le foie ou s'il avait dévoré la personne tout entière.

Des corbeaux descendaient en piqué au-dessus de nos têtes, poussant des croassements mélancoliques. Eux aussi avaient été affectés par la magie faé. Ils paraissaient plus grands qu'ils n'auraient dû l'être, et leurs ailes noires brillaient. Ils transportaient dans leurs serres de tout petits morceaux de parchemins roulés.

Il y avait de la rosée sur l'herbe, et une brume épaisse nous enveloppait.

Je jetai un coup d'œil à Melusine, qui m'adressa un sourire crispé. Je remarquai qu'elle tremblait. Pourquoi avaient-ils recruté cette pauvre fille ? Elle devait avoir un talent caché dont je n'avais pas connaissance. Cela me confortait dans l'idée de former une alliance avec elle.

Tissez des liens avec des alliés inattendus.

Tandis que nous attendions sur les pavés, la brume devint encore plus dense, tourbillonnant autour de nous jusqu'à ce que je ne puisse plus voir personne. J'entendis alors des pas résonner sur la pierre.

— Sénéchal.

C'était la voix du Grand Maître Savus, et je me redressai aussitôt.

Je sentis quelqu'un me frôler en passant à côté de moi, je perçus une odeur de pin et un éclair de cheveux clairs à travers le brouillard. Ruadan était leur sénéchal, le gardien de leur clé, et c'était probablement censé être un secret.

Je fis un pas hésitant en avant, espérant apercevoir la clé malgré toute la brume, mais la voix de Savus m'arrêta.

— Restez en rang, novices.

Je m'immobilisai. Je n'avais encore jamais été aussi proche de la Clé des Mondes – du moins, pas à ma connaissance. Une partie de moi était tentée de dégainer mon épée, d'attaquer Ruadan, et de m'enfuir avec la clé ; mais comme il me l'avait prouvé la veille au soir, je ne serais pas sortie vivante de cet affrontement.

— Novices !

La voix de Savus perça la brume.

— Vous êtes sur le point d'entrer dans un autre royaume où rien ne vous protégera, sinon vos propres compétences. Certains d'entre vous ne survivront peut-être pas. Votre tâche est de tuer autant de démons que possible. Ces démons nous ont été donnés en tant qu'offrandes sacrificielles par le Royaume des Ombres. Ils sont prisonniers dans ce monde…

Il marqua un temps d'arrêt avant de prononcer les derniers mots de ses mises en garde.

— … parce qu'ils sont trop déviants, même pour des démons.

Une rafale de magie glaciale courut sur ma peau, déferla dans mes veines. Je me cambrai sous l'effet de sa puissance. Puis, la brume commença à se dissiper. Quand elle eut tout à fait disparu, je m'aperçus que nous étions toujours au Tower Green ; mais cette fois, on aurait dit le Tower Green d'antan. Les plantes grimpantes et les fleurs sauvages ne couvraient plus les murs. Là où se trouvait la place pavée encore quelques instants plus tôt, se dressait maintenant un échafaud menaçant – un lieu d'exécution.

Je jetai un coup d'œil aux autres novices. Chacun d'entre eux avait déjà tiré son épée, et ils regardaient autour d'eux. Un silence angoissant planait sur nous, comme un suaire. Si je voulais survivre à cette exécution, il fallait que je surpasse les autres novices. Je devais tuer le plus de démons possible.

Dès que j'arriverais à les trouver. Des portes noires cloutées barraient la plupart des entrées des tours. Des démons nous attendaient-ils derrière ?

Je reniflai l'air, percevant une odeur que je ne reconnaissais pas. Elle n'était pas faé, non. Cela sentait le froid et le moisi, comme au fond d'un tombeau. C'était dans cette direction que je devais aller.

Je regardai les autres novices, qui se tenaient toujours au même endroit.

Enfin, le Barghest poussa un rugissement sauvage, bestial, et il s'élança vers l'une des tours. Au même moment, un démon aux cornes blanches portant une armure argentée surgit par une porte. Je regardai le Barghest lui donner de violents coups d'épée. Il ne me fallut que quelques secondes pour analyser son style. Il frappait avec force et aurait pu trancher un tronc d'arbre, mais sa technique n'était pas parfaitement maîtrisée, et il ne cessait d'exposer son flanc droit.

Néanmoins, qu'il manque ou non de rigueur, il était sur le point de tuer le démon, ce qui signifiait qu'il était plus proche de la victoire que moi.

Je humai de nouveau l'air et, dégainant mon épée, suivis l'odeur de tombe en direction de l'une des tours. Je me mis à courir avant que les autres novices ne s'aperçoivent que j'étais sur une piste.

J'enfonçai la porte qui donnait sur une cage d'escalier, et entrai, brandissant mon épée. À l'intérieur, l'odeur de pourriture se fit plus forte, et je la suivis dans l'escalier étroit. À mi-hauteur de la tour, les marches donnaient dans une grande salle, où se trouvaient une douzaine de personnes vêtues de costumes ornés de pierres précieuses. Une table de banquet s'étendait sur tout un côté. Une chanson mélodieuse s'élevait dans l'air.

J'en restai bouche bée. Ce n'était pas là la boucherie à laquelle je m'étais attendue. Non, c'était un somptueux bal de Tudors, et les invités portaient des masques magnifiques, représentant des cygnes, des papillons, des fleurs… Entre les balcons, au-dessus de nous, le plafond était tendu de drapés de soie de couleurs éclatantes, parsemés de perles et de pierres précieuses. Les murs en étaient également tapissés.

Si ma priorité n'avait pas été de tuer des démons, j'aurais laissé tomber mon épée, et je me serais jetée sur la viande et les pommes de terre posées sur la table. Les Tudors étaient sacrément doués pour organiser des fêtes.

Mais contre qui, au juste, étais-je censée me battre ? Ces gens ne ressemblaient même pas à des démons.

Comme j'entrai dans la pièce avec raideur, le brouhaha des conversations diminua, suffisamment pour que j'entende mes propres pas ainsi que le cliquetis de lames d'épée, au-dehors. Un rugissement du Barghest perça les vitres. Tout le monde me regardait.

Tandis que la foule s'écartait pour me laisser passer, une nouvelle silhouette apparut. Une femme, venue de l'autre bout de la salle, glissait vers moi. Elle portait une robe de soie verte garnie de perles, et ses cheveux noirs, tirés en arrière, avaient été ramenés sous une coiffe.

Par-dessus, elle portait une couronne sobre en argent. Était-ce une reine ?

Il y avait quelque chose de particulièrement attirant dans ses yeux noirs, et sa silhouette aux courbes délicates donnait l'impression que sa robe était sur le point d'éclater. La seule chose un peu bizarre chez elle était le sixième doigt à sa main droite. Malgré tout, je sentis mon corps tout entier frémir en la regardant. D'ailleurs, j'avais envie de la toucher.

C'était donc *elle*, le démon.

Une reine maléfique, peut-être. Une version déformée, démoniaque d'Anne Boleyn ?

Elle leva une main dans un mouvement gracieux.

— Êtes-vous venue vous joindre à nous ?

Sa voix était enjôleuse, et je ne pouvais résister à l'invitation. Je resserrai ma prise sur mon épée. Je ne pouvais pas me résoudre à lui en donner un coup. Premièrement, elle ne m'avait pas attaquée, et deuxièmement, elle me regardait avec une moue aguicheuse. J'avais envie d'être amie avec elle, ou de la serrer dans mes bras, ou quelque chose comme ça…

Je déglutis difficilement.

— Je cherche un démon.

Elle eut un sourire charmant et battit des cils.

— Un démon ? répéta-t-elle d'une voix chantante.

Autour d'elle, la petite foule partit d'un éclat de rire élégant.

Bon ! Cela ne se passait vraiment pas comme prévu. Franchement, j'aurais été *beaucoup* plus à l'aise si j'avais déboulé dans une pièce pleine d'hommes nus en train de se donner de grands coups d'épée. C'était probablement révélateur de quelque chose d'inquiétant chez moi, mais ce n'était pas le moment de m'attarder sur mes défauts.

La sorcière glissa encore dans ma direction, son corps ondulant avec grâce de manière aguicheuse. Un soupçon de magie noire s'enroulait autour d'elle. Un succube ?

Je jetai un coup d'œil autour de moi, et commençai à penser que tout le monde dans cette pièce était sous son emprise, envoûté.

Je brandis mon épée, m'apprêtant à frapper, mais je ne parvins toujours pas à m'y résigner. Il me fallait un autre démon à tuer.

Comme je la regardai fixement, je vis ses oreilles s'allonger pour prendre la forme de celles d'une biche, ses yeux noirs s'écarquiller.

— Ne me touchez pas, murmura-t-elle, tendant vers moi sa main délicate.

J'entendais presque son cœur battre de là où j'étais, et j'étais tiraillée entre mon désir de la prendre dans mes bras et celui de la tuer.

Soudain, elle se mit à courir à travers la grande salle ; mais cela ne dura qu'un court instant avant qu'une flèche ne lui transperce le cou. L'un des invités lui avait décoché une flèche – un homme barbu qui portait une fraise et qui avait une sorte de béret sur la tête. Une lueur ardente brillait dans ses yeux.

Je serrai les dents. *Lui* avait une arme. Il avait des yeux de démon. Il pouvait mourir. Il encocha une autre flèche, me prenant cette fois pour cible, et la lança. Je parvins à la dévier avec mon épée.

Je ne voyais vraiment *aucun* inconvénient à le tuer, *lui*. Pendant qu'il essayait d'encocher une autre flèche, je me jetai sur lui. Je donnai un coup d'épée dans son arc, puis la lui plongeai dans le cœur. Des hurlements s'élevèrent autour de moi. Des flammes brûlaient maintenant dans les yeux de tous les invités. Je commençais à me rendre compte que j'avais mal interprété la situation en arrivant.

J'étais dans une sorte de monde infernal, et la femme séduisante était leur victime. Évidemment : c'était ainsi que le monde fonctionnait. Ciarianna n'accepterait pas ces conneries.

Je pivotai sur mes talons, prête à m'attaquer au démon suivant ; mais quand j'entendis le bruit des épées retirées de leur fourreau, l'adrénaline embrasa mes veines. Apparemment, j'allais devoir affronter un groupe de onze hommes. Je rengainai ma propre épée, vaguement prise de panique.

Douzième loi du pouvoir de Baleros : sachez reconnaître que vous avez le désavantage du nombre.

15

Je bondis dans les airs, saisis l'un des dais de tissu et y grimpai, jusqu'à ce que j'atteigne la mezzanine, puis je sautai dans l'un des balcons. Je jetai un coup d'œil autour de moi et aperçus tout de suite un escalier. J'allais pouvoir m'éclipser rapidement, mais il fallait que je tue le plus de démons possible en partant.

Mon regard se posa sur les lanternes qui brillaient d'un vif éclat sur le balcon. Peut-être qu'un petit incendie jouerait en ma faveur.

Quinzième loi du pouvoir de Baleros : tirez toujours parti de votre environnement.

Le cœur martelant la poitrine, je retirai l'une des lanternes de son support et la lançai avec force à l'étage du dessous. L'huile s'enflamma, provoquant une petite explosion, et les drapés aux murs prirent feu.

Je courus vers l'escalier et le descendis quatre à quatre, dégainant mon épée et la brandissant. Tandis que les invités démoniaques se mettaient à courir vers la sortie pour échapper aux flammes et à la fumée, je les transperçai de mon épée, un par un. Dans leur affolement, ils n'étaient pas prêts à m'affronter ; je leur donnai de grands coups, et tuai les deux premiers en descendant l'escalier. Les autres firent demi-tour et regagnèrent la salle en feu.

L'air était maintenant plein de fumée, et je me détournai pour fuir la tour avant qu'elle ne soit réduite en cendres. Quand j'arrivai à l'étage du dessous, la reine à la couronne d'argent passa à côté de moi en courant. J'en restai bouche bée : elle était revenue à la vie.

Elle avait apparemment été condamnée à un enfer dans lequel elle était destinée à mourir encore et encore. Quel crime avait-elle donc commis ? Celui de séduction, probablement. Dans un monde dirigé par les hommes, c'était en soi une sorcellerie impardonnable.

Dehors, j'avais vaguement conscience des autres novices qui se battaient contre des démons autour de moi, mais mon attention était tournée vers la reine, qui se tenait maintenant dans l'herbe. Sa robe verte était éclaboussée de sang.

Derrière elle, un démon énorme et abominable surgit de l'une des portes cloutées. Il avait le corps d'un géant, il portait les vêtements et les fourrures d'un roi, et ses yeux brillaient comme des perles blanches ; mais il avait une tête de lion et une crinière rousse. Une couronne en or luisait au sommet de son crâne. Elle était la reine, et nous avions donc là notre roi.

Mon cœur fit un bond quand je le vis, et une partie de mon cerveau me hurla de m'enfuir en courant.

Cependant, je restai là à le regarder fixement quand, d'une chiquenaude, il la décapita.

Encore un démon que je serais ravie de tuer.

Comme je courais vers lui en brandissant mon épée, il dégaina la sienne. Il poussa un rugissement, et nos lames s'entrechoquèrent, acier contre acier. Ses coups étaient extrêmement puissants, et je peinais à garder l'équilibre.

Il rugit de nouveau, et son fer frappa violemment le mien. L'espace d'un instant, je vacillai légèrement, et il se jeta sur moi. Me reprenant aussitôt, je l'esquivai avec agilité, mais il me toucha au ventre de la pointe de sa lame. Je crispai une main sur la plaie sanguinolente, le cœur battant à tout rompre.

Et merde ! Je perdais le contrôle de la situation.

Il donna un autre coup d'épée, que j'esquivai aussi. Cette fois, il m'entailla juste la hanche. Une vive douleur me traversa.

Je contractai la mâchoire. Il fallait absolument que je reprenne le contrôle de la situation.

Je resserrai ma prise sur mon épée et frappai. Il para mes coups, encore et encore, mais sa taille le ralentissait. J'éprouvais maintenant une sensation de force et une assurance que je connaissais bien. Je savais exactement comment incliner ma lame, exactement où placer mes pieds à chacun de mes pas, et je finis par réussir à le faire reculer vers un mur. La puissance – mon héritage – imprégnait tous mes membres. Toutefois, je pris soin de ne pas afficher un air suffisant, comme Ruadan me l'avait conseillé.

Je voyais bien que mon adversaire se relâchait de plus en plus à mesure que notre combat se prolongeait.

Je réprimai un sourire comme il se trouvait acculé au mur. Décidément, *j'adorais* vaincre des ennemis beaucoup plus grands que moi. Il y avait quelque chose d'inimitable dans leur expression incrédule…

Lorsqu'il trébucha, je saisis l'occasion, me jetai sur lui et lui plongeai l'épée dans le cœur. Ses yeux laiteux s'écarquillèrent dans une expression horrifiée, et je retirai ma lame rouge vif luisante.

J'avais été blessée – assez grièvement –, mais mon entraînement de gladiateur m'avait conditionnée pour survivre au combat en refoulant la douleur. L'adrénaline qui courait dans mes veines m'insensibilisait à la douleur que j'aurais dû éprouver.

Dès que je l'eus terrassé, une cloche se mit à sonner bruyamment, et un grondement s'éleva entre les murs de pierre. Un flot de démons déferla alors par les portes en bois noires et se déversa sur le Tower Green, brandissant épées et haches. Ils portaient des habits ornés de pierres précieuses et des capes en velours, et bon nombre d'entre eux avaient des ailes et des serres noires. Je sentis mon ventre se nouer en les voyant.

Apparemment, j'avais commis un impair en tuant le démon-roi de ce monde. D'ailleurs, tous les démons hurlaient quelque chose comme : « Trahison, trahison, trahison ! »

Alors même que je réfléchissais au moyen de repousser toute une horde de démons de l'époque des Tudors, un petit tourbillon d'eau apparut à côté de l'échafaud.

C'était notre porte de sortie. Maddan et Barghest abandonnèrent aussitôt leur poste pour sauter dans l'eau. Ce n'était pas la *plus mauvaise* idée qui soit. De toute évidence, les chevaliers nous avaient observés, et ils avaient décidé qu'il était temps pour eux d'intervenir.

Je jetai un coup d'œil autour de moi, et vis une foule de démons encercler le Faé Gothique – Bran, c'était son prénom. *Tu parles d'un Pourfendeur d'Ennemis !*

Je tressaillis en voyant son corps recevoir de violents coups d'épée. Il tomba à terre, et son sang tacha l'herbe.

Avant d'abandonner tout à fait le navire, je balayai du regard le champ de bataille, jusqu'à ce que mes yeux se posent sur Melusine. Deux démons élancés qui portaient des fraises en dentelle se rapprochaient d'elle. Je ne pouvais pas les laisser la massacrer. Brandissant mon épée, je courus vers eux.

Dès que j'arrivai à leur hauteur, je plantai mon épée dans le ventre du premier démon, puis je fis volte-face et tranchai la gorge du second. Un arc de sang jaillit dans les airs.

— Va au portail ! criai-je à Melusine.

Je reportai mon attention sur la dame à la robe verte, qui était une fois de plus revenue à la vie – et avait donc retrouvé sa tête.

Bon sang ! Je ne pouvais pas non plus la laisser là.

Il me restait une tâche à accomplir avant de quitter ce royaume…

J'étais cernée de tous les côtés par le danger ; et mes canines commençaient à s'allonger, et mon apparence de faé à prendre le dessus. Je courus néanmoins vers la dame à la robe verte, me déplaçant plus vite que le vent, échappant à mes attaquants démoniaques. J'étais mue par une puissance à l'état pur.

Quand j'arrivai à sa hauteur, je l'attrapai par le bras. Elle poussait des cris perçants, complètement affolée, mais je l'entraînai avec moi, me servant de ma main libre pour écarter les assaillants. Enfin, nous atteignîmes le portail ; je la poussai dans le tourbillon, et me retournai une dernière fois pour plonger mon épée dans un démon, puis je sautai à mon tour dans le portail, et l'eau glacée m'engloutit.

Je fus aspirée plus profondément dans le portail. Je sentis la robe soyeuse de la reine me frôler, et passai un bras autour d'elle pour pouvoir l'entraîner avec moi au moment de sortir de là. Je n'aurais pas su dire pourquoi exactement, mais apparemment, j'avais pris sur moi de la protéger, et j'avais décidé de la ramener dans mon monde.

Comme nous plongions toujours plus profondément, mes poumons commencèrent à me brûler, jusqu'à ce que je sente enfin la sensation de traction se relâcher. De la lumière commença à percer l'eau, et elle se fit de plus en plus vive, jusqu'à ce que nous refassions surface. Je me hissai par-dessus le rebord de pierre du portail, traînant la reine hors de l'eau.

À genoux, je peinais à reprendre mon souffle. De là où je me trouvais, sur le sol, je levai les yeux vers le visage du Grand Maître Savus. Il avait l'air perplexe, avec ses sourcils argentés froncés. Un bruit d'éclaboussure derrière moi me fit tourner la tête. Un démon aux ailes noires, enveloppé dans une cape de velours, essayait de sortir du portail. Instinctivement, je lui donnai un coup d'épée et lui coupai la tête. Son sang tacha le portail.

Toute l'adrénaline en moi quitta mes veines ; la douleur s'abattit brutalement sur moi, et je sentis les entailles profondes creusées dans ma hanche et dans mon ventre. Je me rendis compte que mon corps ruisselait d'eau et de sang.

Le Grand Maître Savus inclina légèrement la tête sur le côté.

— Tu es à moitié faé. Quelle est ton autre moitié ?

Je sentis ma gorge se serrer. J'avais espéré que le sujet ne serait pas abordé, mais il avait dû s'apercevoir que ma force dépassait même celle d'une faé de sang pur noble.

— Je n'en sais rien, mentis-je. Je suis orpheline.

Dans un tourbillon de magie noire, le portail commença à se refermer sous nos yeux.

Le Grand Maître Savus lança un regard furibond à la reine, qui avait une violente crise de larmes sur les pavés.

— Tu as rapporté quelque chose avec toi.

Je crispai une main sur mon ventre, m'efforçant de refouler la douleur qui me lancinait.

— Désolée… Sa place n'était pas là-bas. Ces démons étaient de sales cons.

Des tourbillons de brume se déversèrent de Savus et vinrent effleurer ma peau, comme une sorte d'avertissement.

— Eh bien, tu as réussi à abattre plus de démons que tous les autres novices, alors je ferai preuve d'une certaine indulgence envers toi.

Melusine s'approcha de moi, et me prit par le coude pour m'aider à me relever.

— Pourquoi as-tu tué les démons qui m'attaquaient ? Les autres novices essaient d'éliminer la concurrence, et toi, tu as décidé de me garder dans la compétition.

Me tenant la taille, je fis la grimace.

— Tu m'as donné une fraise. Et puis, nous avons de plus grandes chances de survivre si nous collaborons.

Elle hocha la tête.

— Oh… je vois. C'était stratégique. Je ne suis pas douée à l'épée, mais je peux me rendre utile, moi aussi.

Je la croyais.

Les trois autres novices se tenaient sur les pavés, dégoulinants d'eau. Le Gothique avait été tué, mais les autres mâles subsistaient. Je les regardai, les yeux plissés.

Et d'un ! Plus que trois.

Il me fallut quelques instants pour repérer Ruadan, mais il était bien là, derrière les recrues, enveloppé d'un nuage de magie noire.

Ses yeux violets brillaient d'une ardente curiosité. Je n'avais pas seulement surpris les autres novices ; je l'avais également surpris, *lui*.

16

Assise par terre dans la chambre de Ruadan, sur le sol froid, je me tenais le flanc. J'avais essayé de me recoudre un peu. Comme je ne connaissais rien à la magie, je ne pouvais pas me guérir comme les autres recrues.

Dans l'arène des gladiateurs, les maîtres autorisaient certains types de magie – les boules de feu, les impulsions électriques, tout ce qui ne nécessitait pas de mots. Dans l'ensemble, les gladiateurs se méfiaient de tout ce qui impliquait le langage. Ils aimaient les choses pointues et tout ce qui explosait en magie, mais ce n'étaient pas franchement des cérébraux.

Je soupirai. C'était probablement mieux ainsi. Il était sans doute préférable que quelqu'un comme moi n'ait pas accès à une magie puissante, car les dieux seuls savaient ce que j'aurais pu en faire.

Ainsi, au lieu d'y avoir recours pour me guérir, je venais de passer vingt minutes à recoudre ma peau avec une aiguille et du fil, les dents serrées – ce que j'avais déjà fait de nombreuses fois par le passé. Malheureusement, j'avais été obligée d'utiliser un peu de mon whisky pour nettoyer mes plaies au ventre et à la hanche.

Elles n'avaient pas encore vraiment un meilleur aspect, cependant, et j'espérais que l'épreuve suivante serait un peu moins violente.

Grimaçant de douleur, je perçai une dernière fois la peau avec l'aiguille, puis j'arrêtai le fil, le coupai et m'écroulai contre le lit de pierre de Ruadan.

J'étais épuisée, et je tremblais un peu à cause de la douleur. Juste au moment où mes yeux se fermaient, la porte s'ouvrit en grinçant.

Ruadan entra dans la pièce de son pas glissant. Sa seule présence semblait assombrir l'espace autour de lui ; l'air se refroidit autour de nous, les flammes des bougies dans leurs appliques vacillèrent.

Je frissonnai en le voyant, jusqu'à ce qu'il retire son capuchon noir. Je contemplai alors la perfection saisissante de son visage. Ce salaud avait le don de me fasciner, ce qui m'énervait au plus haut point.

Étant donné que les dieux l'avaient doté d'une si grande beauté, c'était dommage qu'il la dissimule toujours avec son capuchon et sa magie noire ; mais, bien sûr, un homme comme Ruadan n'était pas du genre à se laisser tenter par quelque chose d'aussi trivial que le fait de profiter de la vie d'une quelconque façon.

Aengus entra derrière lui, et la porte grinça de nouveau sur ses gonds.

— Où étiez-vous passés, tous les deux ? demandai-je.

Aengus eut un sourire narquois.

— Nous essayions de décider quoi faire de la reine que tu as fait entrer dans notre forteresse.

— Qui est-ce ? demandai-je, m'agrippant toujours le flanc.

Aengus haussa les épaules.

— Elle s'appelle Nan Bullen. Elle joue un peu les divas.

— Elle est jolie, lui fis-je remarquer. Elle fera peut-être une épouse charmante pour l'un des chevaliers.

Aengus haussa un sourcil.

— Personne ne te l'a dit ? Les Chevaliers des Faés de l'Ombre n'ont pas le droit de prendre d'épouse. Ou d'avoir des amantes. Ou quoi que ce soit d'agréable.

Je jetai un coup d'œil à Ruadan, qui avait retiré l'un de ses couteaux du mur pour l'aiguiser.

— Je comprends mieux pourquoi Ruadan est à sa place ici, alors. Il déteste s'amuser. Ce qu'il préfère, c'est broyer du noir dans sa chambre et affûter ses lames. Il ne s'interrompt que pour observer d'un air renfrogné ma bouteille de whisky et foudroyer du regard quiconque a l'audace de sourire.

— Je ne m'attendais pas à ce que tu le cernes aussi rapidement…

Aengus regarda un soutien-gorge que j'avais accroché à la poignée de la porte, fronça les sourcils, puis, du bout du doigt, il le prit par la bretelle.

— J'aime beaucoup ta déco… Je suis sûr que Ruadan est ravi de cette touche féminine.

Maintenant qu'il m'en faisait la remarque, je m'apercevais que j'avais laissé traîner des vêtements un peu partout dans la chambre. Mon cerveau semblait occulter mon propre désordre tant que personne n'attirait mon attention dessus.

— Les poignées de porte sont faites pour accrocher des soutiens-gorge, répliquai-je. C'est l'une de leurs fonctions les plus importantes. Passons ! Comment va Melusine ?

— Elle est en vie, grâce à toi.

Il fronça les sourcils.

— Pourquoi as-tu pris le temps de sauver la reine ?

Je haussai les épaules.

— Parce que l'imprévisibilité est un atout.

Aengus hocha lentement la tête, une lueur brillant dans ses yeux verts, mais j'avais le sentiment qu'il ne me croyait pas.

— Et Melusine ? Pourquoi l'as-tu sauvée ?

Je me surpris à répondre la vérité.

— Elle m'a donné une fraise.

Apparemment, je l'aimais *vraiment* bien. Je dus retenir un gémissement quand je me rendis compte que Baleros savait tout de moi. Quiconque me témoignait une once de bonté s'attirait ma loyauté éternelle. Il savait que j'avais désespérément besoin d'amitié, dans ma cage, que l'impitoyable Terreur Amazone buvait la gentillesse comme du petit-lait. Quelques bonbons, jetés sur le sol de ma cellule de temps en temps, lui avaient valu mon dévouement.

J'avais fini par échapper à la cage, mais je n'étais pas sûre de lui échapper un jour. Maintenant encore, je restais son esclave.

L'horreur de cette prise de conscience me submergea. Baleros n'avait pas seulement trois longueurs d'avance ; il en avait cent. Des années plus tôt, quand il avait remarqué ma tendance à m'attacher facilement, il m'avait donné Ciara ; non pas pour me faire plaisir, mais pour pouvoir un jour l'utiliser comme moyen de pression. Comme il le faisait actuellement. Ciara n'était qu'un pion pour lui, et c'était ce qu'elle avait toujours été.

Je tremblais de colère.

— Tout va bien ? me demanda Aengus.

Même Ruadan avait arrêté d'aiguiser son couteau pour me regarder fixement.

— Oui, répondis-je entre mes dents.

Tout cela ne faisait que prouver la première – et la plus importante – loi du pouvoir de Baleros : *entrez dans la tête de votre ennemi. Connaître quelqu'un vous donnera un pouvoir sur lui.*

Je pris une profonde inspiration, puis expirai lentement pour me calmer.

— Où est Melusine ? Comment va-t-elle ?

— Le combat à l'épée n'est vraiment pas son fort, mais la magie, oui.

Je me touchai le ventre du bout des doigts.

— Ça m'inquiétait, justement. Cette histoire de magie. Nous n'avons pas besoin de nous y connaître, par hasard, n'est-ce pas ?

Ruadan leva les yeux vers moi, haussant les sourcils.

— Je ne sais pas vraiment en faire, ajoutai-je. Je présume qu'aucune épreuve de magie ne nous attend ?

Le visage d'Aengus s'assombrit.

— Disons simplement que, dans ce cas, vous avez tous les deux intérêt à commencer à vous entraîner.

Mon ventre se noua.

— Je ne peux pas me contenter de tuer mes adversaires avec une épée ?

Aengus et Ruadan secouèrent tous deux la tête en même temps.

— Tous les faés ont des pouvoirs magiques, dit Aengus. Il suffit que tu apprennes à les canaliser. Quelle que soit ton autre moitié.

Oh ! Alors là, mon pote, je t'assure que tu ne voudrais pas que je libère mon autre moitié... Je poussai un profond soupir.

— Les membres de la noblesse faé s'entraînent à la magie dès l'âge de 4 ans. Comment suis-je censée rivaliser avec ça ?

Aengus haussa les épaules.

— Il faut juste que tu survives.

Il indiqua Ruadan d'un signe de tête.

— Il est à moitié démon. Aucun d'entre nous ne sait quelle est ton autre moitié, au juste, mais le mélange de faé et d'autre chose peut être puissant, comme c'est le cas pour Ruadan. Ses pouvoirs magiques sont plus puissants que ceux de n'importe quel chevalier ici, y compris ceux du Grand Maître. Tu n'aurais pas pu être associée à quelqu'un de mieux placé pour t'entraîner. Tu vois, les Dieux Anciens savent ce qu'ils font.

— Sauf que Ruadan me déteste, et qu'il ne peut pas expliquer les choses avec des mots.

Ruadan croisa les bras sur son torse, et se pencha en arrière pour me regarder d'un air furibond.

— Tu parles de lui comme s'il n'était pas là, dit Aengus. Il est muet, pas sourd.

— C'est vrai. Désolée.

— Et il ne te déteste pas. Il ne te... respecte pas, c'est tout.

— C'est charmant. Merci !

— À cause de l'alcool, des bagarres dans les bars, de l'inutilité générale de ton existence et...

Je levai une main pour l'interrompre.

— Oui, nous avons déjà abordé le sujet. Il me l'a écrit. C'était à peu près la seule chose dont il tenait à me faire part.

Je fronçai les sourcils.

— Alors pourquoi avez-vous choisi de m'amener ici, tous les deux ?

— Pour ta façon de te battre. Voilà pourquoi. Tu es rapide, intelligente et impitoyable. Nous le savions déjà avant même que tu ne m'enfonces une pique dans le cou. Et nous avons bien fait de te sélectionner, car aucun novice n'avait encore jamais réussi à abattre le Roi de Mammon.

Aengus se frotta la gorge, comme s'il se rappelait la douleur que je lui avais causée.

— Enfin, bref ! Il faut que je retourne auprès de Melusine. Bonne chance pour ton apprentissage magique.

Des volutes de magie noire fendaient l'air autour de Ruadan. Il me regardait fixement, sans cesser d'affûter la lame de son couteau. Aengus ne plaisantait pas quand il disait que ses pouvoirs étaient puissants. Ils s'enroulaient en ce moment même autour de moi, me hérissant les poils et me faisant cambrer le dos. Un souvenir restait gravé dans ma mémoire : celui de sa main empoignant mes cheveux, de ses dents sur ma gorge.

L'alliance de l'aiguisage de son couteau et de ses volutes de magie était profondément troublante. Je m'efforçai de ne pas penser au fait qu'il avait brisé le cou de ses deux derniers novices. Je n'avais vraiment pas envie de m'attirer ses foudres.

Malheureusement, je n'avais pas le choix.

La peur me glaçait les sangs. Quand j'avais évoqué la Clé des Mondes, auparavant, il s'était renfermé sur lui-même. Il ne me faisait pas du tout confiance, ce qui posait problème. Ruadan ne baisserait jamais sa garde avec moi.

Je me tins le flanc, tressaillant un peu.

— Est-ce qu'on peut dormir, maintenant ? La journée a été longue, et j'ai besoin que ces plaies guérissent.

Ruadan fronça les sourcils et laissa tomber son couteau sur la table en pierre, puis il se leva et s'approcha de moi.

Il me tendit la main, et j'en éprouvai une vive surprise. Ce geste amical était inattendu. Je pris sa main pour me mettre debout, et il m'emmena jusqu'à son lit. Là, il me fit signe de m'asseoir, et je m'exécutai, prenant place sur le bord du lit. Le matelas était ferme et inhospitalier, ce qui n'avait rien d'étonnant puisque c'était le sien.

Il me surprit encore, cette fois en s'agenouillant devant moi.

Je ne fus pas moins décontenancée lorsqu'il remonta ma tunique.

— Oh là !

Je le fis arrêter, tirant sur le bas de ma tunique.

— Qu'est-ce que tu fais ?

Il me lança un regard acéré. Je l'avais de nouveau agacé. Ce n'était pas difficile à faire.

Il sortit un autre petit morceau de papier et un crayon de la poche de son pantalon, écrivit quelque chose, puis il me mit brusquement le papier sous les yeux.

Il faut soigner tes blessures.

— D'où l'idée de dormir.

Il secoua la tête.

— Tu as des pouvoirs de guérison, j'imagine.

Étant donné toutes les ombres et les ténèbres qui tourbillonnaient autour de lui, ce n'était pas étonnant. Les démons de l'ombre étaient connus pour leur pouvoir de guérison. C'étaient des démons de la mort, des démons du sommeil, qui apaisaient la douleur. Ils étaient en quelque sorte les opiacés du monde démoniaque ; ils créaient une dépendance et étaient fatals à la fois.

Je ne voulais pas qu'il voie les cicatrices qui me sillonnaient le corps – les hanches, le ventre, toutes les parties de mon corps que j'avais couvertes, en réalité. Je n'aurais jamais pu lui faire croire que je me les étais faites en me battant dans les bars. Dès qu'il les verrait, il saurait que j'avais été une esclave forcée à se battre.

S'il me trouvait impitoyable juste parce que j'avais enfoncé une pique dans le cou d'Aengus, le terme prendrait un tout autre sens quand il comprendrait que j'étais la Terreur Amazone. Que j'avais tué des milliers d'individus pour survivre. Seuls les tueurs les plus acharnés survivaient à l'arène.

De plus, il saurait le pire à mon sujet : que j'étais le genre de personne imprudente et manquant de rigueur qui s'était laissé capturer en premier lieu. Il découvrirait que j'avais laissé quelqu'un me dominer pendant des années. La connaissance était synonyme de pouvoir, et je ne voulais pas que Ruadan en apprenne autant sur moi.

Mon ventre se noua, et je secouai la tête.

— Non, dis-je tout bas.

Sans que je puisse m'expliquer pourquoi, mes yeux s'emplirent de larmes tandis que je me levais. Pour une raison insensée, je voulais vraiment gagner son approbation. Pourquoi ? Je ne l'aimais même pas, et pourtant, je désirais déjà avoir son respect. Peut-être parce que je savais que je ne l'aurais jamais.

Je me couchai sur le sol froid et me pelotonnai, prête à dormir. La pierre me glaçait la peau, et je frissonnai.

Ruadan s'allongea sur son lit et souffla en l'air. Aussitôt, la pièce fut plongée dans l'obscurité.

Je fermai les yeux avec un sentiment de solitude si violent que j'en oubliai presque la douleur de mes blessures.

17

Le lendemain, le Spectre m'emmena dans une grande salle de pierre nue. À travers les meurtrières des murs tombait une lumière éclatante, qui illuminait la magie nébuleuse de Ruadan. Étant donné nos légers problèmes de communication, je ne savais pas exactement quel genre de magie nous allions pratiquer aujourd'hui. J'espérais simplement qu'il ne s'agirait pas de mémoriser des Incantations Angéliques, car ce n'était pas mon fort. Et je refuserais *catégoriquement* d'avoir des rapports sexuels chamaniques avec une plante en pot, si toutefois c'était à l'ordre du jour.

Je laissai tomber mon sac à dos par terre. J'avais emporté mon whisky avec moi au cas où j'aurais besoin d'un peu d'alcool pour me donner du courage, mais j'allais essayer de ne pas y toucher.

Ruadan ne portait pas sa cape aujourd'hui – seulement des vêtements noirs en lainage, ajustés, qui mettaient son corps en valeur.

Tandis que je me plaçais dos au mur, il alla se tenir au centre de la pièce, me tournant le dos. Tout mon corps frémissait, mon cœur battait la chamade comme sa magie faisait vibrer l'air de la pièce. J'inspirai profondément comme elle déferlait en moi en vagues puissantes.

Tout en laissant opérer sa magie, il toucha quelque chose autour de son cou. Les battements de mon cœur s'accélérèrent. S'agissait-il de la Clé des Mondes ?

Je m'approchai tout doucement de lui, sans faire aucun bruit. Pourtant, malgré ma discrétion, son corps se raidit. Il leva brusquement une main pour me faire signe de ne pas avancer davantage. Il se méfiait toujours de moi, et j'avais la sensation perturbante qu'il était capable de prédire tous mes actes.

Un sentiment de frustration m'envahit, et je serrai les poings. Je n'allais nulle part. Ruadan avait ce dont j'avais besoin, mais il ne me laissait pas m'en approcher.

Parfois, quand tuer n'était pas la solution, j'étais à court d'idées. Cependant, une attaque impulsive ne m'aurait pas menée bien loin. Il était trop intelligent et trop puissant pour être vaincu. Il fallait que je gagne sa confiance, même si je devais y laisser ma peau.

Alors que des ombres fouettaient l'air autour de lui, sa magie puissante s'intensifia, caressant mes membres comme un effleurement de velours et réchauffant ma peau.

Pour un guerrier qui détestait s'amuser, il était assurément capable de conjurer un envoûtement tellement agréable que c'en était perturbant.

Je le regardais fixement tandis qu'il ouvrait un monde et qu'un tourbillon d'eau apparaissait au sol. Celui-ci s'agrandit en tournoyant, de plus en plus, jusqu'à ce qu'il forme un portail d'au moins deux mètres de diamètre. Je reculai, soudain un peu nerveuse. Je n'étais pas une fan inconditionnelle de l'imprévu, à moins d'avoir une épée entre les mains, et à ce moment précis, je n'avais qu'un sac à dos plein de sucettes et de ruban adhésif.

Ruadan me fit signe de m'écarter du portail, et la tension se fit dans la pièce.

Tout en reculant, je regardai le cou de Ruadan, cherchant des yeux quelque chose ressemblant à une clé. Je ne vis rien, pas même un collier. Où pouvait-il bien la cacher ?

Un bruit d'éclaboussure interrompit le fil de mes pensées. Soudain, un homme gigantesque se hissa hors du portail. Non, ce n'était pas un homme ; c'était un démon. Il avait dans le dos des ailes noires qui avaient l'aspect du cuir, et des tatouages chamarraient la peau olivâtre de son corps sculptural.

Je n'aurais pas su dire ce qui était le plus troublant : sa brusque apparition à travers un portail dans le sol de pierre, ou sa nudité totale. Comme Ruadan, il semblait croire qu'elle n'avait rien d'extraordinaire. Il se tenait là, devant nous, l'eau du portail dégoulinant le long de son corps puissant, comme s'il n'y avait pas de quoi en faire un plat, sortant d'un autre royaume avec son pénis exposé.

Ses yeux étaient d'un gris-bleu profond, et je m'efforçais de me concentrer sur eux, même si mon regard ne cessait de descendre, comme malgré moi. Il me fallut un moment pour me rendre compte qu'il avait quelque chose dans la main.

Il me fallut encore quelques instants de plus pour m'apercevoir qu'il m'observait, le front plissé, et que cela faisait trop longtemps que nous nous tenions là, d'autant plus que j'avais passé une partie de ce laps de temps à regarder fixement son pénis.

Je m'éclaircis la gorge.

— Je n'ai pas la moindre idée de ce que je suis censée faire, là.

L'espace d'un instant, seul le bruit des gouttes d'eau qui tombaient sur le sol vint rompre le silence.

Enfin, j'indiquai Ruadan d'un signe de tête.

— Il ne parle pas. Par pitié, dis-moi que *toi*, oui, sinon la situation risque d'être très gênante… Encore plus qu'elle ne l'est déjà, je veux dire.

— Je suis Bael, Épée de Nyxobas du Royaume des Ombres. Ruadan ne m'avait pas prévenu que tu étais une femme.

— Eh bien oui, je suis une femme. Il ne m'avait pas non plus informée que tu serais nu. Figure-toi que ce n'est pas vraiment son fort de dire les choses.

Ruadan me foudroya du regard, ses yeux violets brillant d'une lueur argentée. Il était en partie démon de l'Ombre ; était-il parent avec Bael ?

— L'Institut n'avait jamais recruté de femmes par le passé, dit Bael.

Je croisai les bras sur ma poitrine.

— Est-ce que cela va te poser un problème ?

— Non.

Il indiqua Ruadan d'un signe de tête.

— Mon vieil ami, ici présent, m'a demandé de t'enseigner nos coutumes.

— Celles des démons de l'Ombre ?

Je me mordis la lèvre.

— Je présume que vos coutumes ne nécessitent pas de pantalon.

— Je ne souillerai pas les eaux de Nyxobas, Dieu de la Nuit.

Bien sûr, et je suppose que ça ne le dérange pas que tu mettes tes couilles partout !

Tout ce que je savais, c'était que le démon qui se tenait devant moi dégageait une magie puissante, qui sortait de son corps en serpentant, et se mêlait à celle de Ruadan. Avec eux deux dans la même pièce, le pouvoir ambiant me submergeait presque. Pour couronner le tout, la magie de l'ombre avait rendu la pièce glaciale, et du gel recouvrait maintenant la pierre.

Étant donné que c'était l'été, je portais en tout et pour tout une robe courte que Ruadan m'avait donnée – noire, en coton, et franchement plus décolletée que ce que je portais d'habitude ; et là, dans cette pièce baignée d'une puissante magie, j'avais la chair de poule et je commençais à claquer des dents.

Je croisai les bras sur ma poitrine pour me réchauffer, continuant à faire un effort pour le regarder dans les yeux.

— Très bien. Alors, pourquoi sommes-nous ici ?

— L'Institut des Faés de l'Ombre est chargé de surveiller les démons de l'Ombre. Ce sont des ambassadeurs faés au royaume des démons – le Royaume des Ombres.

— D'accord, je te suis. Alors, en quoi consistera la prochaine épreuve ?

— Avant toute chose, un peu d'histoire. Il y a des siècles de cela, le Dieu de la Nuit a banni les incubes de son royaume. Tous, excepté son fils. Le Dieu de la Nuit abhorre le plaisir et les vices du corps, tandis que les incubes se repaissent de plaisir.

— Il a l'air sympa… Lui et Ruadan organiseraient des super soirées !

Un silence de plomb s'abattit sur la pièce, si lourd que je pouvais presque entendre les battements de mon propre cœur. Ruadan me lança un regard furibond, ses yeux violets s'assombrissant. De toute évidence, j'avais dit une bêtise.

— Passons vite à autre chose, suggérai-je.

Bael se redressa.

— Les Faés de l'Ombre chassent les incubes exilés depuis des siècles. Les incubes se reproduisent abondamment, et leur nombre ne cesse d'augmenter. Et maintenant, un nid d'incubes a fait son apparition dans l'est de Londres. Ta prochaine épreuve – ainsi que celle des autres novices – consistera à traquer ces incubes et à les envoyer dans les Enfers de l'Ombre.

À les traquer. L'idée me plaisait. Il semblait que j'allais pouvoir utiliser des armes.

— Et nous allons avoir besoin de magie pour ça ? Pourquoi ne pas simplement utiliser une épée ? Ou des flèches ? Des tessons de bouteille, ou un truc du genre ?

Bael me regarda fixement pendant quelques secondes avant de répondre.

— Tu te serviras de ton épée, mais les incubes sont experts dans l'art de l'enténébrage. C'est la compétence magique que tu dois acquérir.

Intéressant.

— En quoi est-ce que cela consiste, exactement ?

Au lieu de me répondre, Bael disparut dans un nuage de magie noire, ne laissant derrière lui que des volutes de fumée opaque. Il me fallut un moment pour m'apercevoir qu'il avait réapparu derrière moi. Toujours tout nu, bien sûr.

— C'est ça, l'enténébrage, dit-il. Passer d'une ombre à une autre, s'enténébrer.

J'avais vu Ruadan faire la même chose. En revanche, dans l'arène, je n'avais jamais vu personne capable de s'enténébrer. L'idée me rappela une pensée que j'avais déjà eue et qui m'obnubilait : un guerrier capable de s'enténébrer n'aurait jamais été réduit en esclavage par Baleros. Je voulais à tout prix acquérir ce pouvoir.

— Tu crois vraiment que je peux apprendre à faire ça ? demandai-je, sidérée.

Bael me montra le pendentif qu'il tenait, une pierre qui brillait d'une superbe lueur violette. En fait, cette couleur était semblable à celle des yeux de Ruadan.

— Je t'ai apporté un cristal de lumen du Royaume des Ombres, dit Bael en me tendant le bijou. Mets-le, et Ruadan t'apprendra à absorber sa magie, dont tu te serviras pour t'enténébrer.

Je tendis une main légèrement tremblante pour le prendre. J'étais tiraillée entre la tentation de posséder un puissant pouvoir surnaturel, et la peur de ce qu'il risquerait de se passer si j'y parvenais.

Ils ne savaient pas ce que j'étais réellement…

Dès que j'eus refermé la main sur le cristal, je sentis son pouvoir ténébreux et séducteur m'envahir.

— Comment ça fonctionne ? demandai-je.

— Le cristal charge ton corps de magie nocturne. Tu vas devoir apprendre à la canaliser correctement, à la laisser ne faire plus qu'un avec ton corps. Et quand tu y parviendras, tu pourras t'enténébrer d'un endroit à un autre en communiant avec les ombres. Ruadan va t'aider à apprendre à canaliser efficacement la magie. Il devra s'assurer que tu arrives à supporter le sortilège avant que tu ne puisses aller plus loin. Sers-toi de la pierre au sol pour ancrer tes pieds afin de ne pas te laisser submerger par l'enchantement.

— Et si…

Je pris une profonde inspiration. Comment pouvais-je poser cette question ? Comment exprimer cette peur ?

Et si une magie noire puissante s'emparait de moi ? Et s'il existait de pires choses que les incubes ?

Et si j'étais l'une de ces choses ?

Je m'éclaircis la voix et me lançai :

— Et si cette magie ne me réussissait pas ? Je ne sais pas quelle est mon autre moitié.

Toujours le même vieux mensonge ! Il valait mieux rester le plus près possible de la vérité.

— Et si je pétais les plombs et que je me mettais à tuer tout le monde ?

— Cela n'arrivera pas.

Bael indiqua encore Ruadan d'un signe de tête.

— Il n'y a pas meilleur enseignant.

Je fronçai les sourcils et regardai Ruadan d'un air dubitatif. Comme Bael, il avait la posture rigide d'un guerrier ; mais comment allait-il pouvoir m'enseigner quoi que ce soit sans parler ?

Quoi qu'il en soit, je n'allais pas argumenter contre le gigantesque homme nu qui se trouvait devant moi. Je me contenterais de le croire sur parole.

Sans un mot de plus, Bael se retourna et plongea dans le portail.

Ruadan s'approcha du tourbillon sombre, les ombres qui l'entouraient s'intensifiant. Sa froide magie ténébreuse faisait frémir ma peau. Une odeur de brûlé flotta dans l'air, comme pendant un orage, après le passage de la foudre. Je regardai le portail liquide se refermer, les dalles de pierre réapparaître.

Cette fois encore, je n'avais pas réussi à apercevoir la Clé des Mondes, et mon cœur sombra.

Ruadan se tourna vers moi et me prit le cristal, puis il passa les mains de chaque côté de mon cou, sa magie puissante caressant la peau de mes cuisses jusqu'à mes seins, me donnant la chair de poule, et il referma le collier sur ma nuque.

Aussitôt, une vague de pouvoir me submergea, se répandant dans ma poitrine et dans mon ventre comme une eau glaciale. Je me cambrai, et tout dans mon esprit devint sombre, jusqu'à ce qu'une image se dessine…

Des corps de faés gisaient autour de moi, leur peau devenant grise, noircissant…

Le sentiment d'horreur qui m'envahit était tel que j'en eus le souffle coupé.

Des mains puissantes se refermèrent autour de ma taille, et l'image se dissipa. Ruadan s'était enténébré ; se tenait maintenant derrière moi, et son corps puissant était collé contre le mien. J'inspirai profondément, m'efforçant de calmer ma respiration haletante. Une fine couche de sueur avait perlé à la surface de ma peau, et mon sang bourdonnait à mes oreilles ; mais mon esprit n'était plus inondé de souvenirs effrayants.

De la magie de l'ombre s'élevait du bout de mes doigts. D'une manière ou d'une autre, par son contact, Ruadan m'aidait à canaliser cette magie pour qu'elle n'envahisse pas toutes mes pensées. C'était comme si son corps ancrait la magie dans mon esprit. Maintenant, avec ses mains chaudes sur ma taille, ses doigts écartés sur mes hanches, je sentais la magie remonter le long de mes jambes, passer sur mes cuisses.

Cependant, cette image inquiétante venue des profondeurs les plus sombres de ma mémoire subsistait, et une autre vague de magie déferla sur moi.

18

Mes jambes flageolaient. Même avec l'aide de Ruadan, j'avais la sensation que mon corps rejetait la magie de l'ombre. Je me laissai aller en arrière contre sa silhouette puissante, la tête sous son menton. Malgré tout, l'obscurité m'embua une fois de plus l'esprit. Soudain, je me retrouvai à fouler ces herbes hautes éclaboussées de sang de faés.

De la glace semblait me transpercer jusqu'à l'os, j'étais secouée de frissons et claquais des dents.

Ruadan me passa les bras autour de la taille et m'enlaça plus étroitement. Son étreinte me réchauffa, et les frissons s'espacèrent un peu. Il chassa de mon esprit le souvenir dérangeant.

Pourquoi est-ce que je repensais à ces horribles moments maintenant ? Je m'étais donné tant de mal pour les oublier.

La chaleur qui émanait du corps puissant de Ruadan s'insinuait dans le mien. Quand une autre vague glacée me submergea, il leva vivement les mains et retira le cristal de mon cou, puis il vint se placer devant moi, les sourcils froncés.

Je fus secouée de tremblements, et je croisai les bras sur ma poitrine pour les maîtriser.

— Je sais, dis-je. Ça ne fonctionne pas.

Il prit un bout de papier et écrivit dessus.

Nous allons recommencer à zéro. Sers-toi de la pierre pour t'ancrer.

Je fronçai les sourcils.

— Quoi ?

Il remit le papier et le crayon dans sa poche, puis il posa ses mains sur mes hanches pour me guider vers le mur, me fit m'y adosser, et m'appuya sur les épaules jusqu'à ce qu'elles soient collées contre la pierre. Me réchauffant de son contact, il me prit ensuite le menton dans le creux des mains, et me fit incliner la tête en arrière jusqu'à ce que ma colonne vertébrale soit parfaitement droite contre la pierre. Je levai les yeux vers lui, croisai son regard violet, respirai son odeur de pin. C'était tellement facile d'être happée par sa beauté saisissante, tellement simple d'oublier ce qu'il était réellement – un tueur sans pitié.

— Pourquoi as-tu tué tes deux derniers novices ? lui demandai-je.

Ses doigts se crispèrent sur mes hanches et, l'espace d'un instant, des ombres glissèrent dans ses yeux jusqu'à ce qu'ils deviennent noirs comme de la poix. *Et voilà !* Je retrouvai le démon de l'Ombre, avec ses iris de la couleur du plus sombre des enfers. La peur me glaça les sangs, et je fus parcourue d'un frisson. Cette question le mettait *vraiment* en colère, pour une raison ou pour une autre.

— C'est pratique, hein ? ajoutai-je. De ne parler que quand tu en as envie.

Il sembla se maîtriser ; ses yeux retrouvèrent leur couleur violette et leurs reflets argentés, et ses muscles se détendirent.

Je n'obtiendrais pas de réponse. *Très bien.*

Il fallait que je garde à l'esprit que, même si c'était mon mentor – et même si sa magie était exquise –, je ne serais jamais en sécurité avec lui.

Il me saisit les mains et me fit tourner les paumes vers le mur. Je compris l'intention : j'étais censée avoir le plus de contact possible avec la pierre, plaquer tout mon corps contre le mur, et me servir de ce contact pour stabiliser la magie. J'écartai les doigts sur la pierre.

Enfin, enfonçant ses pouces dans mes hanches, Ruadan me fit me redresser pour presser le creux de mon dos contre le mur. Sa magie courait sur ma peau. Ainsi plaquée contre le mur, la tête inclinée en arrière, je me sentais étrangement vulnérable face à lui.

Il prit de nouveau le collier, mais cette fois, il le passa autour de son cou. Il me fallut un moment pour comprendre qu'il allait canaliser le pouvoir de son propre corps dans le mien, pour jouer en quelque sorte un rôle d'intermédiaire. De cette façon, il pourrait tempérer l'intense flot de magie.

Il s'agenouilla devant moi. L'espace d'un instant, j'imaginai que j'étais sa reine, qu'il était mon sujet, et cela me donna un petit frisson. Un sourire se dessina sur mes lèvres ; mais je fus brutalement arrachée à ma rêverie lorsqu'il posa le bout de ses doigts sur mes chevilles, envoyant une décharge intense de magie dans mon sang.

Je baissai les yeux et vis les volutes de magie noire s'enrouler autour de mes jambes nues. Lentement, Ruadan fit glisser ses doigts sur mes chevilles, puis plus haut, sur mes mollets. Chaque caresse me faisait frissonner violemment. Canalisé par l'intermédiaire de Ruadan, le pouvoir ne me submergeait plus. J'avais la sensation d'un courant électrique passant sur ma peau.

Inspirant profondément, je me concentrai sur la solidité de la pierre, dans mon dos, m'appuyant fermement au mur : c'était *en effet* une sorte de point d'ancrage, qui diffusait un peu de la puissance de la magie de l'ombre. Ruadan fit glisser ses mains plus haut sur mes jambes, et ma respiration s'accéléra lorsque je les sentis passer sous l'ourlet de ma robe, sur mes cuisses. Je me mis à trembler, la magie se faisant un peu plus puissante, maintenant. Il écarta les doigts sur mes cuisses nues. La sensation de ses doigts sur ma peau était si agréable que j'avais du mal à rester concentrée, et ma respiration se faisait saccadée.

Je plongeai mes yeux dans les siens, et ne pus réprimer la sensation d'une douce chaleur se diffusant au creux de mon ventre. Il fit glisser ses mains encore plus haut. Ma peau se réchauffait, et je commençais à éprouver l'envie irrépressible de me coller contre lui. Je savais bien que c'était une mauvaise idée, mais je n'aurais pas su dire pourquoi, tant j'avais l'esprit embrouillé et n'arrivais plus à former une pensée cohérente. L'air entre nous paraissait électrique. Mon cœur battait la chamade, et plus aucun souvenir sombre n'occupait mes pensées. Maintenant – à mon grand désarroi –, mon corps réagissait à son contact d'une manière différente.

Je regardai fixement sa bouche, me demandant ce que cela me ferait de l'embrasser. Quelque chose s'embrasa dans ses yeux, aussi. Était-ce du désir qui émanait de son torse en serpentant ?

Tandis que ses mains glissaient sur moi, il promena son regard sur mon corps, lentement, l'air approbateur, comme s'il imaginait à quoi je ressemblais sans ma robe. Ses yeux s'attardèrent sur mes seins, et il remarqua à n'en pas douter mes tétons qui durcissaient sous le tissu. Je rougis, de désir et d'embarras à la fois. Il *savait* forcément à quel point j'étais excitée, et il n'y avait aucun moyen de le lui cacher.

Je ne savais pas ce qu'il pensait, mais il ne m'observait assurément plus avec le regard froid et clinique qu'il avait eu auparavant. Sa magie courait le long de mes jambes.

Quand je me passai la langue sur les lèvres, ses yeux se posèrent aussitôt sur ma bouche. Ses narines se dilatèrent, ses doigts se crispèrent sur mes hanches. Je songeai à ses canines sur ma gorge ; bizarrement, l'idée me fit gémir. Une douce chaleur se propagea en moi. Une vision embrasait mes pensées : celle de Ruadan me faisant tourner sur moi-même, effleurant mon cou de ses canines. M'arrachant ma petite culotte et m'emplissant jusqu'à ce que je frémisse en dessous de lui. Un désir ardent me consumait, la tension s'intensifiait entre mes cuisses.

Que les dieux me viennent en aide ! Un instinct faé primitif prenait le dessus en moi, et je le désirais de toutes mes forces, alors même que cette pensée m'horrifiait. J'imaginais mon corps nu glissant contre le sien, ses doigts me caressant entre les cuisses jusqu'à ce que je jouisse.

Je sus qu'il percevait mon envie quand ses yeux commencèrent de nouveau à s'assombrir, son propre instinct animal s'empara de lui.

La magie nocturne se répandait en moi par le bout de ses doigts, et il s'approcha encore un peu plus. Un mouvement de son pouce sur ma hanche, de haut en bas et de bas en haut, m'indiqua qu'il ne s'agissait plus uniquement de magie, et le petit gémissement que je laissai échapper le lui confirma. Il se redressa et se pencha vers moi, son souffle venant caresser mon cou. Moi aussi, je l'attirai à moi.

Sa puissante magie nébuleuse suivit ses mains autour de ma taille, et un pouvoir grisant vibra au creux de mon ventre. Contre ma volonté, mon dos se cambra. Je dus faire un effort considérable pour me remémorer de garder les paumes à plat sur le mur, pour me rappeler que je n'étais pas censée lui agripper les cheveux et attirer sa bouche vers la mienne.

Une veine palpita dans le cou de Ruadan.

Il glissa une main sur mon dos, puis il m'empoigna les cheveux, presque brutalement. D'une prise dominante, il me fit incliner la tête en arrière, exposant ma gorge. Mon cœur tambourinait dans ma poitrine. Quand il posa ses lèvres sur mon cou, je poussai un gémissement. Sa magie était indubitablement, extraordinairement sexuelle, et elle avait sur moi un effet très intense.

Se pouvait-il que Ruadan soit un incube ? Les incubes aimaient le plaisir. Il me donnait vraiment l'impression d'en être un.

De son autre main, il me caressa sous ma robe en coton. Il remonta sur mes côtes, sa magie émanant toujours de ses doigts…

Puis, soudain, il s'immobilisa.

Il retira brusquement ses mains de moi comme s'il s'était brûlé. Il s'écarta, et sa magie quitta brusquement mon corps.

Ce fut à ce moment-là que je fus brutalement ramenée à la réalité.

Mes cicatrices ! J'en avais plein les côtes. C'était cuit. Aucune histoire de bagarre dans les bars n'aurait pu expliquer un tel carnage.

Je m'efforçai de reprendre mon souffle, le regardant fixement.

Comment avais-je pu le laisser s'approcher de moi à ce point ? Savoir quelque chose sur quelqu'un, c'était avoir un pouvoir sur lui, et maintenant, il en savait plus sur moi que je n'avais eu l'intention d'en dévoiler. C'était à cause de ce stupide visage magnifique, et à cause d'un instinct faé animal qui me poussait à m'accoupler avec lui. Je n'avais plus les idées claires, je ne faisais pas preuve de stratégie. Il me fallait un mentor beaucoup moins beau pour m'en sortir.

Je poussai un profond soupir. Je ne pensais pas qu'il ferait le rapprochement entre moi et Baleros. Il y avait eu de nombreux maîtres gladiateurs. Baleros était simplement le plus cruel de tous.

Ruadan se mit à griffonner sur son papier, et je sus ce qu'il allait écrire avant même qu'il ne me le tende.

Ton corps est couvert de cicatrices.

Je croisai les bras sur ma poitrine, totalement désorientée par l'absence soudaine de magie dans mon corps autant que par le fait que, quelques secondes plus tôt, je mourais d'envie de me déshabiller.

Je n'aurais pas vraiment su dire pourquoi des larmes me brûlaient les yeux, mais cela ne faisait que rendre la situation encore plus embarrassante. Je ne voulais pas qu'il apprenne que j'avais été capturée. Je clignai des paupières et m'efforçai de me dominer, de maîtriser ma voix, avant de répondre.

— Oui. Je me les suis faites dans l'arène.

Je ne voulais pas qu'il me connaisse. Maintenant, il me regardait déjà différemment, avec une lueur dans les yeux qui devait être de la pitié. C'était exactement ce que je craignais. Les gladiateurs étaient peut-être de redoutables guerriers, mais au bout du compte, nous n'étions que des esclaves.

— Ce n'est pas la peine d'avoir pitié de moi, dis-je d'un ton sec. J'ai survécu. Je suis fière de mes cicatrices.

Fière d'avoir survécu, honteuse d'avoir été capturée en premier lieu.

Il hocha la tête, puis je vis son regard se promener de haut en bas sur mon corps. J'avais l'impression qu'il me réévaluait, en quelque sorte, mais je n'aurais pas su dire de quelle façon.

Il hocha de nouveau la tête et me tendit un autre bout de papier.

Je n'ai pas pitié de toi. Tu es forte. Reprenons l'entraînement.

J'expirai lentement.

Parfait ! Le chapitre était clos, et nous pouvions passer à autre chose.

Il indiqua le mur d'un geste, et je compris que je devais de nouveau m'y adosser.

Je plaquai mes jambes, ma colonne vertébrale, mes mains à plat contre la pierre.

Ruadan recommença au niveau de mes chevilles. Partant du bas, ses doigts remontèrent le long de mes jambes – plus rapidement, cette fois-ci –, et la magie déferla à leur contact. Une magie puissante, délicieuse, fit frémir mes cuisses, comme une légère impulsion électrique venant caresser ma peau sous ma robe. Ses mains passèrent sur mes hanches, sur ma taille, laissant derrière elles les fourmillements d'un afflux de magie. La magie nocturne grandissait en moi. Il fit glisser ses mains plus haut sous ma robe, arrêta juste en dessous de mes seins.

La magie me submergeait, se déversant par mes côtes, par mes membres, par le bout de mes doigts, par mes orteils, par mon crâne. J'avais maintenant l'impression que la magie faisait partie de moi.

Ruadan se pencha vers moi. Il retira le collier et, plongeant dans mon regard ses yeux du même violet que le cristal de lumen, il l'attacha autour de mon cou.

Le pouvoir magique recommença à m'envahir – l'obscurité à descendre –, mais Ruadan ne bougea pas. Son corps puissant était collé contre le mien, ses yeux plongés dans les miens.

Il montrait les canines, et son regard s'assombrit alors qu'un pouvoir noir et primitif nous emplissait tous les deux. Il pencha la tête et sa joue effleura la mienne.

La magie nocturne était grisante. Avant même qu'il ne comprenne ce qu'il se passait, je me surpris à lui passer les bras autour du cou.

Ses mains glissèrent autour de mes cuisses. Je murmurai son nom. Ses lèvres n'étaient maintenant plus qu'à quelques centimètres des miennes. Sa magie sensuelle se faufilait en moi, palpitait dans mon sang comme une drogue. Il me souleva, les mains sous mes cuisses, et j'enroulai mes jambes autour de sa taille. Il me plaqua contre le mur, et un noir brasier se mit à brûler au creux de mon ventre. Je n'étais assurément pas la seule à me consumer de désir. Grésillait entre nous comme une décharge électrique.

Comme la magie nocturne m'enveloppait, j'eus la sensation de fusionner avec les ténèbres, avec le vide, avec le silence parfait d'un ciel de nuit…

Je plongeai mes yeux dans les siens d'un noir d'encre, et me perdis un moment dans la contemplation de la beauté prodigieuse de ses traits…

Dix-septième loi du pouvoir de Baleros : ne passez jamais à côté d'une opportunité.

Puis, soudain, une petite voix s'éleva dans ma tête. La voix de Baleros.

La Clé des Mondes, la Clé des Mondes, la Clé des Mondes...

Il fallait que je regarde si elle était là. Je saisis le col de Ruadan et commençai à tirer dessus. Aussitôt, il se raidit, ses yeux redevinrent violets et il me reposa sur le sol.

Il m'écrivit :

Ton corps a été chargé de magie nocturne. Nous avons terminé.

Je reprenais encore mon souffle, embarrassée par le soulèvement évident de ma poitrine.

— C'est comme ça que tu entraînes toutes tes novices ?

Je prononçai ces mots d'un ton un peu acerbe, et je regrettai aussitôt d'avoir parlé.

Il retrouva son état normal – son immobilité animale, son regard violet perçant. Il savait ce que j'avais essayé de faire, que j'avais cherché la clé.

Je retirai le cristal de lumen de mon cou.

— Très bien. Et maintenant ? Est-ce que tu vas m'apprendre à m'enténébrer ?

Un muscle tressauta dans sa mâchoire. Il traversa la pièce et sortit sans répondre.

Je foudroyais encore la porte du regard après son départ. Il m'avait surprise en train d'essayer d'apercevoir la Clé des Mondes, et maintenant, j'étais encore un peu plus loin de gagner sa confiance.

19

Je traversai le Tower Green d'un pas nonchalant, tout en buvant mon whisky au goulot. Une brise qui embaumait les fleurs caressait ma peau.

Je comprenais bien que les Faés de l'Ombre méprisaient le plaisir, mais personne ne m'avait encore confisqué mon whisky, et, pour le moment, au moins, c'était mon seul véritable ami en ce lieu.

Tandis que je marchais, mon cœur continuait à tambouriner dans ma poitrine, à cause de mon tête-à-tête avec Ruadan. À ce stade, j'étais presque sûre que c'était un incube, même s'il ne se comportait pas comme tel. Les incubes inspiraient la luxure, et ils s'en repaissaient aussi.

Je serrai les dents, mécontente de m'être laissé surprendre en train de chercher la Clé des Mondes. Maintenant, il ne me laisserait plus l'approcher. Était-il vraiment très en colère ? Et qu'est-ce que je cherchais exactement ?

J'avais besoin d'un peu de temps pour réfléchir. Puisqu'il semblait éprouver de l'attirance pour moi, peut-être pourrais-je le séduire ? Si j'y parvenais, me ferait-il confiance ? Je n'en étais pas sûre. Je n'étais pas ce que l'on pouvait appeler une experte dans les choses de l'amour, et je ne savais pas comment faire renaître le désir que nous avions éprouvé dans la tour. J'avais besoin d'un peu plus d'inspiration.

Au lieu de regagner la chambre que nous partagions, je me dirigeai vers la bibliothèque. Je franchis une porte dérobée et montai l'escalier en colimaçon froid et humide, jusqu'à l'immense salle.

Ma bibliothécaire préférée, sur son gyropode, me considéra par-dessus la monture de ses lunettes en demi-lune, et je lui fis bonjour de la main.

— Y a-t-il un rayon de romans d'amour ? lui demandai-je.

Elle secoua la tête.

— Non. J'ai ma propre collection, bien sûr, mais elle est personnelle. Toutefois, nous avons bien un rayon de drames romantiques.

— Parfait. Pouvez-vous me montrer où il est ?

Elle pointa du doigt un pan de mur de la bibliothèque partiellement envahi par des ipomées blanches.

Agrippant les bretelles de mon sac à dos, je me dirigeai vers le rayon en question. Là, des papillons de nuit scintillants époussetaient le dos des livres. Je m'assis par terre devant la pile, et trouvai un vieux classique : l'histoire d'amour d'un jeune chevalier que l'on avait envoyé chercher une épouse pour son riche oncle ; il revenait avec elle, mais, au cours du voyage, tous deux buvaient une potion d'amour et tombaient amoureux l'un de l'autre.

Je me mordillai la lèvre. Ce qu'il me fallait, c'était une potion d'amour. Si Ruadan était totalement sous l'emprise de la magie du désir, je pourrais jeter un coup d'œil sous son tee-shirt. J'arriverais peut-être même à le persuader de me dire la vérité, dans le feu de l'action.

Je refermai le livre posé sur mes genoux. Je ne savais pas du tout comment fabriquer une potion d'amour, mais peut-être n'était-il pas nécessaire que j'aie recours à la magie, de toute façon. L'intensité que j'avais ressentie pendant que nous nous étions entraînés m'avait prouvé qu'il me désirait, même sans magie. L'ardeur qui nous animait était indéniable.

Le séduire était le meilleur moyen de me procurer la Clé des Mondes.

Cependant, en dépit du désir que nous avions tous deux ressenti pendant notre entraînement, je n'étais pas très douée pour la séduction. J'avais déjà eu un petit ami, mais seulement parce que j'avais pris une cuite dans le bar de Rufus, que j'avais couché avec un trompettiste, et que j'avais continué à boire et à coucher avec lui jusqu'à ce que je me rende compte que nous n'avions absolument rien en commun. La séduction n'était assurément pas l'une des choses que l'on apprenait à l'école des gladiateurs. J'avais littéralement passé mes années d'apprentissage dans une cage. C'était le genre de choses que j'aurais appris à l'adolescence si je n'avais pas été occupée à tuer des gens, et maintenant, j'étais complètement à la ramasse.

Je me levai et me dirigeai vers la sortie. Ce dont j'avais réellement besoin, c'était d'une amie…

Melusine n'avait pas non plus l'air d'être du genre séductrice, mais elle s'autoproclamait géniale.

Je quittai la bibliothèque et ressortis dans la lumière crue de l'après-midi.

Tout en retraversant le Tower Green, je humai l'air pour m'orienter vers la chambre d'Aengus, et suivis l'odeur de Melusine jusqu'à une tour blanche scintillante.

À l'intérieur, je frappai à la porte de laquelle son odeur était le plus prononcée. Melusine vint ouvrir.

— Arianna. Je ne m'attendais pas à te voir ici. Je me suis exercée à trois sortes de magie différentes pour me préparer à notre prochaine épreuve.

— Oh, waouh ! C'est très…

— L'enténébrage, un sort explosif, et une autre sorte de sort explosif avec plus de puissance. Et toi, à quoi t'es-tu exercée ?

Je me grattai la joue. Oui, décidément, j'étais à la ramasse.

— Pas à grand-chose, pour le moment. Aengus est là ? lui demandai-je à voix basse.

— Non.

Elle ouvrit la porte en grand et me fit signe d'entrer.

Les meubles de la chambre étaient en acajou, et le lit d'Aengus semblait avoir été sculpté dans les bois d'un cerf géant. Le sol était couvert d'un tapis de mousse moelleux, et un parfum musqué flottait dans l'air. Je remarquai tout de suite le second lit, plus petit, contre l'un des murs, et cela m'agaça.

— Tu as un lit ? demandai-je sèchement. Ruadan ne m'en a pas donné, à moi.

Elle haussa les épaules.

— Tu dors par terre.

Je croisai les bras.

— J'aurais bien aimé qu'on m'en propose un.

Je secouai la tête.

— Désolée, je me laisse distraire.

— Tu es venue me demander conseil pour l'enténébrage ? demanda-t-elle avec un sourire rayonnant. Tu as dû entendre dire que j'étais très douée pour ça.

— Euh... pas vraiment. J'espérais que tu t'y connaîtrais un peu en matière de séduction.

Elle me regarda fixement.

— Est-ce que j'ai l'air d'être le genre de personne qui s'y connaîtrait un tant soit peu en matière de séduction ?

— Pas particulièrement. Pas du tout, à vrai dire... mais tu es la seule femme, ici.

Elle inclina la tête sur le côté.

— Tu sais que les chevaliers n'ont pas le droit d'avoir des amantes, n'est-ce pas ?

Cachez vos véritables intentions.

Je levai les yeux au ciel.

— Bien sûr que je le sais ! Simplement, on ne leur interdit pas de tuer des novices... et je me suis dit que – si cela s'avérait vraiment nécessaire un jour – séduire Ruadan serait peut-être un moyen raisonnable d'éviter qu'il me tue. Tu vois, en faisant en sorte qu'il m'aime bien.

Melusine me regarda d'un air dubitatif.

— Je ne suis pas sûre de comprendre.

— Eh bien, de toute évidence, ce n'est pas comme si nous pouvions discuter, lui et moi, lui fis-je remarquer. La séduction est mon seul moyen de défense.

Cet argument sembla la convaincre, et elle hocha la tête.

— Oui. Bien sûr. Ce n'est pas la plus mauvaise idée du monde.

Son front se plissa comme elle y réfléchissait.

— Tu sais, je ne crois pas que ce soit très difficile. Je ne pense pas que tu aies besoin de faire quelque chose de spécial. Je crois que les hommes aiment simplement les femmes nues. Et tu es belle. Ce n'est pas plus compliqué que ça, à mon avis.

— Sincèrement ? Alors... je devrais me déshabiller ?

— Oui, selon moi. Les hommes aiment les seins nus, en particulier...

Les sourcils froncés, elle regarda ma poitrine.

— ... et les tiens sont assez gros.

— Eh bien, tu n'as pas tort, et les hommes aiment les seins, c'est sûr, mais...

Cela ne pouvait tout de même pas être aussi simple, si ? Pourtant, plus j'y réfléchissais, plus cela me paraissait exact.

— D'accord, merci, dis-je enfin.

— Je t'en prie. On se voit demain, pour l'épreuve.

— Bien sûr.

Sauf si j'arrivais d'ici là à dérober la clé en séduisant Ruadan.

* * *

Je trouvai Ruadan dans sa chambre, en train de se livrer à son activité extraordinairement prosociale favorite : l'affûtage de couteau. Sa lame étincelait. Il ne prit même pas la peine de lever les yeux vers moi alors que j'entrais dans la pièce.

La suggestion de Melusine à propos des seins nus m'avait semblé tout à fait sensée dans sa chambre ; mais maintenant que je me tenais devant un faé-démon qui avait assassiné ses deux derniers novices, je ne voyais pas comment faire pour me débarrasser de mes vêtements d'un air dégagé, sans que cela paraisse bizarre. Certes, cela ne dérangeait ni Ruadan ni Bael d'être nus, mais pour moi, ce n'était pas naturel. J'aimais mon corps et je me sentais belle, mais cela ne signifiait pas pour autant que je me déshabillais devant les gens comme si de rien n'était.

Je me touchai les côtes du bout des doigts et sentis l'une des stries de mes cicatrices. Il m'avait déjà proposé de me guérir, n'est-ce pas ? Peut-être ce prétexte suffirait-il. Le problème, c'était que je ne voulais pas les effacer. Je m'aimais exactement telle que j'étais, et chacune de mes cicatrices était une victoire. Cependant, j'aurais fait n'importe quoi pour Ciara.

Ciarianna ressusciterait.

Je jetai un coup d'œil à mon reflet dans la lame reluisante de l'une de ses haches. Je me trouvai plutôt jolie. Je me pinçai un peu les joues pour les faire rosir.

Ruadan avait toujours les yeux rivés sur le couteau qu'il aiguisait. Je pris une profonde inspiration. Je m'assis sur le bord de son lit et retirai mes chaussures, puis j'enlevai ma robe et la laissai tomber sur une pile d'autres vêtements à moi. L'air froid de la forteresse vint caresser ma peau comme j'allais me tenir au milieu de la chambre, vêtue en tout et pour tout de ma petite culotte et de mon soutien-gorge noirs transparents.

Ruadan regardait toujours son couteau, faisant comme si je n'étais même pas dans la pièce. Je baissai les yeux sur mon corps et passai le bout de mes doigts sur une cicatrice que j'avais à la hanche. Un chien des enfers m'avait donné un coup de hache. Je l'avais tué en lui fracassant le crâne contre un rocher. J'étais bien plus dans mon élément avec une mission comme celle-là qu'avec le genre qui nécessitait d'être en petite culotte et en soutien-gorge.

Mes seins étaient sexy. Les séquelles de mes combats ne l'étaient peut-être pas autant ; mais ces cicatrices étaient les miennes, et je détestais l'idée de m'en séparer.

Je me dirigeai néanmoins vers Ruadan, qui leva enfin les yeux. Tous ses muscles se contractèrent lorsqu'il me vit. Des volutes cinglantes de sa magie fouettèrent l'air, menaçantes et féroces.

Des ombres obscurcirent ses yeux. À ce moment précis, je n'aurais pas su dire s'il aimait ce qu'il voyait ou s'il avait envie de me tuer, mais quoi qu'il en soit, je me sentais totalement vulnérable, debout face à lui. L'intensité de son regard me submergea comme une vague de magie puissante, et j'en eus le souffle coupé.

Je touchai l'une des cicatrices sur mes côtes.

— Tu as dit que tu pouvais me soigner. Est-ce que tu peux effacer mes cicatrices ?

Un moment qui me parut interminable s'écoula, pendant lequel il m'observa avec cette inquiétante immobilité. Puis il se mit à écrire quelque chose sur un papier.

Je guérirai tes nouvelles blessures. Pas les anciennes.

— Pourquoi ?

Parce que ce n'est pas nécessaire.

Il avait raison. Les blessures infligées par le Roi de Mammon étaient encore à vif et elles me faisaient mal quand je toussais ou que je me redressais trop vite.

— Très bien.

Il tendit une main vers moi pour me faire signe d'approcher, et je m'exécutai.

Comme je me tenais devant lui, il effleura du bout des doigts la blessure que j'avais au ventre. Il passa une main autour de moi et la posa au creux de mes reins. De l'autre, il suivit les contours de la plaie. Je regardai la magie noire sortir du bout de ses doigts pour se poser sur ma peau, serpenter sur les marques rouges. J'avais pleinement conscience du fait que, comme il était assis et que je me tenais debout devant lui, ma poitrine était à peu près à la hauteur de sa tête. Je n'aurais pas vraiment su expliquer pourquoi, mais quelque chose dans l'intensité délibérée avec laquelle il ignorait mes seins me laissait à penser qu'il était en fait totalement concentré sur eux. Melusine avait raison.

La douleur sourde de mon ventre s'évanouit complètement.

L'autre blessure récente me marquait la hanche, et je baissai le côté de ma culotte pour l'exposer. Sa main sur mes reins se crispa, l'autre se tendit vers ma hanche, mais, avant de toucher ma peau, il serra le poing, comme s'il se maîtrisait. Une chose était sûre : je lui faisais de l'effet.

Sans que je sache vraiment ce qui m'y poussait, je fis encore un pas vers lui et m'assis sur ses genoux.

Si proche de lui, je sentis une douce chaleur m'envahir. Il plongea ses yeux dans les miens et fit glisser ses doigts sur ma hanche, sous l'élastique de ma petite culotte. Sa magie caressa mon corps.

Puis, dès qu'il eut soigné ma deuxième blessure, il écarta sa main de moi et se redressa.

Je compris que c'était le signal pour que je me lève de ses genoux.

D'accord. Nichons ou pas, la séduction ne faisait pas partie de mes talents. Néanmoins, j'étais sûre qu'il avait ressenti quelque chose, et il y avait du progrès puisque je m'étais rapprochée de son torse.

J'allai ramasser ma robe et l'enfilai.

— Alors, tu vas m'apprendre à m'enténébrer ?

Je n'avais toujours pas réussi à obtenir ce que j'étais venue chercher, mais je pouvais en profiter pour acquérir une nouvelle compétence ; d'autant que l'enténébrage pourrait se révéler *très* utile une fois que j'aurais volé la clé au Sénéchal.

20

Aux côtés de Ruadan, je descendais une rue pavée de l'est de Londres. Sur notre gauche, une voie ferrée envahie par la végétation surplombait, menaçante, un jardin public plongé dans l'obscurité. Apparemment, c'était là que j'étais censée m'exercer à l'enténébrage.

Ruadan avait non pas une, mais deux épées attachées dans le dos, ce qui multipliait par deux son pouvoir d'intimidation. Tandis que nous parcourions les rues de Londres, des humains terrifiés fuyaient pour ne pas croiser notre chemin.

Nous entrâmes dans le jardin public et, du coin de l'œil, je perçus un mouvement. Il me fallut un moment pour me rendre compte que ce que je voyais était le cul nu d'un homme qui s'enfonçait dans la terre. Quand l'homme en question tourna la tête vers nous, il pâlit d'effroi, s'empressa de se relever et de remonter son pantalon.

— Oncle Darrell ? dis-je à voix basse.

Ruadan dut m'entendre, car il se tourna vers moi et haussa les sourcils. Je regardai fixement Oncle Darrell, qui s'éloignait maintenant de nous en courant. L'espace d'un instant, j'envisageai de dire à Ruadan que s'il voulait un jour communier avec la nature, il fallait mettre aussi les couilles dans la terre, pas seulement la bite ; mais je me ravisai dès que je me rappelai qu'il n'avait aucun sens de l'humour.

La lune éclairait le jardin d'une lueur argentée, et de la brume s'enroulait autour des quelques arbres épars. Sous la ligne de chemin de fer aérienne, dans les arches sombres, s'étiraient des flaques d'ombre. Il y avait quelque chose dans cet endroit qui me faisait froid dans le dos, et j'avais envie de meubler le silence.

— Je suis déjà venue ici, dis-je. Ce lieu regorge de magie.

Nous remontions une allée pavée qui traversait le jardin. Les pissenlits et les mauvaises herbes envahissaient les pelouses. Sur notre droite se dressaient des murs de brique qui devaient avoir 200 ans. Sur notre gauche, une maison en bois délabrée sur pilotis se dressait au-dessus de la voie ferrée – peut-être une ancienne station de commutation, abandonnée depuis longtemps. Il y avait aussi une petite ferme pédagogique avec des carrés de légumes, des poules, des chèvres et un cochon.

Une fumée âcre s'élevait d'une voiture en feu, probablement volée, sous l'une des arches de la voie ferrée.

— Toute la magie ne vient pas des dieux ou des sorts, repris-je. Ça, c'est la magie des choses qui n'ont rien à faire ensemble. La magie des lieux étranges et oubliés. Des fermes, des voitures incendiées. Des pissenlits. Des chèvres.

Je montrai du doigt un arbre, aux branches duquel pendaient des baskets. Un fou les avait accrochées là.

— Des chaussures accrochées aux branches comme des fruits. Tu vois ce que je veux dire ?

Les yeux de Ruadan se posèrent sur moi, et il me sembla y voir une lueur de curiosité, mais il se demandait probablement si j'avais perdu la tête.

— Je sais, dis-je. Nous devons nous exercer à l'enténébrage.

Il sortit le cristal de lumen scintillant de sa poche, puis il s'approcha de moi et me le mit autour du cou. Son odeur de pin m'enveloppa.

Dès qu'il eut fixé le fermoir sur ma nuque, une vague de pouvoir magique me submergea. Les ténèbres envahirent mon esprit, mais je parvins à refouler mes pensées les plus inquiétantes.

Un flot d'énergie afflua en moi, et la froideur du vide de l'ombre se répandit dans mes veines et dans mes tendons, comme de l'encre, me glaçant jusqu'à l'os. Je plongeai mon regard dans les yeux violets et froids de Ruadan. Lui n'avait pas du tout besoin de cristal de lumen, car cette magie faisait partie de lui, elle lui était aussi naturelle que marcher l'était pour moi.

J'essayais de canaliser la magie, de me servir des pierres sous mes pieds pour l'ancrer. Pourtant, alors même que je m'y efforçais, un vide gelé semblait s'être ouvert au creux de ma poitrine. Une fosse de glace sans fin. J'avais réussi à maîtriser ce pouvoir auparavant, mais maintenant, mes muscles commençaient à se tétaniser.

Dès que Ruadan posa ses mains sur ma taille, un peu de ma panique se dissipa.

Je plongeai encore mes yeux dans les siens, et vit la magie nocturne qui y brillait.

La clarté de la lune modelait les lignes parfaites de son visage. Cela me décontenançait de sentir la pleine puissance de son regard sur moi, mais cela m'excitait aussi.

— Est-ce que tu vas devoir me toucher chaque fois que je porterai ce cristal de lumen ?

J'avais la mauvaise habitude de dire des riens pour meubler le silence, parfois, quand j'étais nerveuse.

— Parce que ça risque d'être bizarre quand nous essayerons de repousser les incubes et que tu glisseras ta main sous ma robe.

Il ne répondit pas, bien sûr. Le froid s'intensifia dans ma poitrine.

Ferme-la, Arianna. Ferme-la.

Je pris une profonde inspiration et me concentrai pour canaliser la magie glaciale à travers mon corps. Lentement, je commençai à l'absorber et à la répartir plus uniformément.

Les éclats d'argent dans les yeux de Ruadan s'embrasèrent. Une fois encore, quelque chose passait entre nous – une décharge électrique, une énergie sexuelle palpitante. Une chaleur intense se mit à brûler dans tout mon corps. C'était un incube, j'en étais *sûre*, et l'ardeur de sa magie sensuelle faisait fondre le froid des ombres en moi.

Il laissa échapper un grondement sourd et ses doigts se crispèrent sur ma peau. Puis, d'un mouvement vif et brutal, il m'attira vers lui. Il m'empoigna les cheveux et me renversa encore la tête en arrière. Son regard me transperça.

Cette fois, il pressa ses lèvres contre les miennes, et je fus aussitôt submergée de désir. Son baiser était charnel, vorace, et je le lui rendis avec la même férocité implacable, glissant ma langue sur la sienne.

Notre baiser se fit plus profond, plus sauvage. Je me consumais de désir pour lui. Il resserra son étreinte sur moi. Quelque chose dans l'intensité de ce baiser me donnait l'impression d'être la réponse à une question qu'il s'était posée toute sa vie.

Sa magie caressa ma peau, s'immisça entre mes jambes, et l'extase monta en moi. Je n'avais plus la moindre idée de ce qu'il se passait, je n'arrivais plus à parler, je ne savais plus ce que nous faisions au jardin public. J'en voulais simplement *plus* de lui, je souhaitais sentir sa langue partout sur mon corps. Un brasier brûlait maintenant en moi, si ardent qu'il réchauffait le gouffre glacé dans ma poitrine. Quand il me mordit légèrement la lèvre inférieure, mes genoux se dérobèrent sous moi, et je poussai un gémissement.

Cependant, aussi brusquement que cela avait commencé, il s'écarta de moi. Bien sûr, s'embrasser était interdit à un Chevalier des Faés de l'Ombre. Les jambes tremblantes, haletante, je m'efforçai de reprendre mon souffle.

Lorsqu'il desserra son étreinte et qu'il fit un pas en arrière, des ombres serpentèrent autour de lui. J'étais toujours en proie à un violent désir. C'était un incube, cela ne faisait plus aucun doute. Je me touchai les lèvres du bout des doigts, très étonnée qu'il m'ait seulement embrassée.

Mon cœur tonnait contre mes côtes.

Joue-la cool, Arianna. Joue-la cool.

— Il n'y a pas de problème, dis-je à haute voix. C'était juste un baiser, c'est tout.

Oui, j'avais bel et bien tendance à dire des riens quand j'étais nerveuse.

Si ce baiser était une tactique pour m'aider à contrôler la magie, cela avait fonctionné. Le froid de la magie nocturne ne me submergeait plus. Il courait sur ma peau, tourbillonnait dans mes muscles, comme un courant électrique grésillant, mais je le maîtrisais. La chaleur générée par la magie du désir de Ruadan avait parfaitement neutralisé la froideur de la magie nocturne.

Je baissai les yeux sur mes mains et contemplai les légères volutes de magie noire qui sortaient en spirale du bout de mes doigts.

— Tu es un incube, n'est-ce pas ? lui demandai-je.

Il confirma ma théorie d'un hochement de tête.

En tant qu'incube, Ruadan contrôlait la magie par le biais de l'énergie sexuelle. Cela signifiait qu'il pouvait puiser du pouvoir dans cette énergie, canaliser la magie, et même s'en servir pour guérir. Cela signifiait aussi qu'il savait pertinemment à quel point j'avais été excitée en sa présence, ce qui était assez mortifiant. D'autant plus que je n'avais pas la moindre idée de ce qu'il pensait ou ressentait.

Je croisai les bras.

— Je croyais que les incubes étaient censés s'amuser. Tu ne parles pas, tu ne bois pas d'alcool, tu n'as pas d'amante parce que l'Institut te l'interdit… Tu dois être déchiré.

Il émit un grondement sourd qui m'indiqua qu'il était temps de changer de sujet.

Après quelques profondes inspirations, je parvins à juguler un peu le désir qui me consumait, mais ce baiser m'avait vraiment ébranlée. J'avais été à quelques secondes de me déshabiller, là, au beau milieu du jardin public – alors même que j'avais vu ce qu'Oncle Darrell avait fait pour souiller la pauvre terre.

J'observai de nouveau mes mains, subjuguée par la magie nébuleuse qui sortait du bout de mes doigts.

À mon grand étonnement, Ruadan tendit le bras vers moi et me fit lever le menton pour que je croise son regard saisissant, puis il montra du doigt la ferme – l'enclos à chèvres, plus exactement.

— D'accord. Tu veux que je m'enténèbre dans l'enclos des chèvres ?

La magie crépitait sur ma peau. Peut-être que Bael avait raison, et que Ruadan était un excellent mentor, à sa manière étrange et légèrement démente. Après tout, je possédais maintenant une magie puissante, et j'étais sur le point d'apprendre à m'en servir.

Pourtant…

— Avant que je le fasse, pouvons-nous parler de l'histoire selon laquelle tu aurais assassiné tes deux derniers novices ? C'est vrai, ou ce ne sont que des rumeurs ?

Quand il se mit à écrire, je m'attendis vraiment à ce qu'il nie.

Au lieu de cela, sur le bout de papier qu'il me tendit était noté, en tout et pour tout, le mot :

Exécutés.

Pas d'explications. Aucune excuse, aucun contexte. Seulement le rappel brutal de ce qui était en jeu. Si je n'arrivais pas à impressionner les Faés de l'Ombre, je serais exécutée. Si je leur volais la clé et que je m'enfuyais avec, je serais exécutée.

Cependant, si je ne le faisais pas, Ciara mourrait.

Alors que je retournais dans ma tête ce dilemme de merde, Ruadan me toucha le bras. Il me montra de nouveau la ferme, m'incitant à m'enténébrer.

— Ah oui, c'est vrai. Direction l'enclos des chèvres.

Je regardai l'espace qui m'en séparait, incapable de concevoir comment j'allais faire pour m'enténébrer là-bas. Bael m'avait dit que ce serait comme de passer d'une ombre à une autre, en ne faisant plus qu'un avec les ténèbres de l'ombre. Étant donné que c'était la nuit, nous étions entourés d'ombres, mais je ne voyais pas exactement comment faire pour me fondre dedans.

Tout ce que je savais, c'était que la première étape pour y parvenir serait de m'écarter de Ruadan, dont le parfum viril me déconcentrait.

Je m'éloignai de lui de quelques pas, respirant l'air nocturne. Je sentis l'odeur de caoutchouc et de cuir brûlés de la voiture incendiée, ainsi que celles du poulailler, de l'herbe, de la porcherie, de la fourrure des chèvres, de vieux os de poulet que quelqu'un avait laissé non loin de là… et de dizaines d'autres. Je me concentrai exclusivement sur celle d'air brûlé propre à la magie de l'ombre.

Je regardai fixement le bois irrégulier de l'enclos des chèvres, gardai les yeux rivés sur une flaque d'ombre, dans un coin.

La magie grésillait en moi et le froid se répandait dans mon sang. Je laissai mon esprit se vider, pour s'emplir d'ombres. Mentalement, je me sentis me fondre dans le coin le plus sombre de l'enclos. Puis je m'enténébrai.

Je heurtai de plein fouet le poteau en bois d'une barrière et tombai sur le cul dans la boue.

Une chèvre bêla, sa clochette tinta. Avec un sursaut, je me rendis compte que cette conne me fonçait dessus. Alors que je me levais d'un bond, elle me donna un coup de tête, et je retombai en arrière. L'un de ses sabots m'écrasa la main. Pendant une fraction de seconde, je fus tentée de lui donner un coup de poing, mais il y avait indéniablement quelque chose de moralement douteux à frapper une chèvre.

Tandis que je m'efforçais de me relever, alors que la chèvre continuait à me rentrer dedans, me déséquilibrant, je reportai mon attention sur le jardin public. Je laissai de nouveau mon esprit s'emplir d'ombres, les yeux rivés sur un point sombre sous un pommier. Je communiai avec cette ombre, et les ténèbres en moi s'y connectèrent. Une seconde plus tard, j'y étais, libre de mon attaquante caprine.

Je me concentrai alors sur Ruadan. Dans le noir, il

était pareil à une tache d'encre, ses yeux d'un violet éclatant semblant surgir du néant. Comme un trou noir, le Spectre absorbait la lumière et l'emprisonnait.

Je me concentrai sur ses ombres, sur le pouvoir glacial enivrant en elles, et je m'enténébrai. Je m'écrasai contre lui, et j'eus la sensation de m'être cognée à un mur de briques. Je chancelai en arrière, mais cette fois, je parvins à ne pas perdre l'équilibre.

Je croisai les bras sur ma poitrine et le regardai d'un œil noir.

— Tu savais que cette chèvre allait me charger ?

Sérieusement, je n'aurais pas su dire *pourquoi* je m'acharnais à lui poser des questions.

Ruadan tendit les mains dans son dos, dégaina ses deux épées et m'en tendit une.

Je saisis fermement la poignée. J'étais *beaucoup* plus à l'aise avec une épée à la main que je ne l'étais à m'enténébrer au milieu de chèvres ; mais j'étais presque sûre de savoir ce que Ruadan voulait que je fasse.

— Tu veux que je me batte contre toi pendant que t'enténèbres, c'est ça ?

Il hocha la tête.

Je devais admettre que l'idée de maîtriser cette compétence était exaltante. Ce serait un avantage extraordinaire dans un combat contre quelqu'un qui ne la possédait pas. Le seul problème, c'était qu'il me fallait un cristal de lumen pour y parvenir. Baleros n'en avait pas, et je supposais que ce n'était pas quelque chose de facile à trouver.

Évidemment, puisque j'avais déjà l'intention de voler quelque chose à Ruadan, je n'étais pas à un larcin près.

21

Je n'eus pas beaucoup de temps pour penser à mon cambriolage à venir, car un courant d'air froid passa à côté de moi, et Ruadan disparut.

Je balayai l'obscurité du regard jusqu'à ce que mes yeux se posent sur le reflet froid de l'acier : l'épée de Ruadan, de l'autre côté du jardin public. Je me concentrai sur ses ombres, et je m'enténébrai jusqu'à lui. Cette fois encore, je visai mal et m'écrasai contre son torse. Je vacillai en arrière, et il me rattrapa par la taille, juste un instant, puis il me relâcha.

Je commençais à comprendre qu'il fallait que je me concentre sur les ombres autour de lui si je ne voulais pas louper mon coup à chaque fois et passer mon temps à heurter de plein fouet le mur de sa poitrine.

Il y eut un autre courant d'air froid, et son épée étincela à une dizaine de mètres de là. Cette fois, je m'enténébrai dans l'ombre un mètre derrière lui et donnai un coup d'épée, mais, une fois de plus, il avait anticipé mes gestes. Il para, bloqua le coup, puis disparut.

Anticipez toujours les actions de votre ennemi.

Ruadan continua à s'enténébrer, prévoyant à chaque fois l'endroit où j'allais atterrir quelques instants plus tard. Nous nous déplaçâmes, des arches plongées dans l'obscurité à la voie ferrée qui passait au-dessus du jardin public. Je faillis tomber de la maison sur pilotis, mais retrouvai mon équilibre. Nous nous enténébrâmes encore, jusqu'à une gare abandonnée, puis jusqu'à l'arbre aux branches duquel pendaient des chaussures.

Comme avant, Ruadan ne cessa de témoigner d'une étrange capacité à prédire ce que je m'apprêtais à faire. Presque comme si nous avions été formés par la même personne.

Baleros avait-il un jour été le mentor de Ruadan ?

Il fallait que je le surprenne. Je m'étais déjà améliorée. Je ne lui rentrais plus dedans. Comme nous utilisions de longues épées, nous devions être un peu écartés l'un de l'autre pour pouvoir parer, et chaque fois j'atterrissais pile à bonne distance de lui, prenant rapidement ma position de combat ; mais peut-être n'étais-je pas obligée de me servir de mon arme comme d'une épée.

Ruadan disparut, et j'aperçus ses yeux intenses dans l'obscurité. Je me fondis dans l'ombre juste derrière lui et, aussitôt, lui mis mon épée sous la gorge. Pour cela, je fus obligée de me tenir sur la pointe des pieds, collée contre lui, je n'étais donc pas dans une position particulièrement stable.

— Lâche ton épée, mon joli, murmurai-je.

Au lieu de faire ce que je lui ordonnais, il m'attrapa la main et tira dessus, puis il se baissa pour passer sous mon bras, en un mouvement fluide et rapide comme l'éclair.

Instantanément, il se plaça derrière moi et me bloqua les bras. Je me débattis quelques instants, puis je m'aperçus qu'il essayait de me faire comprendre quelque chose.

Il glissa une main jusqu'à mon épée et me désarma, puis il me tendit une dague. Une miséricorde, pour être précise. Je n'étais pas tout à fait aussi habile à la dague qu'à l'épée, et c'était peut-être pour cette raison que nous avions commencé par nous battre à l'épée, pour que je sois en terrain connu, mais je m'étais souvent servie de stylets, et ce n'était pas très différent. D'habitude, on se servait d'une miséricorde pour donner le coup de grâce à un gladiateur blessé, et non pour le combat, mais on pouvait tuer avec. Comme son nom l'indiquait, la miséricorde permettait de mettre fin aux souffrances d'un adversaire, par compassion.

Je me dégageai de l'étreinte de Ruadan et fis tourner la dague dans ma main.

— C'est ce que nous allons utiliser ? demandai-je.

Il hocha la tête.

— Ce n'est pas la meilleure arme pour se battre contre…

Je fronçai les sourcils, réfléchissant. Si nous devions nous battre avec des incubes, nous ne les tuerions pas. Les incubes étaient immortels.

Lentement, je commençai à comprendre. Les chiens des enfers et les autres démons faucheurs possédaient des outils spéciaux dont ils se servaient pour faucher les âmes pour leurs dieux – qui les envoyaient ensuite dans l'un des sept enfers. Des poignards et d'autres objets tranchants ensorcelés créés par les dieux eux-mêmes.

Nous ne nous servirions pas de ces dagues pour tuer les incubes, mais pour prendre leur âme. Dès que nous poignarderions un incube, il serait immédiatement envoyé dans l'Enfer des Ombres – le néant.

— C'est une dague faucheuse, n'est-ce pas ?

Ruadan hocha la tête.

— Par pitié, dis-moi que nous nous entraînons avec des fausses.

Il hocha encore la tête.

Tant mieux. Cela signifiait que si nous nous poignardions accidentellement pendant que nous nous entraînions, nous ne finirions pas dans l'Enfer des Ombres.

Avant que je n'aie pu poser une autre question, Ruadan disparut de nouveau, s'enténébrant sur la voie ferrée désaffectée.

Nous nous enténébrâmes à travers tout le jardin public, bloquant les attaques l'un de l'autre. Nous tourbillonnions dans les ténèbres, apprenant lentement les excentricités de chacun. Les mouvements de Ruadan suivaient un certain rythme, il bougeait d'abord lentement, puis très rapidement, et je commençais à être capable d'anticiper ses réapparitions. Il était agressif, mais ses gestes étaient maîtrisés, il frappait en diagonale et visait chaque fois mon épaule. De temps en temps, il décrivait un arc de cercle pour me frapper au flanc. Soit il était convaincu que je parerais chacun de ses coups, soit il était très sûr de ses capacités de guérison, car il semblait ne pas se retenir.

Notre cadence s'accélérait, et je me mouvais comme un vent lunaire, survolant le sol. Plus vite je me déplaçais, plus la magie glaçait mes veines, et plus le vide grandissait entre mes côtes. Apparemment, la quantité de magie que j'étais capable de canaliser était limitée, et mes jambes commençaient à flageoler.

Treizième loi du pouvoir de Baleros : ne laissez pas votre adversaire percevoir votre faiblesse, et ne vous avouez jamais vaincu.

La magie de l'ombre me faisait claquer des dents, mais je ne voulais pas m'arrêter, pas tant que Ruadan continuait à passer d'une ombre à une autre, à m'échapper. Il fallait que je poursuive, que je lui prouve que je n'étais pas une ratée qui n'était bonne qu'à se battre dans les bars et à boire du whisky.

Anéantissez vos ennemis impitoyablement.

Je laissai la magie m'envahir, me pénétrer jusqu'à l'os. Tandis que je m'enténébrais à l'autre bout du jardin public, le néant se propagea dans ma poitrine, et des images s'imposèrent à moi, d'un sol de terre battue, du fond d'une cage. À mes pieds gisaient douze faés morts, leur peau pourrissante noircissant…

Le néant me dévorait, et des souvenirs enfouis depuis longtemps refaisaient surface. Un jour, Baleros m'avait donné un caramel au beurre. J'avais 17 ans, à l'époque ; j'étais bien trop âgée pour me laisser amadouer par un bonbon, mais je m'étais quand même empressée de le ramasser sur le sol. Je l'avais conservé, dans la cage, refusant de le manger.

Tu as une pitoyable tendance à t'attacher à quiconque te témoigne la moindre gentillesse.

Baleros avait raison à mon sujet.

Une rage froide s'empara de moi. Je serrai les dents, me démenant pour maîtriser le pouvoir de la magie. Je voulais du sang. Je voulais gagner.

J'avais la vague impression que Ruadan voulait arrêter, maintenant, que l'entraînement était terminé, que j'avais perdu le contrôle de la magie, mais la voix de Baleros résonnait dans ma tête.

Anéantissez vos ennemis impitoyablement.

Nos épées lancèrent des étincelles, pareilles à des étoiles dans le ciel nocturne, jusqu'à ce qu'une bourrasque de vent glacé, cinglante, vienne s'enrouler autour de moi. J'avais la sensation que ma peau se craquelait comme de la glace.

Je voulais m'enténébrer de nouveau, mais j'avais perdu Ruadan de vue. Soudain, deux bras puissants se refermèrent autour de mon torse par-derrière, me bloquant les bras, et le corps musclé de Ruadan se pressa contre le mien.

Son étreinte me dominait, il me serra fort le poignet, jusqu'à ce que je lâche la dague. Elle tomba sur la pierre avec un bruit métallique.

Ce fut à ce moment-là que je me rendis compte que j'étais secouée de violents tremblements.

Ruadan glissa une main sous ma tunique et la posa à plat sur mon ventre. Lentement, le flot de magie fut endigué, et je m'effondrai contre lui. Ce déluge m'avait pompé toute mon énergie, et mes yeux commençaient à se fermer.

Ruadan passa un bras dans mon dos, l'autre sous mes jambes, et il me souleva.

Aussitôt, j'appuyai la tête contre son torse puissant, et je respirai son odeur de pin.

* * *

Je me réveillai sur le sol dallé de la chambre de Ruadan. Une lueur orangée filtrait à travers les fenêtres. Était-ce l'aube ? Non, le soleil ne tombait pas sur ce côté du bâtiment, le matin. Je clignai des yeux. C'était le crépuscule, alors. J'avais dormi très longtemps.

Je portai une main à ma gorge pour toucher le pendentif, et m'aperçus qu'on me l'avait enlevé avant de m'allonger là.

Je me frottai les yeux, et il me fallut quelques secondes pour me rendre compte que j'étais sous une couverture, et que j'avais un oreiller – un putain d'*oreiller* – sous la tête.

Je jetai un coup d'œil autour de moi et vis, à l'autre bout de la pièce, Ruadan qui s'habillait et attachait plusieurs couteaux autour de sa taille.

Était-ce vraiment lui qui m'avait donné une couverture et un oreiller ? C'était la première chose vraiment gentille qu'il avait faite pour moi. C'était le premier signe qu'il se souciait de mon confort et qu'il ne voulait pas seulement me voir survivre dans le cadre de sa mission.

Je tirai la couverture sous mon nez et inhalai l'odeur de pin.

Je balayai ensuite la pièce du regard. Une tourte était posée sur la table, de la vapeur s'élevait de sa croûte, et mon estomac gargouilla. M'avait-il aussi prévu de quoi manger ? La nuit dernière, quand nous nous étions entraînés au jardin public, une sorte de fureur guerrière s'était emparée de moi. J'avais vu Ruadan comme mon ennemi. Et s'il ne l'était en fait pas ? Et s'il m'aimait bien, en réalité ?

Cependant, à peine mes yeux se furent-ils de nouveau posés sur son arsenal, accroché au mur, que je me repris : je recommençais, je me laissais aller à ma pitoyable tendance à m'attacher à quiconque me témoignait la moindre gentillesse. J'eus la sensation qu'une pointe glacée me transperçait la poitrine.

La nuit dernière, au jardin public, je m'étais sentie complètement submergée par notre baiser, qui m'avait donné l'impression que le sol s'ouvrait sous mes pieds et que je tombais en chute libre ; mais, bien sûr, cela faisait partie de l'entraînement, ce n'était qu'un moyen de m'aider à canaliser la magie de l'ombre. Si Baleros avait été capable de canaliser la magie de cette façon, il l'aurait fait. Maintenant, je laissais Ruadan jouer avec mes émotions.

Ruadan était gentil ; et que m'avait donc appris Baleros au sujet de la gentillesse ? Qu'elle donnait à un mentor de l'ascendant sur son élève. Celui qui la recevait devenait esclave.

Réfléchis bien, Arianna. Qu'avait-il fait de ses deux derniers novices ? Il les avait exécutés. Il l'avait lui-même formulé ainsi. Il m'exécuterait aussi s'il jugeait cela nécessaire. Dès que le Grand Maître Savus lui en donnerait l'ordre, Ruadan me ferait mettre la tête sur le billot d'exécution et lèverait son épée. Il me la couperait net. Il me l'avait bien fait comprendre.

Alors, pourquoi cette couverture et cet oreiller ?

Il me la faisait à la Baleros, encore une fois. Il se battait comme lui. Il avait recours aux mêmes tactiques que mon ancien maître. Il s'était entraîné avec lui, avait peut-être même été formé par lui. Et ce qu'il me donnait maintenant, c'était mon putain de caramel au beurre, la misérable babiole à laquelle je me cramponnerais au fond d'une cage au sol de terre battue. C'était ma fraise. La moindre gentillesse…

Je me levai, les jambes flageolantes, et ramassai la couverture.

— Je n'ai pas besoin d'une putain de couverture ! criai-je. Ni d'un oreiller ! C'est clair ?

Ruadan fit volte-face.

— Je dors par terre. Je me débrouille toute seule. Ça a toujours été comme ça, et ça sera toujours comme ça. Je n'ai pas besoin de ce putain d'oreiller !

La colère montait en moi, et je les lui jetai au visage. Je savais comment cela fonctionnait : il me lancerait quelques bricoles, et je serais sous son contrôle jusqu'à ce que le moment soit venu de poser ma tête sur le billot. La trahison me tuerait avant le couperet. Je ne laisserais pas cela se produire. Je ne me laisserais pas mourir intérieurement.

— Je n'ai pas besoin de tes putains de caramels au beurre !

Ruadan fronça les sourcils et l'étonnement se lut sur ses traits parfaits.

Un point pour moi, Baleros. Ne laissez jamais votre ennemi anticiper vos actions. Ruadan ne s'était certainement pas attendu à ce que je lui crie dessus pour lui parler de caramels au beurre.

— C'est une métaphore, expliquai-je.

Attention, Arianna. Attention. Je ne devais surtout pas lui faire comprendre que je connaissais Baleros.

Ma colère retombait déjà.

— Laisse tomber. Je n'ai pas besoin de couverture, c'est tout. Je peux dormir par terre, et je t'en prie, ne fais pas semblant d'être gentil avec moi, parce que je sais ce que tu cherches à faire.

Il avait maintenant l'air irrité, et il pointa brusquement le doigt vers la tourte, des ombres fouettant l'air autour de lui en arcs déchaînés. Apparemment, il avait entendu mon estomac gargouiller et avait supposé – à juste titre – qu'une partie au moins de ma fureur était due à la faim.

Je me dirigeai vers la table.

— Merci pour la nourriture. Je sais qu'il faut que tu me nourrisses et que tu m'empêches de mourir de froid.

Je m'assis à la table en pierre, l'eau me venant déjà à la bouche. Cette fois, c'était une tourte au poireau et à la pomme de terre, accompagnée de sauce.

Bon sang ! Je ne me souciais plus de savoir s'il essayait de me manipuler. J'avais envie de le serrer dans mes bras pour le remercier de m'avoir donné cette tourte. Elle fondait dans la bouche, riche et pleine de beurre.

— Alors comme ça, j'ai dormi toute la journée, dis-je.

Il hocha la tête, puis vint s'asseoir en face de moi, sa silhouette massive se dressant, menaçante, au-dessus de la table.

Mes membres étaient encore douloureux.

— Je suppose que la magie m'a un peu épuisée.

En fait, j'avais vraiment de la chance d'avoir été associée à Ruadan. Contrairement aux autres novices, qui s'exerçaient à la magie depuis toujours, j'avais bien besoin d'un incube pour m'aider à en maîtriser la pleine puissance. De quelqu'un pour me dégeler un peu.

Ruadan sortit un bout de papier et écrivit :

Quand tu es acharnée à la perte de ton adversaire, tu laisses la magie te submerger. N'oublie pas de l'ancrer dans la terre, sous tes pieds, pour ne pas t'épuiser.

— Ça va aller, promis-je avant de prendre une autre bouchée de tourte. Alors, quand est-ce que nous nous attaquons à ce nid d'incubes ?

Dans quelques heures.

Je me laissai aller en arrière sur ma chaise. Je n'étais pas vraiment prête, mais il m'était déjà arrivé d'aller au combat sans y être préparée. Et j'avais survécu.

Je jetai un coup d'œil à l'oreiller, sur le sol, et aux plumes qui s'en étaient échappées. D'une certaine manière, ce maudit oreiller – ce petit geste attentionné – me faisait plus peur que les incubes.

22

Sous l'une des arches plongées dans l'obscurité, dans le jardin public où je m'étais entraînée avec Ruadan, je me tenais en rang avec les autres novices. Nous attendions l'arrivée du Grand Maître Savus, qui donnerait l'ordre d'attaquer. La voiture incendiée de la veille avait cessé de fumer et n'était maintenant plus qu'un déchet parmi d'autres, sous les arches – de vieux réfrigérateurs, un Caddie en plastique pour enfants. Des journaux, des boîtes à œufs et des baskets abandonnées jonchaient le sol.

Et dire qu'Aengus m'avait fait miroiter une vie dans le luxe et l'élégance aux côtés des Faés de l'Ombre… !

D'après ce que j'avais compris, le nid d'incubes se trouvait à proximité. En fait, ils avaient pris le contrôle d'une boîte de nuit non loin de là. Maddan regarda ma tenue légère – une jupe courte, un haut en soie décolleté, et pas de soutien-gorge – et plissa les yeux.

— Pute, dit-il tout bas.

Connard. Je n'avais pas l'intention de me disputer avec lui, car cela n'aurait servi à rien. Il n'avait pas la moindre idée de ce qui l'attendait, de toute façon.

Les faés mâles ne se rendaient absolument pas compte qu'ils allaient être sérieusement désavantagés lors de cette épreuve. Aucun d'entre eux ne savait comment fonctionnaient les boîtes de nuit dans le monde humain. Ils n'étaient jamais allés dans un bar, et n'avaient jamais essayé d'entrer dans une boîte sélecte en montrant juste ce qu'il fallait de décolleté. Ils comptaient probablement se contenter de se présenter à la porte et de demander à entrer. Ils avaient caché leurs oreilles pointues et laissé les feuilles de chêne à la maison ; mais malgré cela, ils détonneraient dans ce milieu.

Melusine et moi, en revanche, étions parfaitement habillées pour l'occasion. Nos tenues légères étaient notre ticket pour entrer dans la boîte de nuit des incubes.

J'effleurai du bout des doigts la miséricorde faucheuse dissimulée sur mon flanc.

Si les faés mâles parvenaient, d'une manière ou d'une autre, à entrer dans la boîte, nous risquions de perdre l'avantage. La magie du désir des incubes ne fonctionnait que sur les femmes. Melusine et moi aurions peut-être beaucoup de mal à rester concentrées.

Dans tous les cas, la chose la plus importante à garder à l'esprit pour l'épreuve de ce soir était que le moindre contact accidentel avec notre dague serait synonyme d'une éternité en enfer. Si nous nous blessions accidentellement, nous serions aussitôt envoyés dans le néant pour toujours. Cela expliquait peut-être pourquoi les mâles étaient un peu nerveux, ce soir.

Le Barghest grogna.

— Dès que vous serez entrées dans la boîte, sales putes, et que vous aurez flairé la magie incube, vous serez en rut comme des chiennes en chaleur.

— Tu sous-entends que je suis une chienne ? Tu te transformes littéralement en…

Je soupirai.

— Laisse tomber.

Cela ne valait même pas la peine. C'était un idiot, et il ne survivrait probablement pas à cette épreuve.

Le Barghest se remit à grogner, mais il fut interrompu par l'écho de pas dans l'obscurité des arches et l'apparition d'une brume dense.

Le Grand Maître Savus sortit de l'ombre des arches, et le silence se fit parmi les novices. Un filet continu de gouttelettes d'eau tombait d'au-dessus de nous.

Je glissai ma main dans ma poche et touchai le cristal de lumen du bout des doigts. Un jour, quand je mènerais une vie de fugitive, ce cristal serait mien.

Savus faisait les cent pas devant nous.

— Ce soir, vous allez faucher des âmes dans une boîte de nuit bondée. Nous allons vous observer pour voir comment vous vous débrouillez. Nous noterons votre célérité, votre efficacité et votre discrétion. Les roturiers nous craignent, mais nous n'aimons pas attirer l'attention plus que nécessaire. Si les humains ont trop peur, ils commenceront à s'agiter. Notre alliance fragile se désagrégera. Les humains peuvent être tellement irrationnels ! De plus, vous êtes des novices. Vous n'êtes pas des Chevaliers des Faés de l'Ombre, et ne pouvez donc pas vous présenter comme tels. Ce soir, vous vous ferez passer pour des humains.

Il joignit les mains par le bout des doigts.

— Vous avez tous vos cristaux de lumen, n'est-ce pas ? Gardez à l'esprit qu'ils sont extrêmement précieux. Tout novice qui perdrait le sien pourrait s'attendre à trouver la mort par la lame d'une hache de fer.

Mince, alors ! Je commençais à penser que les chevaliers étaient un peu trop pressés de sortir leurs haches de fer.

Je mis le collier autour de mon cou et une décharge glaciale de magie traversa aussitôt tout mon corps. Comme Ruadan me l'avait indiqué, je me servis des pierres sous mes pieds pour ancrer le pouvoir, canaliser uniformément la magie. Je pris une profonde inspiration, saccadée, tandis que le pouvoir se répandait dans mes muscles et mes os.

Savus montra du doigt la rue qui longeait l'autre bout du jardin public.

— Trouvez la boîte de nuit des incubes. Entrez discrètement, en vous faisant passer pour des humains. Fauchez les âmes d'incubes. Souvenez-vous : nous tuons dans l'ombre. Et si vous ne restez pas discrets, vous serez probablement abattus. Nous pensons que de nombreux incubes rôdent là, et ils sortiront de l'ombre pour vous tuer s'ils découvrent votre présence. Ne causez pas d'esclandre.

Je jetai un coup d'œil au Barghest, cette fois encore persuadée qu'il mourrait avant la fin de la nuit. Je ne pouvais pas dire que cette pensée me plongeait dans un immense chagrin.

— Attendez que je vous donne l'ordre d'y aller, dit Savus d'un ton d'avertissement.

De même que la magie de l'ombre courait dans mes veines, l'adrénaline circulait dans mon sang. Je regardai les autres novices et remarquai que la lueur des étoiles semblait briller dans leurs yeux. La magie de Nyxobas nous animait, comme elle animait Ruadan.

Le Barghest émettait un grondement sourd. Des ombres fouettaient violemment l'air autour de Maddan – le prince – et teintaient de noir ses cheveux auburn. Un vent nocturne glacial ondoyait sur mon corps, et je tirai ma dague de sa gaine.

À côté de moi, Melusine marmonnait pour elle-même.

— Entrer discrètement, les envoyer tous en enfer. Entrer discrètement, les envoyer tous en enfer. Entrer discrètement, les envoyer tous en enfer…

Ses marmonnements, associés à son doux visage, avaient un effet profondément déconcertant.

Je me tournai vers elle et murmurai distinctement :

— Maddan va probablement faire quelque chose de stupide, comme rater complètement l'enclos des chèvres.

Melusine fronça les sourcils, prête à me faire remarquer que nous avions *intérêt* à rater l'enclos des chèvres, que les chèvres étaient des monstres belliqueux qui nous jetteraient dans la boue à plusieurs reprises, pires que les incubes ; mais je posai un doigt sur mes lèvres pour lui faire garder le silence. Son visage s'éclaira comme elle comprenait, et elle rit, un peu trop fort.

— Ha, ha ! Oui. Il est assez stupide pour ça… Rater l'enclos des chèvres !

Mon regard se porta à l'autre bout du jardin public, au-delà de la ferme, là où scintillait la lueur des réverbères. La froideur de la magie me glaçait, et leur chaleur me faisait envie. J'aspirais à la lumière.

— Maintenant, annonça Savus. Allez, et fauchez.

Tandis que les ombres se répandaient comme de l'encre dans mon sang, je me fondis mentalement avec les ténèbres juste devant l'enclos des chèvres. Je m'enténébrai, filant dans l'air et atterrissant en douceur dans l'herbe humide, devant la barrière.

Le Barghest s'enténébra dans l'enclos et atterrit juste devant une chèvre, qui le chargea aussitôt. C'était lui le plus stupide, bien sûr.

Melusine et moi allions déjà de l'avant, nous enténébrant par-delà la ferme, en direction de la lueur jaune des réverbères.

Savus ne nous avait pas dit où trouver la boîte de nuit, et cela faisait partie de l'épreuve. Comme nous nous rapprochions de la rue principale, je humai l'air, me concentrant sur l'odeur de foudre de la magie nocturne et incube. Je m'enténébrai dans une ruelle sombre qui donnait sur la rue principale et continuai à suivre sa trace – malgré les odeurs de bière, de sueur et de poubelles.

Les murs de chaque côté de l'étroite rue principale étaient couverts de graffitis. Avec ses réverbères et les enseignes au néon des boîtes de nuit, les ombres étaient moins nombreuses, mais j'en trouvai derrière une rangée de food trucks, et en zigzaguant d'une ruelle à l'autre pour remonter la rue.

Des noctambules titubaient dans la rue, et quelques-uns d'entre eux chantaient à tue-tête. Je connaissais ce quartier : tout le monde y allait pour se bourrer la gueule, et je commençais à me rendre compte que nous n'avions pas à nous inquiéter démesurément pour ce qui était de la discrétion. On aurait pu courir dans cette rue déguisé en écureuil flamboyant, et personne ne l'aurait remarqué.

Tandis que je me déplaçais, je perçus l'odeur de mousse d'un faé, et je vis un éclair roux passer en trombe à côté de moi.

Merde. Maddan prenait de l'avance sur moi.

Oh, eh bien, tant pis ! Qu'il s'épuise ! Il ne rentrerait jamais dans cette boîte de nuit, et je pouvais peut-être juste le laisser m'y conduire.

Je le suivis jusqu'à une ruelle sombre qui passait entre deux bâtiments de brique de l'époque victorienne. Le prince avait mis en plein dans le mille, car l'odeur d'incubes était plus forte, ici. D'ailleurs, je sentais déjà leur magie caresser ma peau et me faire frissonner. Même en dehors de la boîte de nuit, mon corps se réchauffait. Ce n'était pas étonnant qu'ils aient attiré une longue ligne de femmes humaines. Je commençais à mesurer à quel point il allait m'être difficile de me concentrer en infiltrant un repaire d'incubes, mais au moins, Ruadan n'était pas dans les parages, à empirer les choses avec son visage incroyablement beau.

Dans la ruelle, les humains bavardaient et jouaient avec leurs téléphones portables. En dépit du fait qu'aucune enseigne – ou peut-être *parce qu'*aucune enseigne – n'indiquait l'entrée de la boîte de nuit des incubes, c'était apparemment l'établissement le plus branché de la ville.

Devant moi, Maddan marchait en se pavanant. Il avait tout d'un membre d'une famille royale faé. Il avait beau avoir laissé ses feuilles de chêne à la maison, ce soir, il n'en avait pas moins l'air d'un excentrique parmi les humains, avec son maintien raide et son regard impérieux et furibond.

Être admis dans la boîte de nuit n'était pas aussi facile que cela l'aurait été de m'enténébrer à l'intérieur, mais il fallait se concentrer sur un endroit que l'on voyait pour s'enténébrer, et un mur de brique nous barrait le passage – sans parler des deux armoires à glace qui faisaient office de videurs. Nous étions déguisés en humains, mais même si cela n'avait pas été le cas, les videurs n'en auraient peut-être rien eu à faire. À Londres, les videurs de boîtes de nuit étaient peut-être les seuls parmi les humains à ne pas avoir peur des chasseurs de magie.

Je jetai un coup d'œil par-dessus mon épaule et fus soulagée de constater que Melusine me talonnait, et qu'elle se tenait bien droite pour mettre ses seins en valeur. Cette fille était intelligente, même si elle était incapable de se servir d'une épée, alors que sa vie en dépendait, littéralement.

Le Barghest et le Monstre Marin passèrent devant nous en nous bousculant. Je voyais déjà les videurs se renfrogner en les voyant. Ces faés mâles là n'entreraient jamais dans la boîte par la porte d'entrée. À moins qu'ils ne soient prêts à massacrer des humains devant une foule, ils allaient être obligés de rôder sous terre pour essayer de trouver un moyen d'entrer par les égouts.

Je restai un peu en retrait, pour que les videurs ne croient pas que Melusine et moi étions avec ces trois cons. De là où j'étais, je n'entendais pas ce que Maddan disait, mais j'étais *sûre* que c'était quelque chose de tout à fait normal et de typiquement humain, du style : *Maddan, Fendeur d'Ennemis, fils de Crétinus de la Maison des Têtes de Nœud.*

Quoi qu'il ait pu dire, l'un des videurs le repoussait. Je pouvais presque *voir* la fumée sortir des narines de Maddan. Il était probablement tenté de faucher l'âme de ce videur, d'entrer dans la boîte de nuit et de tout saccager. Ce qui était sûr, c'était que la main du Barghest, qui était la plus proche de la gaine de sa dague, avait l'air de le démanger. Si seulement Savus ne nous avait pas incités à la prudence et dit d'œuvrer dans l'ombre !

— Dans l'ombre, chuchotai-je d'une voix assez forte.

Le Barghest se retourna et montra les dents. Niveau discrétion, ils merdaient déjà, et j'espérais que Savus le voyait.

Je fis un pas dans leur direction, m'approchant juste assez pour entendre ce que disait Maddan, et je distinguai juste la fin :

— ... probablement plein de putes, de toute façon.

Le videur lui donna un grand coup de poing dans la mâchoire.

Les trois faés mâles grondèrent, mais ils finirent par réussir à se dominer. Je leur adressai un grand sourire lorsqu'ils passèrent à côté de nous, renvoyés par les videurs. Pour ce qui était d'entrer discrètement, c'était râpé !

Je me penchai vers Melusine et murmurai :

— Il est temps d'avoir recours à la Sainte-Trinité qui garantit l'approbation de tout videur de boîte : avoir un blog, montrer ses nichons, et se taper le DJ. Ou, dans mon cas, prétendre que je me suis tapé le DJ.

Elle inclina légèrement la tête sur le côté, les sourcils froncés, et cligna de ses grands yeux marron. Elle ne voyait pas du tout ce que je voulais dire.

Ce n'était pas grave. Elle m'avait donné une fraise, et maintenant, c'était ma copine.

Je me dirigeai vers les videurs d'une allure nonchalante, me déhanchant et entortillant une mèche de mes cheveux lavande autour de mon index.

— Salut, les gars !

Pour une raison obscure, j'avais pris un accent américain. Peut-être parce que je trouvais les Américains plus sexy, d'une certaine manière.

— J'écris un article pour le blog Nuits Brûlantes à Londres. J'ai eu quelqu'un au téléphone, tout à l'heure, je l'ai prévenu que je passerais pour rédiger un article sur votre gin-tonic aromatisé aux herbes.

Je n'avais pas eu besoin de faire de recherches là-dessus. Tous les bars de Londres – même le bar de merde où j'avais travaillé – proposaient du gin-tonic aromatisé aux herbes. Dans notre cas, nous nous contentions en fait de mettre un peu d'origan bon marché dans du gin Tesco, mais dans une boîte de nuit d'incubes, on utilisait probablement du concombre de serre et du romarin fraîchement cueilli, et une fine couche d'or devait orner le bord du verre.

L'un des videurs me regarda, les sourcils froncés.

— Tu dis que tu as eu quelqu'un au téléphone ? C'était qui ?

— Mon pote Gary, le DJ. Nous sommes très, *très* proches.

Je connaissais *réellement* un DJ prénommé Gary. Je ne l'avais jamais rencontré, mais il mixait dans toutes les boîtes de l'est de Londres. C'était une légende. « Je connais Gary » était en quelque sorte devenu le mot de passe pour entrer dans n'importe quelle boîte de nuit du quartier de Shoreditch.

— Tout le monde prétend connaître Gary, répliqua le videur.

Et merde ! Cela devenait plus difficile, ces temps-ci.

— Ouais, mais *moi*, je le connais réellement. Il est grand, il se tient le dos voûté, il porte des tee-shirts larges, il sent souvent le joint, il rabâche des histoires de conspirations gouvernementales, et il se trimbale partout avec un sac plein de disques, dis-je, décrivant tous les DJ ayant jamais existé.

Le videur hocha la tête et m'observa, les yeux plissés, comme s'il considérait ce que je venais de dire.

— En fait, il est très fier de ses tee-shirts noirs moulants.

Bon, d'accord. Presque *tous les DJ.*

— Si tu le connais si bien que ça, continua le videur, comment est-ce qu'il se fait appeler, ces temps-ci ?

Par le plus grand des hasards, je connaissais la réponse à cette question, parce que je m'étais préparée, quelques semaines plus tôt, pour entrer dans une boîte sélecte à l'occasion d'une soirée « mousse et échange de vêtements ».

— Il se fait parfois appeler Gary le Grand, répondis-je, alias Gazza Striptease.

Le videur secoua la tête. Il n'avait pas l'air convaincu.

Merde. Est-ce que j'en oubliais un ?

— Ah oui ! Et aussi Jésus de Gazzareth, m'écriai-je avec un sourire.

— D'accord.

Il décrocha le mousqueton du cordon de velours et s'écarta pour nous laisser passer.

Un point pour les dames !

Melusine me sourit, et nous entrâmes dans un long couloir éclairé par des pierres bleues lumineuses incrustées dans les murs. Au bout, une porte argentée nous barrait le passage. Dessus était gravé le sigil du Dieu de la Nuit : un cercle et, en son centre, un point – en gros, un téton géant – à côté d'un croissant de lune. Ces démons n'essayaient même pas de cacher leur nature démoniaque. Ils la jetaient purement et simplement à la figure des chevaliers. J'en aurais presque pris ombrage, mais je me rappelai alors que je n'avais en fait aucunement l'intention de devenir chevalier.

Avant que je n'aie pu refermer la main sur la poignée de la porte, Melusine me saisit le bras.

— Entrer discrètement, les envoyer tous en enfer.

23

Avant de pousser la porte gravée, je regardai Melusine avec intensité.

— Tu es prête ?

— Oui.

Elle prit une profonde inspiration.

— C'est juste que je me suis préparée toute ma vie à ceci. Je m'exerçais déjà à la magie et aux Incantations Angéliques quand j'étais petite fille. Crois-le ou non, je n'ai pas beaucoup d'amis. Quand j'étais plus jeune, je dessinais des visages et je les collais à des manches à balai avec du ruban adhésif pour faire comme s'il y avait des personnes à mes fêtes d'anniversaire. Je ne suis pas douée avec les gens. Pas même avec les personnes-balais. Au moins trois d'entre elles me détestaient, et je n'arrivais jamais à les convaincre de manger le gâteau. Si j'échoue ici, rien ni personne ne m'attend à la maison…

Son front se plissa.

— … et si c'est toi qui échoues, tu seras exécutée. Nous avons toutes les deux beaucoup à perdre, mais une seule de nous deux peut obtenir une place. Il n'y a rien de bon là-dedans.

On entendait vibrer des basses sourdes à travers la porte.

Ma mâchoire se contracta. Ce n'était pas le moment idéal pour avoir cette conversation.

— Écoute, Melusine : chaque chose en son temps. Aujourd'hui, nous devons simplement survivre et faucher quelques âmes. Nous réfléchirons au reste demain. Nous sommes toutes les deux des survivantes. Tu as survécu à une extrême solitude…

Et j'ai survécu à l'arène des gladiateurs.

— Nous allons toutes les deux nous en sortir.

Elle hocha la tête, et je poussai la porte, qui s'ouvrit sur une scène de pur hédonisme. La boîte de nuit ne correspondait pas à ce que j'avais imaginé. Je m'étais attendue à des lumières clignotantes, à une grande piste de danse. Au lieu de cela, l'endroit ressemblait à une immense fumerie d'opium. Des tapis persans couvraient le sol, il y avait des alcôves en bois sombre avec des coussins et des méridiennes, des rideaux de soie, des lustres avec des bougies… Les risques d'incendie étaient nombreux, mais personne, parmi les gens qui se pelotaient dans les alcôves, ne semblait s'en soucier.

Un escalier en bois en colimaçon conduisait à une mezzanine. J'aperçus dans les balcons, au-dessus de notre tête, des femmes nues, assises à califourchon sur des hommes ou allongées en dessous d'eux. Les gens dansaient lascivement au son d'une musique étrange, vibrante, qui s'élevait d'un vieux phonographe qui grésillait. Gary se tenait derrière, avec son tee-shirt noir moulant, et il fouillait dans une caisse pleine de disques.

Pour le moment, je voyais des humains partout, mais je sentais la magie incube tout autour de nous. Elle fonctionnait de deux façons : les incubes se repaissaient de l'énergie sexuelle des femmes, et ils étaient capables de la stimuler. Si jamais les faés mâles arrivaient à entrer ici, ils auraient un avantage considérable sur nous.

En revanche, cela ne serait pas très difficile pour nous de passer inaperçues, car *personne* ne nous prêtait la moindre attention. Les gens étaient concentrés sur des choses bien plus intéressantes.

Je pris une profonde inspiration, me concentrant quant à moi sur l'odeur des incubes. Ils étaient proches, mais pas à cet étage. Je balayai du regard la mezzanine, et aperçus des ailes noires qui avaient l'aspect du cuir. *Là-bas.*

Avec Melusine à mes côtés, j'allai plus avant dans la boîte de nuit, essayant de prendre un air détaché tout en comptant dans ma tête le nombre d'incubes à l'étage du dessus.

Je commençais à avoir chaud. Je regardai fixement un couple enlacé sur une table. La femme – une brune aux longues jambes – était assise à califourchon sur un humain solidement charpenté, qui faisait glisser ses mains sur ses fesses. L'espace d'un instant, je restai bouche bée devant eux.

Une tape sur mon bras m'arracha à ma contemplation.

— Avancer discrètement, les envoyer tous en enfer. *Maintenant.*

— Oui, c'est vrai.

Je n'eus pas le temps de parler stratégie avec Melusine, car elle s'enténébra. Je suivis un moment ses déplacements, impressionnée par sa vitesse. C'était donc pour *ça* qu'ils l'avaient recrutée. Elle était très douée avec un cristal de lumen.

Il était temps que je fauche quelques âmes. Je me cachai dans l'ombre d'une alcôve vide et dégainai ma dague faucheuse.

Je m'enténébrai ensuite dans l'ombre de l'escalier, et montai à l'étage en mezzanine. De là, je scrutai les balcons. En silence, dans l'ombre, Melusine avait déjà éliminé deux des incubes. *Bien joué, Melusine !*

Quand les novices mâles arriveraient, il ne leur resterait plus rien. Cependant, je n'avais pas le temps de jubiler à cette pensée, car j'avais des âmes à faucher.

Mon regard se posa sur un incube dans l'une des alcôves des balcons. Il était allongé sur une méridienne, ses ailes faites de cuir. Une femme aux cheveux roux était allongée sur lui, elle se tortillait, et son corps rougeoyait. Comment Melusine faisait-elle pour faire taire les concubines ?

Elle n'avait pas grand-chose d'une tueuse, alors elle devait avoir recours à la magie pour les endormir. Je n'avais pas son talent, mais je savais comment faire pour étouffer un humain, juste assez pour lui faire perdre connaissance sans le tuer. Mes compétences étaient un peu plus sommaires que les siennes.

La magie froide et électrique me parcourut l'échine, et je m'enténébrai dans une ombre, dans l'alcôve en question. La magie du désir, irrésistible, me submergea, et je dus me démener pour me concentrer. Je fis un pas en direction du couple…

Une vague de désir déferla sur moi. Mon cœur se mit à marteler ma poitrine, et je reculai dans l'ombre, m'efforçant de me dominer en respirant lentement. Je tentai de calmer les battements effrénés de mon cœur. Melusine s'en sortait beaucoup mieux que moi, mais elle était tellement tendue que je n'étais pas sûre qu'elle ait déjà éprouvé du désir.

Ou peut-être pensait-elle aux tristes amis-balais de ses fêtes d'anniversaire. À vrai dire, la seule idée de Melusine en pleurs, essayant de forcer un balai à manger du gâteau d'anniversaire, suffit à chasser de mon esprit toute pensée concupiscente.

Je fis un autre pas en avant et lançai la dague, qui atterrit en plein dans le cœur de l'incube. Aussitôt après l'avoir lancée, je plaquai une main sur la bouche de la femme et lui pinçai le nez pour l'empêcher de respirer.

Elle se débattit contre moi, essaya de crier. Dès qu'elle arrêta de bouger, je la lâchai, et elle s'écroula par terre, sans connaissance. Sa poitrine continuait à se soulever et à s'abaisser. C'était plus brouillon que ce que faisait Melusine, mais cela faisait l'affaire.

Quand je promenai de nouveau mon regard sur les balcons, je repérai un autre incube – que je n'avais pas encore vu jusque-là. Il dansait, vêtu d'un long peignoir en velours. Il avait une fine moustache recourbée, et une coupe de champagne à la main. Une femme nue s'avança lascivement vers lui et lui passa les bras autour du cou.

Bon sang ! Ces femmes ne me facilitaient vraiment pas la tâche. Elles cherchaient simplement à passer du bon temps, et je ne pouvais pas décemment les tuer sans raison. J'avais donc *un peu* de moralité, après tout !

J'attendis qu'elle se soit écartée de lui pour danser toute seule, levant les bras au-dessus de sa tête et ondulant des hanches, les yeux fermés, extatique, et j'invoquai la magie de l'ombre, cette déferlante glaciale et euphorisante de pouvoir.

Je m'enténébrai et atterris juste derrière la femme. D'une main, je lui couvris la bouche et lui bouchai le nez, de l'autre, je lançai ma dague. Elle alla se planter dans la gorge de l'incube, qui s'effondra. *Passe le bonjour à Nyxobas de ma part !*

La femme me donnait des coups de coude dans l'estomac, mais je tins bon jusqu'à ce qu'elle arrête de se débattre, puis je la laissai glisser sur le sol.

J'inspirai profondément. Nous avions fauché les âmes de quelques incubes, mais à en juger par la chaleur qui montait dans mon sang, il en restait beaucoup. Nous devions simplement les trouver. Seulement, nous n'avions pas beaucoup de temps devant nous avant que les femmes que j'avais étouffées ne reviennent à elles, ou que quelqu'un arrête de baiser juste assez longtemps pour remarquer tous les corps inertes alentour.

Je quittai l'alcôve et pénétrai dans un couloir faiblement éclairé, lambrissé de bois sombre, sur lequel donnaient plusieurs portes. Des bougies dans des appliques projetaient une lueur vacillante, des ombres dansaient sur les draps de satin et les coussins éparpillés sur le sol.

Plus j'avançais dans le couloir, plus le désir grandissait en moi, même ma tenue légère me paraissait trop serrée et me semblait être une entrave. Cela signifiait que j'approchais des incubes.

La sensualité qui s'était emparée de moi s'intensifia, mes hanches se mirent à onduler au rythme de mes pas, je sentis mes tétons effleurer mon haut en soie. Je mourais d'envie de le retirer, mais je dus prendre sur moi et me retenir de glisser une main entre mes cuisses.

Arianna ! Concentre-toi si tu veux trouver les incubes.

Soudain, des ondes de désir qui semblaient venir de derrière moi me submergèrent.

Je fis volte-face, me tenant prête, ma dague à la main, mais ce ne fut pas face à des incubes que je me retrouvai.

Non, c'étaient les trois crétins faés qui se tenaient là, dans leurs vêtements trempés d'eaux usées des égouts. Maddan s'avança vers moi avec une lumière violette brillant entre le bout des doigts. Qu'est-ce que c'était que ce truc ?

— Vous ne nous avez laissé aucun incube à faucher, n'est-ce pas ? C'est pour ça que les femelles ne devraient pas être admises à l'Institut. Vous avez utilisé vos artifices féminins à votre avantage.

Je clignai des yeux.

— Oh, eh bien, je ne savais pas que vous aviez droit à un traitement de faveur à cause de votre extraordinaire incompétence, mais c'est logique, maintenant que tu en parles…

Maddan inclina la tête sur le côté.

— Où as-tu appris à te battre aussi bien à l'épée, faé des rues ? Ce n'est pas dans les bars. Il y a *vraiment* quelque chose qui cloche, chez toi, et je vais découvrir ce que c'est.

Le pouvoir électrisant des incubes devenait irrésistible, et je jetai un coup d'œil à la magie violette qui vibrait entre ses doigts. Qu'est-ce que ça pouvait bien être ?

Je me pris à regretter de ne pas m'être armée d'autre chose que la miséricorde. J'étais pratiquement sûre que j'aurais pu me battre contre eux trois en même temps si j'avais eu une épée. Évidemment, je pouvais toujours m'enténébrer…

Maddan fit encore un pas vers moi, et je fus submergée de désir. Qu'est-ce que c'était que ces conneries ? J'avais l'impression d'être entourée d'incubes.

— Tu as déjà entendu parler de la distillation ? me demanda Maddan tout en continuant d'approcher. Je fais allusion à la distillation de la magie, bien sûr. C'est quelque chose que les nobles Mors apprennent dès leur plus jeune âge… mais, évidemment, tu n'es pas l'une des nôtres.

Là-dessus, il me lança une boule de magie violette, et une douce chaleur envahit ma poitrine.

24

Je n'arrivais pas bien à me concentrer sur ce qu'il disait, car une chaleur délirante m'envahissait, un désir irrépressible qui me donnait envie de courir dans la rue et de traquer Ruadan.

— J'ai distillé la magie incube, continua Maddan, flanqué du Barghest et du Monstre Marin. Je veux connaître tes secrets, et *ça*, ça devrait t'aider à te détendre un peu.

J'avais vaguement conscience que j'aurais dû l'attaquer, mais je n'avais plus les idées claires. Mes jambes tremblaient d'un désir animal, brut.

Soudain, les mains mouillées de Maddan se refermèrent autour de mon cou et il approcha son visage du mien.

— Confie-moi tes secrets, faé des rues, pendant que je me sers de toi comme je me suis toujours servi de celles de ton espèce.

En dépit du dégoût qu'il m'inspirait, une vague de désir me submergea. Il me saisit le poignet – de la main avec laquelle je tenais la dague – et le plaqua contre le mur. Alors même que j'avais conscience qu'il me faisait mal, j'éprouvai du plaisir à cette violence.

Il remontait ma jupe, me plaquant contre le bois froid, tandis que je peinais à me rappeler ce que je faisais là, comment je m'appelais… à me rappeler quoi que ce soit. Je lâchai ce que j'avais dans la main.

— Dis-moi d'où tu viens, dit Maddan.

Il m'arracha le cristal de lumen que j'avais autour du cou et le fourra dans sa poche.

Alors que je plongeais mes yeux dans ceux, calculateurs, du prince faé, je retrouvai brusquement toute ma lucidité. Comme ce salaud m'avait pris mon cristal de lumen, je ne pouvais plus me contenter de m'enténébrer.

Je lui donnai un grand coup de genou dans les testicules, et il se plia en deux. Je lui empoignai alors les cheveux et lui frappai violemment la tête sur mon genou. Le Monstre Marin se jeta sur moi, et je lui donnai aussitôt un coup de coude dans la mâchoire, de toutes mes forces.

Pour ce qui était de faire preuve de discrétion, c'était râpé ! D'un instant à l'autre, les incubes allaient se rendre compte qu'il y avait un groupe de faés en train de se battre dans leurs couloirs, et que leur baisodrome était jonché de cadavres. Cependant, j'étais attaquée, par trois personnes, et il fallait que je neutralise ces connards pour pouvoir sortir d'ici.

Le Barghest grogna, et je lui donnai un coup de pied brutal dans la poitrine. Il chancela en arrière et tomba sur le Monstre Marin.

Anéantissez vos ennemis impitoyablement.

À ce stade, je voulais les tuer tous les trois. Savus n'avait jamais dit que nous n'avions pas le droit de tuer les autres novices, et quelque chose me disait qu'il nous y aurait même encouragés.

Une soif de sang s'empara soudain de moi, sombre et tenace. Je voulais voir les corps sans vie de faés gisant à mes pieds, comme autrefois, dans l'arène…

Quand le Monstre Marin chercha à me donner un coup, je l'esquivai, puis lui donnai un coup de poing dans l'entrejambe. Il se plia en deux, et j'en profitai pour lui enfoncer violemment mon coude dans les reins.

Rapide comme l'éclair, je lui saisis fermement la tête entre les mains et effectuai une torsion. Le craquement net qui se fit entendre m'indiqua que je lui avais brisé les os du cou, même si seul le fer l'aurait tué pour de bon. Un sourire sans joie se dessina sur mes lèvres. La mort : c'était ce pour quoi j'étais née.

Je fis volte-face pour éliminer Maddan. Je le rouai de coups, lui cassai le nez, lui ensanglantai le visage.

Je commençais tout juste à prendre le dessus quand, soudain, quelque chose me transperça le corps, quelque chose d'aussi froid qu'un glacier. Le Barghest m'avait poignardée.

Un sentiment de terreur m'envahit.

Je regardai avec horreur la dague faucheuse plantée entre mes côtes. Le néant se répandit dans ma poitrine, magie glaciale et dévorante. Je me mis à trembler violemment, mes veines s'emplissant de glace.

Pourtant… je n'avais pas été envoyée dans l'Enfer des Ombres, pas encore. Pourquoi ? Que se passait-il ?

Les deux faés mâles qui restaient me regardaient fixement. Je n'arrivais plus à contrôler mon corps, ne pouvais plus lever le poing pour les frapper. Secouée de tremblements, je me mis à me convulser, et croisai les bras sur ma poitrine pour me réchauffer.

Ils me regardèrent, bouche bée, tandis que ma peau se couvrait de givre. Il fallait que je récupère mon cristal de lumen.

Le Barghest montra les canines.

— Comment se fait-il qu'elle soit toujours là ?

— Elle devrait être dans l'Enfer des Ombres, cracha Maddan, la magie violette jetant toujours une lueur vacillante au bout de ses doigts. Je t'avais bien dit que quelque chose clochait, chez elle. Même le néant ne veut pas d'elle.

Je parvins à maîtriser suffisamment ma main tremblante pour la poser sur la poignée de la dague et retirer la lame de ma chair ; mais je continuais à claquer des dents et le froid se propageait en moi.

Au jardin public, quand je m'étais entraînée avec Ruadan, il avait contrebalancé la froideur de la magie de l'ombre grâce à la magie du désir des incubes.

C'était une dose de la magie incube dont j'avais besoin pour me réchauffer avant de mourir de froid. Claquant toujours des dents, je parvins à dire :

— Tu étais persuadé de réussir à m'arracher mes secrets avec ton pouvoir de séduction… mais même avec la magie incube au bout des doigts, tu me répugnes !

La colère passa sur le visage de Maddan, et il me lança la boule de magie violette. Elle me frappa en pleine poitrine. Aussitôt, une douce chaleur se répandit entre mes côtes et au creux de mon ventre, dissipant le froid intense de la magie. Alors même que je grelottais, le désir commença à poindre dans mes pensées, et j'imaginai Ruadan en train de m'embrasser.

Comme le Barghest faisait un pas vers moi, je sentis mon dos se cambrer, mes yeux se voiler. Je tremblais de désir et non plus de froid. L'espace d'un instant, je m'adossai à une porte et fermai les yeux. Le mélange de la magie de l'ombre et du désir m'étourdissait.

L'un des faés mâles tirait sur ma jupe, et je sentis le froid murmure de l'air courir sur ma peau.

Je levai une main pour le repousser, et parvins à rassembler mes forces juste assez longtemps pour lui donner un coup de poing dans la gorge. Ce n'était pas un coup de poing très violent, mais il atterrit en plein dans sa pomme d'Adam. Il chancela en arrière et gronda.

Puis, soudain, il y eut un éclair noir derrière lui, et je perçus une odeur de pin.

Ruadan.

Une fureur glaciale brûlait dans ses yeux noirs, ses lèvres retroussées exposaient ses canines.

Je le regardai prendre la tête du Barghest entre ses mains. Il ne se contenta pas de lui rompre le cou. Il passa un bras autour de la mâchoire du Clebs, l'autre autour de ses épaules, et il lui *arracha* la tête. Le sang gicla partout par terre. Ce n'était pas la manière la plus discrète de tuer un homme, mais la colère semblait le consumer.

Maddan s'enfuit dans un nuage noir.

Ruadan dégaina une épée de fer de son fourreau, et la planta dans le corps du Barghest, puis il coupa la tête du Monstre Marin.

Morts tous les deux.

J'étais secouée de tremblements, mélange de la magie glaciale de la dague et du désir distillé qui palpitait encore en moi.

J'essayais désespérément de me concentrer, alors même que la sensation de mon haut en soie glissant sur mes seins nus m'en empêchait. J'effleurai ma poitrine du bout des doigts, et Ruadan suivit des yeux leur mouvement.

Il se précipita sur moi et me prit par la taille pour que je ne tombe pas. Je respirai son parfum viril, et sentis la chaleur qui émanait de son corps. Une partie de moi avait envie de lui montrer à quel point je le désirais, et ma main glissait insidieusement vers ma petite culotte.

Il me fit lever le menton pour plonger son regard dans le mien et m'observa d'un air interrogateur. Je clignai des yeux pour m'éclaircir les idées.

— Ah, oui…

Je me laissai aller contre son torse puissant et murmurai :

— La dague. Maddan m'a poignardée avec la dague faucheuse. Et ils m'ont lancé une boule de magie incube distillée. Ils m'ont pris mon cristal de lumen.

Je me cramponnai au tee-shirt de Ruadan, m'efforçant de rester debout alors même que mes genoux se dérobaient sous moi.

— Est-ce que tu peux t'enténébrer avec moi dans les bras ?

Il secoua la tête.

Et merde ! Nous allions devoir sortir de là de manière classique : en marchant. Le problème, c'était que je ne pouvais pas marcher.

Ruadan resserra son étreinte sur ma taille. La sensation de ses mains sur moi m'emplissait d'un désir ardent et, comme c'était un incube, mon désir le déconcentrait aussi. Ses yeux violets s'assombrirent jusqu'à devenir noirs, son côté animal prenant le dessus. Il émit un grondement féroce, ses doigts se crispèrent sur ma taille, et il me plaqua contre la porte en bois, derrière moi. Je lui pris le visage dans le creux des mains, et levai les yeux vers lui.

Puis, soudain, le cri perçant d'une femme retentit dans la boîte de nuit, et la peur enfonça ses griffes dans ma poitrine.

Nous étions percés à jour.

25

Une force puissante vint frapper Ruadan par-derrière – une fois, deux fois. Je regardai par-dessus son épaule et mon cœur fit un bond dans ma poitrine. Les incubes étaient *vraiment* les maîtres de l'enténébrage, et l'un d'eux venait de surgir derrière Ruadan, ses ailes de cuir déployées. Il avait changé d'aspect, et des serres apparaissaient maintenant là où ses mains auraient dû se trouver.

Quand Ruadan se retourna pour lui faire face, je vis les entailles profondes creusées par ces serres dans son épaule.

— Huit amis morts, siffla l'incube. L'œuvre des chasseurs de magie. Tu es l'un des nôtres. Es-tu à ce point déloyal envers ta propre espèce ?

Ruadan dégaina son épée et, d'un mouvement rapide, en donna un coup dans l'épaule de l'incube, lui tranchant le corps de la clavicule à la taille.

Ça, c'est une sacrée épée !

Cependant, juste après lui avoir porté ce coup, Ruadan vacilla. Les blessures qu'il avait à l'épaule étaient béantes, et son sang en coulait à une vitesse alarmante.

Il fit volte-face, et ses oreilles de faé tressautèrent. Il renifla l'air. L'odeur des incubes était forte, autour de nous. Selon le nombre d'incubes que nous avions laissés en vie, il se pouvait que nous ne soyons qu'à quelques minutes de la mort.

Des ombres étourdissantes et la magie du désir s'enroulaient autour de mes côtes et, les jambes flageolantes, je m'écroulai sur le sol. Ni Ruadan ni moi n'étions en grande forme pour nous battre, pour le moment.

Avec un grognement, il me prit dans ses bras et me souleva, je passai les miens autour de son cou. Il ouvrit l'une des portes et la franchit avec moi.

Nous entrâmes dans un espace qui n'était pas vraiment une pièce à proprement parler, mais plutôt une alcôve exiguë. La lueur dorée des bougies du couloir tomba à l'intérieur, sur une banquette en bois. Ruadan s'assit avec moi dans les bras.

En dépit du désir ardent qui émanait de mon corps, les incubes ne pouvaient probablement pas déterminer l'endroit exact où je me trouvais, étant donné l'établissement tout entier plein de femmes nues en extase.

Les sourcils froncés, Ruadan remonta un peu le bas de ma jupe, et le contact de ses doigts sur ma peau me fit frissonner d'excitation. Il me fallut un moment pour comprendre qu'il cherchait l'endroit où j'avais été poignardée. Du sang coulait de la blessure, mais l'entaille était fine et, apparemment, aucun organe vital n'avait été transpercé. Son front se plissa.

— Je sais ce que tu te demandes, murmurai-je, m'efforçant de maîtriser mes tremblements. Comment quelqu'un peut-il recevoir un coup de dague faucheuse et survivre ?

Il me regarda et hocha la tête.

— Je n'en ai pas la moindre idée…

L'énergie puissante de Ruadan courait sur mes jambes nues.

— … et là, tout de suite, j'ai un peu de mal à réfléchir.

Il effleura la plaie du bout des doigts, et sa magie s'enroula autour. Des volutes nébuleuses s'enfoncèrent dans ma chair, et je vis la blessure commencer à guérir sous mes yeux. La magie s'enroula autour de mon abdomen, lissant ma peau.

Il croisa mon regard avec l'air d'attendre quelque chose.

À ce moment précis, j'étais excessivement consciente de chaque point de contact entre nos deux corps, de ses doigts sur le haut de ma cuisse, de la proximité de ma bouche et de son cou. L'air était chargé de sa magie primitive. Je l'imaginais glissant une main dans ma petite culotte, entre mes jambes, pendant que je me tordais de plaisir contre lui. Je m'aperçus que ma propre main s'était glissée sous l'élastique de ma petite culotte, et la retirai vivement, rougissante.

Ruadan se tenait très droit, l'air impassible, comme un soldat parfaitement stoïque. Toutefois, il y avait dans ses yeux une noirceur animale.

Je me penchai vers lui et lui murmurai à l'oreille :

— Allons-nous attendre ici jusqu'à ce que les incubes aient quitté ce couloir ?

Je ne pus pas m'empêcher de lui mordiller l'oreille, et son corps se raidit.

Il hocha la tête, regardant toujours droit devant lui.

C'était un plan stupide. Les incubes guérissaient grâce au contact sexuel ; j'aurais pu être en train de le guérir en ce moment même. Son corps sembla le comprendre instinctivement, et il se mit à rayonner d'une pâle lueur violette, se nourrissant déjà de mon désir. Alors même qu'il gardait les yeux rivés droit devant lui, ses bras se resserrèrent autour de moi. Du bout de l'index, il trouva le creux de ma hanche et se mit à y dessiner des cercles, lentement, indolemment. Je retins mon souffle.

Puis il plongea ses yeux noirs dans les miens, et l'intensité de son regard eut raison de moi.

Dans ses bras, respirant le parfum de sa magie, je sentais le désir profond qui m'animait s'intensifier, un désir fou, inassouvi, si puissant que j'avais envie de le supplier de le satisfaire.

Son attention était totalement centrée sur moi tandis qu'il me caressait la hanche, attisant encore ce désir. C'était un lent et délicieux supplice, qui me laissait haletante. *Encore...*

Je passai une jambe autour de lui, me laissant glisser sur son corps pour m'asseoir à califourchon sur lui, et nous nous regardâmes droit dans les yeux. À peine quelques instants plus tôt, je mourais de froid, et maintenant, j'avais l'impression que du miel chaud se répandait dans mon corps.

Semblant perdre le contrôle de lui-même, il montra les canines et crispa une main sur ma taille. L'autre glissa sur mon dos, et je me cambrai sous la pression intense de sa paume. Quand sa main arriva sur l'épaule de mon haut en soie, il tira dessus, exposant mon sein, mon téton tout dur. Il se pencha pour m'embrasser, sa langue passa rapidement sur la mienne. Tandis qu'il effleurait mon téton avec son pouce, je basculai le bassin vers lui. Notre baiser s'intensifia, et je perdis toute notion du temps et de l'espace.

Puis, soudain, d'un mouvement vif et brutal, il me souleva et me plaqua contre le mur lambrissé. J'enroulai mes jambes nues autour de sa taille. Il me maintint en place, son regard me pénétrant.

Je fis courir mes ongles sur son dos, cédant au violent désir animal qui s'emparait de moi. Je n'arrivais plus à former une pensée cohérente.

Déjà, je lui avais procuré plus de désir qu'il ne lui en fallait pour guérir ; mais je n'en avais pas terminé. J'avais besoin qu'il m'apaise, à son tour. Un courant électrique passait entre nous, et j'en tirais de la force, remplissant le vide béant de la magie de l'ombre. Il se pencha encore vers moi et m'embrassa avec voracité, plaquant sa bouche contre la mienne avec tout le désespoir d'un dernier baiser.

Je gémis tout contre ses lèvres, glissant mes doigts dans ses cheveux.

Il glissa une main dans ma culotte, et je renversai la tête en arrière, me tortillant contre lui, gémissant plus fort.

Il me plaqua alors une main sur la bouche, et je retins mon souffle. Je fus brusquement rappelée à la réalité.

Ah oui, c'est vrai... Les incubes. Je faisais trop de bruit.

Il retira sa main de ma bouche, puis il déposa un dernier baiser brûlant sur mon cou ; mais tous ses muscles s'étaient contractés comme il s'était rappelé la menace, de l'autre côté de la porte.

Peu à peu, ses yeux redevinrent violets.

Il me posa par terre et plaça un doigt sur ses lèvres. Mon corps glissa contre le sien, le désir inassouvi qui me consumait me rendant folle. Cependant, même dans les brumes de la luxure, j'arrivais à comprendre que, peut-être, au beau milieu d'un combat contre des incubes, il y avait plus important à faire que baiser dans un placard. Comme survivre.

Ruadan sortit un bout de papier de sa poche et écrivit:

Tu peux marcher ?

Oui, je le pouvais. À vrai dire, il m'avait insufflé une si grande quantité de sa magie que je me sentais capable d'affronter toute une horde d'incubes.

Je l'attirai vers moi pour murmurer :

— Il faut juste que je récupère mon arme.

Il entrebâilla la porte et jeta un coup d'œil au-dehors, puis il me prit par la main, et nous sortîmes dans le couloir obscur. Je ramassai ma dague par terre, là où je l'avais lâchée.

Des ombres fendirent l'air autour de Ruadan et gonflèrent jusqu'à ce que nous soyons enveloppés de ténèbres. Sa magie nous aiderait à passer inaperçus le temps de quitter la boîte de nuit.

Au bout du couloir, il poussa une porte en chêne qui donnait sur un escalier plongé dans l'obscurité, et nous descendîmes les marches grinçantes.

Quand nous arrivâmes en bas, l'odeur électrique des incubes me frappa de plein fouet. Nous avions débouché sur une pièce enfumée, remplie de lumières violettes iridescentes, de tapis richement ornés et de coussins soyeux. Il y avait du monde, mais il semblait s'agir principalement de femmes nues, qui ne nous remarquèrent pas tant elles étaient occupées.

Du moins, jusqu'à ce qu'une rousse aux seins incroyablement fermes montre Ruadan du doigt, le sourire aux lèvres.

— Celui-ci n'est pas comme les autres. On dirait un dieu. C'est *lui* que je veux.

Un inexplicable sentiment de possessivité s'empara de moi, et je faillis lui donner un coup de poing ; mais Ruadan resserra ma main dans la sienne et m'entraîna vers la porte.

Juste avant que nous ne l'atteignions, un chuintement me fit tourner la tête. Derrière nous, six incubes se rapprochaient de nous, brandissant leurs épées et leurs serres.

Il fallait que je prenne une de leurs épées pour équilibrer les forces.

L'épée de Ruadan et celle de l'un des incubes s'entrechoquaient déjà. Je me concentrai sur un autre incube – celui qui était le plus près de moi, un démon blond – et lançai la dague faucheuse dans sa direction. Elle alla se planter dans sa poitrine. Lorsqu'il s'effondra, je m'élançai comme une flèche et arrachai son épée à sa main toute molle.

Je fis aussitôt volte-face et ma nouvelle épée frappa celle d'un démon.

La magie de Ruadan m'imprégnait, m'emplissant de force. Je me déplaçais maintenant comme un vent nocturne : rapide, en silence, glaciale. Ruadan passa son épée au travers du corps de l'incube avec lequel il se battait, le tranchant en deux au niveau de la taille.

Deux de moins, plus que quatre.

Je me battais férocement, tournoyant et me baissant pour esquiver les attaques des incubes qui m'entouraient. Ruadan en mit un autre en pièces. J'émis un grognement, parvenant à peine à les repousser comme le combat se prolongeait.

Tandis que je me battais, parant coup après coup, la magie de Ruadan commença à se dissiper. La dague faucheuse ne m'avait pas envoyée en enfer, et pourtant, je sentais l'Enfer des Ombres m'habiter, se propager en moi comme une infection. Le sang se glaçait dans mes veines. Je me mis à donner de plus grands coups d'épée, parvenant de justesse à frapper un incube au flanc.

Une vive douleur me transperça l'arrière du bras, qu'un incube avait déchiré avec ses serres. Il les referma ensuite sur mon épaule, arrachant ma chair.

Ruadan pivota sur ses talons et, décrivant un arc de cercle avec son épée, coupa la tête de l'incube. Il prenait de la vitesse, et n'était maintenant plus qu'un tourbillon de mouvement.

Je chancelai en arrière comme un froid glacial se répandait jusque dans mes os. Secouée de tremblements, je m'écroulai sur le tapis. La douleur me fendait la poitrine.

Je *détestais* être faible, mais je ne pouvais plus lutter contre le néant qui grandissait en moi. Au moins, je n'étais pas en enfer.

Pas encore.

Je regardai fixement Ruadan, tornade d'acier et de magie noire, massacrer les incubes.

Mon sang semblait s'être figé dans mes veines, et je n'arrivais plus à garder les yeux ouverts. Des ténèbres glaciales m'enveloppèrent.

26

J'éprouvai une sensation tout à fait inhabituelle quand je me réveillai, une sensation qui me surprit tellement que je faillis pousser un cri. Un matelas, des oreillers, des couvertures.

Les rayons du soleil de la fin d'après-midi tombaient obliquement dans la pièce à travers les fenêtres aux carreaux en losanges.

Quand je sentis une odeur de pin, je sus que j'étais dans le lit de Ruadan. J'étais toujours glacée, tremblante, et je claquais violemment des dents.

Pour la première fois, je décelai une autre odeur chez lui. Ni celle de pins, ni celle de la magie de l'ombre. C'était de la pomme. J'adorais cette odeur.

Il avait passé un bras puissant autour de moi et me serrait contre sa peau nue. Une mèche de cheveux d'un blond blanc tombait sur mon épaule. Je jetai un coup d'œil derrière moi.

Ruadan essayait de me réchauffer, et la chaleur qui émanait de son corps pénétrait dans le mien. J'étais presque sûre qu'il se servait aussi d'une petite dose de sa magie d'incube pour contrer les ombres. Je me blottis contre lui.

Je passai une main sur mon épaule, à l'endroit où l'incube m'avait planté ses serres dans la chair ; déjà, la peau était redevenue lisse. Ruadan m'avait soignée. Maintenant, sa magie frôlait ma peau, la caressait. Il utilisait juste ce qu'il fallait de sa magie d'incube pour empêcher le vide de me consumer de l'intérieur. Du miel chaud semblait couler dans mon corps comme sa magie vibrait tout autour, et je dus prendre sur moi pour me retenir de me retourner et de l'embrasser.

Je fermai les yeux, sombrai dans le sommeil, et rêvai. J'étais de nouveau dans l'antre des incubes, de nouveau dans cette alcôve, avec Ruadan. Il m'empoignait les cheveux, me renversait la tête en arrière, et son corps était pressé contre le mien. L'air de la nuit et la magie du désir caressaient mes jambes nues et me faisaient frissonner.

Il tendait la main vers ma culotte et me l'enlevait, puis il me faisait tourner sur moi-même pour que je sois face au mur…

Je fus réveillée par un gémissement de Ruadan. Apparemment, dans mon sommeil, je m'étais déshabillée. Pire encore : j'avais passé une jambe par-dessus la sienne, et il était possible que je me sois un peu frottée contre lui. Son corps était complètement raide, sa mâchoire contractée, et il affichait cette expression de « bon petit soldat », comme s'il endurait quelque chose d'épouvantable.

Toutefois, ses doigts étaient cramponnés à ma taille, et il ne me repoussait pas. À vrai dire, son étreinte se resserrait, presque comme s'il cherchait à me rapprocher de lui. En fait, il… résistait, tout simplement.

Je ne pouvais pas me résoudre à m'écarter de lui.

— Il faut que je sorte d'ici, dis-je tout à coup, me rendant compte que je n'étais pas plus près de trouver la clé.

À moins que...

Je jetai un coup d'œil à son torse nu, et mon cœur fit un bond dans ma poitrine. Là, sur son sternum, une rune faé brillait d'une lueur argentée.

Les battements de mon cœur s'accélérèrent encore. La clé faisait partie de son corps.

Je pris une profonde inspiration, sentant la terreur me gagner. S'il s'agissait bien de la clé, je pouvais aussi bien abandonner tout de suite, car je n'allais certainement pas traîner le corps entier de Ruadan jusqu'à Baleros.

Merde, merde, merde !

J'avais l'impression d'avoir reçu un coup de poing dans le ventre. Je m'écartai de Ruadan et m'assis. L'air froid caressa ma peau.

Dès que je me fus écartée de Ruadan, j'eus la sensation que le vide me dévorait de l'intérieur, et la glace se répandit en moi. Ma vision commença à s'obscurcir. Je n'avais pas été envoyée en enfer, mais je n'avais pas non plus échappé à tous les effets de la dague.

— Je ne peux pas rester ici, marmonnai-je. Il faut que j'y aille.

Je devais aller trouver Ciara. Peut-être pourrais-je simplement tuer Baleros. La magie glaciale gelait mon sang, et je claquais des dents.

Ruadan tendit le bras vers moi et me ramena tout contre lui jusqu'à ce que sa chaleur corporelle m'enveloppe. Ma respiration ralentit, les battements de mon cœur s'espacèrent. Je cédai de nouveau au sommeil, et recommençai à rêver de l'alcôve, de baisers fougueux et de dos qui se cambraient…

* * *

Le froid me réveilla de nouveau, un froid glacial qui me poussa à me démener pour m'emmitoufler dans les couvertures. À travers une brume sombre, je regardai Ruadan, qui se tenait à l'autre bout de la pièce. De fins rayons de lune tombaient sur les dalles, et des bougies brûlaient dans les appliques, projetant une lueur vacillante sur son torse nu.

Frissonnante, je fixai la marque scintillante sur sa poitrine. Je serrai les couvertures plus étroitement autour de moi, et le regardai toucher son tatouage. Celui-ci brillait d'une pâle lueur argentée, comme les étoiles.

Des flots d'ombres s'échappèrent de son corps, tournoyèrent dans la pièce, puis se rassemblèrent à un endroit précis du sol dallé. Les ombres se mirent alors à tourbillonner furieusement, jusqu'à ce qu'enfin, les dalles semblent s'ouvrir sur une eau sombre et scintillante. Un portail d'eau bleu nuit parsemée d'étoiles.

Le froid me transperça. C'était donc bien la clé sur sa poitrine, et elle faisait partie de lui. La panique gagna mon cœur. Il n'y avait pas d'échappatoire.

Je regardai fixement la flaque sombre s'étendre sur le sol, les ondulations de sa surface miroiter. Le vide se creusa plus profondément encore dans ma poitrine, et je tirai sur les couvertures pour couvrir mes seins nus. Je ne savais pas où étaient passés mes vêtements ; ils étaient probablement enfouis sous les couvertures. Apparemment, j'avais beaucoup de mal à les garder sur moi quand j'étais en présence de Ruadan et de son style bien particulier de magie.

De toute façon, si Bael émergeait de l'eau complètement nu, il serait mal placé pour me reprocher ma nudité.

Mes muscles se contractaient à cause du froid, à cause du néant qui me rongeait, à cause de cette douloureuse vacuité…

Je serrai les mâchoires, m'efforçai de me concentrer sur la Clé des Mondes. Je l'avais trouvée – cette clé que je cherchais depuis le début. La seule façon de la prendre à Ruadan serait de le tuer et de la découper.

Le vide s'ouvrit encore un peu plus grand dans ma poitrine, s'étendant tellement que j'eus l'impression qu'il allait m'engloutir.

Il faut que je tue Ruadan.

Des ombres noires cinglèrent l'air autour de lui. Il avait relâché sa vigilance et semblait me faire confiance, maintenant. Il m'avait fait entrer dans son lit, s'était mis torse nu devant moi. Il ne me cachait plus la Clé des Mondes, comme si j'étais digne de confiance… Manifestement, il me connaissait très mal.

Baleros m'avait rendue mauvaise jusqu'à la moelle. Il m'avait appris à frapper dès que l'ennemi baissait sa garde. Je pourrais le tuer au lit, découper le morceau de peau de sa poitrine…

Le vide me transperça si violemment que j'eus l'impression que j'allais mourir.

Je vis alors un bel homme sortir de l'eau, le corps ruisselant. Ses yeux argentés avaient l'éclat du clair de lune, et des boucles brunes encadraient son visage.

Le froid me fit me convulser, et je retombai en arrière dans le lit.

En un éclair, Ruadan fut à mes côtés, et il me prit sur ses genoux. Sa magie effleura ma peau, en une caresse veloutée qui me réchauffa instantanément. Avais-je vraiment imaginé, quelques instants plus tôt, à peine, comment je m'y prendrais pour le tuer ? Car, maintenant, je me cramponnais à lui et j'enfouissais le visage dans sa poitrine pour respirer son odeur de pin. J'étais tiraillée, c'était le moins que l'on puisse dire.

L'homme aux yeux argent se tenait au-dessus de moi et me considérait avec curiosité.

— Qui es-tu ? lui demandai-je, claquant des dents.

— Caine, répondit-il.

Il regarda Ruadan.

— Tu dis que quelqu'un l'a poignardée avec une dague faucheuse ? Une de celles appartenant à Nyxobas ?

Comment est-ce qu'ils pouvaient bien communiquer ? Ruadan ne parlait pas.

— Et elle est encore en vie ? reprit Caine, incrédule. Par les sept enfers, à quelle espèce appartient-elle ?

Si ma nudité le dérangeait, il n'en montrait rien. Quand j'aperçus l'ombre discrète d'ailes fantômes, dans son dos, je me dis qu'il était peut-être en partie incube, lui aussi.

— Très bien, dit Caine. Il semblerait qu'une partie du néant soit en elle. Nous pourrions essayer de l'extraire et de l'absorber. Il faudra que tu le renvoies au Royaume des Ombres en te servant de la Clé des Mondes.

Je tentais de me concentrer sur ce qu'il disait, mais presque toutes mes pensées étaient tournées vers tous les endroits où le corps de Ruadan touchait le mien. Son torse nu réchauffait mon corps nu, et je contemplais la rune faé qui brillait sur son sternum.

J'avais beaucoup de mal à me concentrer sur autre chose que les bras de Ruadan, autour de moi. Je n'avais plus les idées claires ; je voulais retrouver mes capacités de réflexion et me remettre à tuer, comme j'étais née pour le faire.

Cependant, je sentis soudain un pouvoir sombre et intense trembler sur ma peau. Les deux sublimes demi-incubes fermèrent les yeux. Les flammes des bougies, dans les appliques, se mirent à vaciller, puis elles s'éteignirent, et la clarté de la lune, dans la pièce, commença à faiblir. Une fine couche de givre se répandit sur le sol, sur le lit, partout dans la chambre sauf sur nous trois. Des ombres scintillantes se déversèrent de mon corps et pénétrèrent Caine et Ruadan en tourbillonnant.

Alors même que le froid semblait s'étendre sur la pièce, mon corps se réchauffait. Je fermai les yeux, les visions cosmiques se bousculant dans mon esprit – la naissance des étoiles, la rotation des galaxies. Un trou noir absorbant la lumière. Quand je rouvris les yeux, j'eus l'impression que les ombres dans la pièce respiraient, semblables à des soufflets se gonflant et s'aplatissant régulièrement. Ma propre respiration suivait leur rythme.

Dans l'obscurité, dans le vide béant au creux de ma poitrine, des braises commencèrent à se consumer, et me réchauffèrent les côtes. Refermant les yeux, je me laissai aller en arrière entre les bras de Ruadan et respirai son odeur de pin.

27

Quand je rouvris les yeux, Ruadan était parti. Je m'assis dans le lit, laissant les couvertures glisser sur mon torse, et je remarquai alors les ombres qui se tordaient dans un coin de la chambre. Une paire d'yeux argentés brillait dans l'obscurité.

Quand les miens se furent accoutumés aux volutes de magie noire, je m'aperçus que Caine était assis là, et qu'il buvait au goulot de ma bouteille de whisky. Un corbeau était posé sur son épaule, la tête inclinée sur le côté. Les vêtements et les cheveux de Caine étaient encore mouillés de l'eau du portail.

La flaque d'eau bleu nuit étoilée miroitait toujours au milieu de la pièce.

Caine sirotait mon whisky. S'il n'avait pas été aussi scandaleusement beau, cela aurait été super glauque qu'il soit là, dans le noir, à boire du whisky à côté d'une femme nue endormie, mais les beaux mecs pouvaient vraiment tout se permettre.

Je saisis les couvertures d'un geste vif et me couvris les seins, mais cela semblait lui être égal.

— Tu es encore là, dis-je.

— Quelle perspicacité ! Ruadan m'avait bien dit que tu étais maligne, et jusque-là, tu ne lui donnes pas tort.

Je haussai les sourcils.

— Il te parle ?

— Pas avec des paroles.

— Mais oui, bien sûr. Ça tombe sous le sens.

Je ne voyais pas du tout ce qu'il voulait dire.

Il me fallut un moment pour me rendre compte que je m'étais totalement remise de la blessure infligée par la dague faucheuse. Je n'avais plus froid et ne me consumais plus non plus de désir.

— Comment m'avez-vous soignée ? Comment avez-vous fait pour extraire le néant de moi ?

— Le néant fait déjà partie de Ruadan et de moi. En associant nos pouvoirs, nous avons pu l'attirer vers nos corps et l'absorber. Cela ne nous fait rien, à nous.

Je clignai des yeux.

— Comment ça, *il fait déjà partie de vous* ?

Caine but une autre gorgée de whisky.

— Nyxobas est notre grand-père.

— Votre grand-père est le Dieu de la Nuit et de l'Ombre ?

— Oui, et Ruadan et moi sommes donc des demi-dieux de la Nuit.

Je haussai un sourcil.

— Vous n'êtes pas plutôt un quart…

— Nous sommes quand même considérés comme des demi-dieux.

— Bien sûr.

Caine plissa les yeux, visiblement irrité.

— Alors comme ça… vous êtes frères ? demandai-je.

— Demi-frères. Il est encore plus âgé que moi. Je n'ai appris son existence qu'après la mort de notre père.

— Je suis désolée, pour votre père…

— Il n'y a pas de quoi. Il méritait de mourir.

Caine se leva et fit glisser la bouteille de whisky sur la table en pierre.

— Merci pour le verre. Mon frère m'a demandé de te parler de quelque chose avant de retourner dans mon royaume.

— De quoi ?

— Le faé qui a essayé de te tuer habite toujours dans cette forteresse.

La colère monta en moi.

— Maddan ? Il aurait dû être renvoyé chez lui dans le déshonneur pour avoir fait foirer notre mission.

Caine haussa lentement les épaules.

— Le Grand Maître Savus ne l'a pas autorisé. Il apprécie les êtres impitoyables, et c'est ce qui explique ta présence ici, d'après ce que j'ai compris. Plus important encore : le père du prince a fait don de millions à l'Institut.

Caine me tendit un cristal de lumen violet scintillant.

— Néanmoins, Ruadan a mis une bonne raclée à ce gamin, et il en a profité pour lui reprendre ceci… Cela devrait t'aider à te défendre s'il s'en prend de nouveau à toi.

— Où est Ruadan ? demandai-je.

— Il insiste encore auprès du Grand Maître Savus pour obtenir la permission d'exécuter le prince faé.

— Pourquoi veut-il à tout prix l'exécuter ?

Avait-il envie de me protéger, ou… ?

— Pour être honnête, je crois qu'il aime exécuter des novices, tout simplement. En particulier ceux qui enfreignent les règles.

— Évidemment. Les Faés de l'Ombre apprécient les êtres impitoyables.

Je poussai un profond soupir.

Bien sûr. Ne te monte pas la tête, Arianna. Ruadan ne cherchait pas à me protéger ; il… aimait tout simplement exécuter des novices.

Septième loi du pouvoir de Baleros : tuez, ou faites-vous tuer.

Je ne pourrais jamais m'échapper de l'Institut sans enfreindre quelques règles. D'une manière ou d'une autre, j'allais finir sur la liste noire de Ruadan.

Mon cœur se serra. *À moins que je l'élimine en premier.*

Le regard de Caine me pénétra jusqu'à l'os.

— Qu'est-ce que tu es ? Pourquoi la lame ne t'a-t-elle pas envoyée en enfer ?

Je secouai la tête.

— Je n'en ai pas la moindre idée. Je n'ai jamais connu mes parents.

Il me regarda fixement pendant un si long moment que cela en devint gênant.

— Tu ne mens pas aussi bien que tu le crois, dit-il enfin.

J'en eus le souffle coupé. Caine commençait à me taper sur les nerfs.

— Ton frère et toi êtes tous les deux très perturbants, tu le sais, ça ?

— J'ai un côté charmant. Ce n'est pas le cas de Ruadan, comme tu l'as peut-être remarqué. Broyer du noir en silence, désapprouver l'alcool, mettre à jour sa liste noire, exécuter des gens… Ce sont ses passe-temps favoris.

— Hmm. Ne le prends pas mal, mais je dirais que tu caches bien ton côté charmant, pour le moment.

— Tu es toute nue. Tu ne pourrais pas résister à mon charme si je ne le cachais pas.

— Bien sûr.

Seigneur ! L'ego de ce mec…

Je pris le cristal de lumen et contemplai sa lueur violette. On aurait presque dit que Ruadan se souciait de me protéger, mais je savais bien qu'il ne fallait pas se fier aux gestes attentionnés. Il fallait que je trouve un moyen de le tuer.

Quand je levai de nouveau les yeux, Caine se dirigeait déjà vers le portail. Le corbeau s'envola de son épaule et sortit par la fenêtre ouverte. Caine sauta dans l'eau.

Je frissonnai comme la voix de Baleros murmurait dans les profondeurs les plus sombres de mon esprit. *Neutralisez toutes les menaces le plus vite et le plus efficacement possible.*

Ruadan avait beau être un demi-dieu, il avait baissé sa garde avec moi. Il ne me considérait pas comme une menace, mais cela ne signifiait pas pour autant qu'il tenait à moi, ou quoi que ce soit d'aussi ridicule que cela. Cela signifiait juste qu'il s'était relâché en attendant de m'exécuter. Ce soir, quand il dormirait dans son lit confortable, j'aurais quant à moi une menace à neutraliser.

* * *

Il me restait encore la moitié de ma bouteille de whisky, et c'était le moment tout indiqué pour la boire. J'enfilai enfin des vêtements, puis je m'assis à la table. La nuit avait commencé à tomber, et Ruadan n'était toujours pas revenu.

J'attachai le cristal de lumen autour de mon cou, et sa magie me parcourut aussitôt ; mais maintenant, après tout ce que j'avais enduré à cause de la dague faucheuse, j'arrivais à la canaliser sans difficulté.

Mon estomac gargouilla et je fouillai dans mon sac à la recherche d'une sucette. Quelque part, sous le ruban adhésif, la lampe frontale et le kit d'urgence, je trouvai une vieille barre protéinée entamée. Je la mangeai, ignorant l'arrière-goût rance.

Il fallait que je conserve mon énergie pour ce soir. On ne pouvait pas assassiner un demi-dieu le ventre vide. Ce n'était pas l'une des lois de Baleros, mais cela semblait être un bon principe à suivre.

Je promenai mon regard sur la collection d'armes de Ruadan, accrochée au mur, et m'efforçai de repousser le froid que je sentais revenir dans ma poitrine, cette sensation de vacuité corrosive. Je m'efforçai d'ignorer la voix dans ma tête me disant de ne pas le tuer.

Anéantissez vos ennemis impitoyablement.

Il me fallait deux lames : une en argent, pour retirer le dispositif de pistage sur ma nuque, et une en fer, pour poignarder Ruadan dans son sommeil. Je pourrais me servir de l'une ou de l'autre pour découper la Clé des Mondes.

Frissonnante, je croisai les bras sur ma poitrine pour me réchauffer. Pourquoi avais-je la sensation que le vide ne m'avait pas totalement abandonnée ?

Soudain, on frappa à la porte, et je fis volte-face, m'arrachant à mes sombres pensées. Je ne me sentais pas encore prête à faire face à Ruadan, ou à le regarder dans les yeux. Crispée, je traversai la chambre avec raideur pour aller ouvrir.

Melusine se tenait sur le pas de la porte, aux côtés d'Aengus. Elle avait un sac en papier dans la main.

J'expirai profondément en la voyant.

— Ouf ! Tu es en vie. Tu as cet avantage sur deux des autres novices.

Aengus s'appuya au chambranle de la porte.

— Qu'est-ce que tu es ?

Je croisai les bras.

— En vie. C'est tout ce qui importe.

— Par les sept enfers, que s'est-il passé dans cette boîte de nuit ? Pourquoi les autres t'ont-ils attaquée ? Nous vous observions grâce à un miroir de cristallomancie, mais nous n'arrivions pas à voir grand-chose dans l'obscurité.

Melusine pianota du bout des ongles sur le chambranle de la porte.

— Il m'a interrogée, mais je n'ai rien vu. J'étais trop occupée à faucher des âmes.

Je serrai les poings. Je planifiais un meurtre, et je n'avais pas envie de ressasser notre énorme bourde de novices.

— Au début, Maddan et les autres n'ont pas réussi à entrer dans la boîte, expliquai-je. Ils croyaient que ce serait une épreuve facile, pour eux, que Melusine et moi serions ivres de magie incube et incapables de nous concentrer. Quand ils ont fini par réussir à entrer et qu'ils se sont rendu compte que des filles les ridiculisaient, ils ont voulu me donner une leçon. Ils étaient furieux que j'aie tué le roi lors de notre dernière épreuve, et ils avaient l'air de penser que j'avais un passé douteux. Après tout, je ne suis qu'une faé des rues… mais je sais reconnaître une tête de nœud quand j'en vois une, et la vérité, c'est que Maddan ne vaut pas mieux que les démons qui se bagarrent dans les bars et qui renversent les tables chaque fois qu'ils s'imaginent qu'une fille les a humiliés. La colère les dirige. En fin de compte, il s'est avéré que c'étaient eux qui étaient incapables de se concentrer.

Cinquième loi du pouvoir de Baleros : ne laissez pas vos émotions gouverner vos décisions.

— Et maintenant, continuai-je, seul Maddan est encore en vie.

— Quels idiots ! cracha Aengus.

Melusine me mit brusquement le sac en papier sous le nez.

— Tu as raté le dîner. Je t'ai apporté de la tourte à la viande.

Je résistai à l'envie de la serrer dans mes bras. Je ne voulais pas éveiller leurs soupçons et trahir mon intention. Je me contentai donc de sourire.

— Merci, Melusine.

— On se voit demain, pour l'épreuve.

J'acquiesçai d'un hochement de tête. Je ne savais même pas qu'il y avait une épreuve le lendemain, mais de toute façon, je n'avais pas besoin de me préparer : je serais partie depuis longtemps quand le soleil se lèverait – avec le sang de Ruadan sur les mains.

28

J'étais couchée par terre, à côté du lit de Ruadan, pelotonnée, et je faisais semblant de dormir. Sans couverture, sans oreiller.

J'étais glacée jusqu'à la moelle.

Il devait être aux alentours de minuit quand il revint.

Quand il prit la couverture sur son lit pour me couvrir, je retins mon souffle. L'espace d'un instant, une douce chaleur se répandit dans ma poitrine, et ma glaciale détermination faiblit…

Puis je me ressaisis. Comme tout le monde le disait : j'étais impitoyable. Cette couverture n'était rien de plus qu'un maudit caramel au beurre.

Je refusais de me laisser dominer par mes émotions. Entrouvrant un tout petit peu les yeux, je regardai Ruadan retirer son tee-shirt. La gorge serrée, j'admirai son corps parfait. Je dus retenir un soupir. *Un si bel homme... Quel gâchis !*

J'aurais voulu que les choses puissent être différentes. J'aurais voulu avoir l'occasion de l'entendre parler, apprendre ses secrets…

Tuez, ou faites-vous tuer.

Je le regardai se glisser dans son lit, et mon corps parut se refroidir comme je songeais à ce qu'il allait se passer. Pendant un laps de temps qui me sembla durer une éternité, Ruadan resta allongé dans son lit à regarder fixement le plafond. Il avait l'air tendu, comme lorsqu'il avait partagé son lit avec moi.

Enfin, ses yeux se fermèrent. J'attendis que sa poitrine se soulève et s'abaisse lentement. Les ombres qui l'entouraient toujours commencèrent à décliner, comme si elles aussi s'endormaient.

Sans faire de bruit, je glissai la main sous mon corps, où j'avais caché deux lames. Je devais agir vite. Chaque seconde qui s'écoulait était une seconde où il risquait de se réveiller et de me prendre en flagrant délit.

Je me levai, un vide béant et douloureux au creux de la poitrine.

Voilà. C'était ce que j'étais. Une tueuse impitoyable, mais une survivante. Baleros était peut-être la pire personne que j'aie rencontrée, mais il m'avait appris à rester en vie.

Le cristal de lumen brillait sur mon sternum, et je m'enténébrai. J'atterris sur Ruadan, le bras levé, la main serrée sur le manche du couteau.

Ses yeux violets s'ouvrirent, et le temps sembla s'écouler au ralenti. J'hésitais, et l'hésitation signifiait la mort.

Je fis tourner le couteau dans ma main et commençai à abaisser le manche : j'allais l'assommer, et me décider ensuite.

Cependant, alors que mon bras s'abaissait, il me saisit le poignet. Il gronda, montrant les canines.

Dans un nuage de magie nocturne, il me renversa et m'immobilisa sur le lit. Le mouvement me coupa le souffle, et je levai les yeux vers les siens, qui s'assombrissaient déjà.

Son instinct animal prenait le dessus. Si je n'arrivais pas à me sortir de cette situation, je deviendrais très rapidement la troisième novice qu'il aurait exécutée.

Je me maudis intérieurement pour avoir hésité. J'aurais dû le poignarder sans me poser de questions.

Hésitait-il, lui aussi ? Je n'avais pas l'intention d'attendre de le découvrir. Je basculai brusquement le bassin vers le haut, le déséquilibrant, et roulai sur le côté, libérant un de mes poignets.

Cette fois, je n'hésitai pas. Comme cela s'était déjà produit tant de fois par le passé, une rage de vivre folle et désespérée m'animait. Je rouai de coups de poing le visage de Ruadan, puis j'attrapai la lame d'argent sur le lit.

Je la lui enfonçai violemment dans la poitrine, lui transperçant le cœur.

Le sang ruisselait de la blessure. J'avais complètement arrêté son cœur, et il n'était pas près de se relever, mais dès que quelqu'un retirerait l'arme de la plaie, il commencerait à récupérer.

Je tremblais, grelottais, et des larmes me brûlaient les yeux. La panique s'emparait de mon esprit. J'avais échoué.

J'avais utilisé la lame d'argent, et non la lame de fer. Il aurait l'équivalent d'une sacrée gueule de bois, mais il vivrait.

Apparemment, je m'étais ramollie depuis qu'il s'était mis à me donner des couvertures et des oreillers, et je n'avais pas pu me résigner à l'éliminer. La première chose qu'il ferait quand il se réveillerait serait de me traquer, et pourtant…

Cette putain de couverture. Cette putain de couverture débile.

Je me laissais dominer par mes émotions, et c'était problématique.

Une larme coula sur ma joue, et je l'essuyai aussitôt du revers de la main. À cet instant précis, je me haïssais, je haïssais mon impuissance à faire ce que j'avais à faire.

Je me mis à faire les cent pas dans la pièce, réfléchissant à toute vitesse.

L'hésitation signifie la mort.

Je haïssais Baleros de toutes les fibres de mon être, mais ses enseignements m'avaient sauvé la vie. Sans eux, j'aurais été morte, à l'heure qu'il était.

Entrez dans la tête de votre ennemi. Connaître quelqu'un vous donnera un pouvoir sur lui.

Et pourtant…

Ce connard était si profondément enraciné dans mon crâne que je n'arrivais pas toujours à savoir où s'achevaient ses pensées et où commençaient les miennes. C'était presque comme si nos esprits avaient fusionné.

Et cela signifiait que je savais comment il raisonnait, moi aussi.

Désarçonnez votre ennemi en utilisant l'imprévu.

Mes ongles s'enfonçaient douloureusement dans mes paumes comme j'essayais désespérément de trouver une échappatoire.

Baleros prétendait avoir une taupe au sein de l'Institut, qu'il tuerait Ciara si je le trahissais ; mais c'était typiquement le genre de conneries qu'il racontait. Si quelqu'un ici travaillait réellement pour lui, alors pourquoi ne savait-il pas depuis le début où se trouvait la clé ? S'il avait su qu'elle faisait partie du corps de Ruadan, il m'aurait envoyée le tuer. Or, ce n'était pas ce qu'il avait fait. Il m'avait envoyée dérober la clé.

Évidemment que Baleros avait menti : c'était ce qu'il faisait.

Je contractai la mâchoire. Et si j'arrivais à tuer Baleros et à sauver Ciara ?

Il fallait d'abord que je le retrouve, mais si je savais comment il raisonnait, alors j'y parviendrais peut-être.

Je jetai un coup d'œil au corps de Ruadan, et fus soulagée de constater qu'il ne bougeait pas.

Quelle image Baleros avait-il de lui-même ? Il se voyait comme une sorte de dieu parmi les monstres. C'était comme cela qu'il nous appelait, nous, les gladiateurs : *les monstres*. Il aimait nous faire entrer ce mot dans la tête, et j'avais fini par penser que c'était bien ce que j'étais. Peut-être le croyais-je encore. Peut-être était-ce pour cela que je venais de planter un couteau dans le cœur de mon nouveau mentor.

Baleros nous avait étudiés, il avait passé son temps à nous manipuler comme un marionnettiste ; mais il avait également peur de nous. Il avait pour habitude de citer un philosophe du passé, qui disait quelque chose comme : « Celui qui se bat contre des monstres doit veiller à ne pas en devenir un lui-même. » Il disait aussi : « Celui qui plonge trop longtemps le regard dans l'abîme, l'abîme lui rend son regard. »

— Eh bien, connard, dis-je à haute voix, je te rends ton regard. Je connais ta façon de penser.

Dix-huitième loi du pouvoir de Baleros : quand vous atteignez l'excellence, ne la lâchez plus.

Baleros avait prospéré pendant la période de l'Anarchie, entre l'Apocalypse et la Reconstruction. Il avait reconstruit les anciennes arènes romaines des gladiateurs, presque à lui tout seul, sous les rues de Londres. Il avait employé une multitude de propriétaires d'esclaves, qui avaient tous gagné beaucoup d'argent grâce à leurs combattants, mais c'était lui qui tirait les ficelles, dans les coulisses.

Les Faés de l'Ombre et la Reconstruction avaient tout gâché, pour lui. Tous les gladiateurs – sauf moi – avaient été envoyés dans les royaumes magiques.

Si je fermais les yeux, je pouvais imaginer Baleros en train d'arpenter le vieil amphithéâtre, l'allure royale et négligée à la fois. Il revivait en pensée ses jours de gloire, l'époque où les monstres le traitaient comme l'empereur pour lequel il se prenait. Baleros avait adopté les mœurs de la Rome antique pour être vénéré.

Entre ces murs de pierre, il avait le sentiment d'être non seulement un empereur, mais aussi un dieu.

Je touchai le cristal de lumen autour de mon cou.

Je pouvais m'enténébrer, maintenant. Baleros ne le pouvait pas, *lui*. J'étais capable de l'éliminer.

Je jetai encore un coup d'œil à Ruadan, tremblant de tous mes membres. Son corps était parfaitement immobile. On aurait dit qu'il était mort, mais je savais que ce n'était pas le cas. Peut-être aurais-je pu le convaincre de m'accompagner si je ne l'avais pas poignardé… mais cela aurait été risqué aussi. Ruadan se serait donné pour mission de tuer ; *ma* mission était une mission de sauvetage. Des objectifs totalement différents.

Les pensées se bousculaient dans ma tête, et j'avais l'impression de devenir folle. Je m'efforçai de calmer les battements déchaînés de mon cœur.

Mon plan était d'arracher Ciara aux griffes de Baleros, et, dans l'idéal, d'en profiter pour le tuer – mais sauver Ciara était ma priorité. Ensuite, il nous faudrait quitter Londres. Nous mènerions toutes les deux des vies de fugitives, passerions le restant de nos jours à fuir les Faés de l'Ombre. Il n'y avait aucune échappatoire à cela. Nous serions bien obligées de nous y habituer, et les Faés de l'Ombre finiraient peut-être par nous oublier.

Quoi qu'il en soit, j'avais intérêt à me casser d'ici, et vite. Je n'avais franchement pas la moindre idée du temps qu'il fallait à un demi-dieu pour reprendre connaissance. Ce n'était pas comme si j'en avais déjà combattu un dans l'arène.

Je tremblais encore quand je me dirigeai vers l'arsenal de Ruadan et que je décrochai un autre couteau du mur. Une lame d'argent, exactement comme celle que je lui avais plantée dans la poitrine ; mais j'allais faire un usage différent de celle-ci.

Je posai la lame sur ma nuque, à l'endroit où Ruadan avait placé le dispositif de pistage, quelques jours plus tôt, et je l'enfonçai dans ma peau avec une grimace. Je serrai les dents comme la douleur me transperçait. Melusine aurait probablement eu un moyen magique de faire cela, mais je ne pouvais, quant à moi, qu'employer la manière forte.

Je finis par réussir à retirer le mouchard. Le sang dégoulinait sur mes doigts et gouttait par terre.

Si je n'arrêtais pas le saignement, Ruadan serait en mesure de suivre ma trace dès qu'il reviendrait à lui. C'était précisément pour faire face à ce genre de situations que j'emportais partout avec moi mon sac de survie. On ne pouvait pas savoir quand on serait amené à découper un tatouage magique dans sa propre chair. Je sortis du sac une bouteille d'eau, de la gaze, et le reste de mon matériel médical. Je me lavai les mains, puis je versai un peu d'antiseptique sur la plaie, avec un grognement de douleur comme le produit brûlait la chair ouverte. Enfin, je pansai la blessure avec plusieurs épaisses couches de gaze, et une couche de ruban adhésif supplémentaire pour faire bonne mesure.

Lorsque j'eus terminé, je retirai mon tee-shirt taché de sang, le roulai en boule, et en enfilai un propre, noir.

Convenablement débarbouillée, je pris du papier et un stylo dans mon sac, et griffonnai à la hâte :

Désolée de t'avoir poignardé.

Puis j'ajoutai :

Merci pour la couverture.

Je fis la grimace. On aurait dit que j'étais ironique, que je me moquais de lui, alors que j'étais sincère.

— Putains de caramels au beurre, grommelai-je, consciente d'avoir un peu plus l'air d'une folle à chaque minute qui passait.

Quoi qu'il en soit, ce n'était pas mon fort d'écrire de jolies choses, et je n'avais pas le temps de me prendre la tête pour trouver la formulation idéale. Je plaçai le petit mot à côté de lui pour qu'il le trouve en reprenant conscience.

Je retournai à son arsenal, choisis la plus belle gaine, et me l'attachai autour de la taille. J'allai ensuite récupérer le couteau en fer sur son lit et le glissai avec précaution dans la gaine. Même Baleros avait un point faible ; et, comme c'était un faé, ce point faible était le fer.

Je me dirigeai vers l'une des fenêtres et l'ouvris, faisant entrer l'air froid de la nuit dans la pièce. Le Tower Green était plongé dans l'obscurité : c'était parfait, j'allais pouvoir m'enténébrer.

J'étais à peu près sûre que les salles et les couloirs de la forteresse étaient tous imprégnés de magie et que l'on pouvait suivre la trace de tous nos faits et gestes, et l'enténébrage aurait peut-être déclenché une alarme. C'était plus prudent de s'en tenir au Tower Green. De plus, avec le cristal de lumen, j'arriverais peut-être à m'enfuir avant que les Faés de l'Ombre n'aient eu le temps de réagir.

Ruadan était le seul incube ici, le seul capable de s'enténébrer naturellement, et je l'avais mis K.-O. avec son propre couteau en argent. Un vague sentiment de culpabilité m'assaillit, mais je l'étouffai aussitôt.

La magie nocturne, glaciale, courait sur ma peau, dans mes veines. Je mis mon sac sur mon dos, refermai les mains sur les bretelles. Cela avait été sympa d'habiter dans un château, mais il était temps pour moi de prendre congé, avant de me faire tuer. Je pris une profonde inspiration, saccadée, me concentrai sur un point éloigné du Tower Green, et m'enténébrai.

29

Je me déplaçai comme un vent lunaire, et m'enténébrai dans les allées pavées plongées dans l'obscurité. Aucune cloche ne sonna, aucune alarme ne se déclencha, et j'atteignis enfin le dernier mur d'enceinte. Ça me faisait une belle jambe : la porte était fermée à clé, et je ne pourrais pas la franchir en m'enténébrant.

J'escaladai le mur de pierre brute, trouvant des prises dans les pierres déchiquetées jusqu'à ce que j'arrive tout en haut. Là, je passai une jambe par-dessus le mur et, de cette position élevée, je scrutai les ténèbres au-delà de la Tour.

Je sentis ma gorge se serrer. L'espace d'un instant, un sentiment de désarroi me transperça.

Je m'étais ramollie, voilà tout ; et plus je resterais dans l'opulence, plus je serais facile à tuer.

Je regardai l'étendue dallée que j'avais sous les yeux et me concentrai sur le point le plus éloigné que je voyais. La magie de l'ombre courait le long de ma colonne vertébrale, se glissait sur ma peau comme une couche de givre. Le froid de mon souffle glaçait l'air. Claquant des dents, je m'enténébrai. Je me sentais grisée, libre.

Depuis Tower Hill, je plongeai dans l'obscurité, plus au nord. Je longeai ce qui était autrefois le mur romain de Londres, traversant les ombres à toute vitesse. Un creux s'était ouvert dans ma poitrine et gagnait du terrain, grandissant toujours plus à mesure que je m'éloignais de l'Institut, mais je continuais à avancer. Je le devais, coûte que coûte. Le repos signifiait la mort. L'hésitation signifiait la mort.

Quand j'arrivai dans Leadenhall Street, je tournai à gauche. En pleine nuit, dans ce vieux quartier de la ville, personne ne traînait dans les rues ; et même si je croisais un banquier ivre égaré dans la City, il ne sentirait rien de plus qu'un courant d'air froid au moment où je passerais à côté de lui.

Je n'étais pas une Faé de l'Ombre, mais je pouvais tuer dans les ténèbres, maintenant, moi aussi.

Enfin, j'atteignis le Guildhall. Des milliers d'années plus tôt, les Romains dirigeaient la ville. Ils avaient bâti un mur, des temples, un amphithéâtre ; et ils avaient laissé derrière eux leurs ruines, profondément enfouies.

Baleros avait utilisé leurs fondations et construit à partir de là, créant son propre empire. Un jour, parce qu'il n'était pas satisfait de ma performance dans l'arène, il m'avait enfermée pendant une semaine entière sans rien d'autre que de l'eau. Quand il m'avait libérée, rendue comme folle par la faim, je lui avais dit qu'il était le mal incarné. Je voulais voir s'il était capable de remords. Il m'avait répondu que le bien et le mal ne signifiaient plus rien. Que ce n'était pas comme cela que le monde fonctionnait. Il m'avait dit que ceux qui bâtissaient des empires créaient leur propre réalité, et qu'il en avait toujours été ainsi pour les hommes comme lui.

Dans l'obscurité, à proximité du Guildhall, je retirai la plaque d'égout d'un regard et sautai dedans. J'atterris violemment dans l'eau, dans une grande éclaboussure. Ce qui restait de l'ancienne Walbrook River m'arrivait à mi-mollet. Il y avait très longtemps – avant même l'arrivée des Romains –, les nobles Mors avaient accompli des sacrifices, ici. Aujourd'hui, les Faés de l'Ombre avaient trouvé un autre moyen d'apaiser les Dieux Anciens : en répandant le sang des démons qu'ils assassinaient.

Tremblante – sans comprendre pourquoi j'avais tellement froid –, je glissai une main dans mon sac à dos et en sortis ma lampe frontale. Des rats couraient de chaque côté de la rivière. Leur présence ne me dérangeait pas : j'avais passé suffisamment de temps à vivre avec eux.

Le cercle de lumière blanche éblouissante de ma lampe frontale rebondissait sur l'eau et sur les murs mouillés tandis que je m'engageais plus avant. L'eau de la rivière me glaçait les jambes. On se serait cru en hiver.

J'atteignis enfin une fourche, où un tunnel étroit partait sur la droite. Il me conduirait là où je devais me rendre.

Alors même que je marchais, j'étais secouée de violents frissons. Je m'efforçais de ne pas penser à Ruadan, mais un mélange de remords et de peur m'embuait l'esprit.

Franchement ! On aurait pu s'attendre à ce que je me décide : soit c'était un tueur sans merci qui ne manquerait pas de m'exécuter, soit il m'appréciait sincèrement et...

Oh ! Qu'est-ce que je croyais ? Même s'il m'aimait bien, n'importe quelle personne normalement constituée tuerait la personne qui l'avait trahie comme je l'avais trahi, moi. Ainsi allait le monde.

L'eau devint de moins en moins profonde à mesure que j'avançais, le clapotis moins bruyant, jusqu'à ce que la rivière ne soit plus qu'un petit filet d'eau. Quelques minutes plus tard, j'avais atteint le bout du tunnel. Là, dans le mur de brique, il y avait une porte en bois peinte en vert, cadenassée.

Je pris deux épingles à cheveux dans mon sac à dos, en dépliai une pour en faire une tige, tordis l'autre pour en faire un crochet, puis je les glissai toutes les deux dans le trou de la serrure et les agitai pour la crocheter.

Avant de pousser la porte, j'éteignis ma lampe. Je cachai le cristal de lumen sous mon tee-shirt, le glissant entre mes seins. Inutile de faire étalage de ma capacité à m'enténébrer.

Laissez toujours votre ennemi vous sous-estimer.

Retenant mon souffle, je poussai tout doucement la porte, et fus soulagée de constater qu'elle s'ouvrait sur les ténèbres.

Toutefois, mon soulagement fut de courte durée, car l'odeur de l'ancienne arène des gladiateurs me parvint alors. La pierre, le sable. La seule chose qui manquait était la puanteur métallique du sang ou l'odeur nauséabonde de la sueur. Elles me donnaient envie de vomir.

J'avançai en silence sur le sable, humant l'air. Je n'eus pas besoin de lampe pour trouver mon chemin jusqu'au centre de l'arène.

Il y faisait si noir, le silence qui y régnait était si profond, que je me demandai un instant si je m'étais trompée. Peut-être que Baleros n'était pas là, que c'était bien trop prévisible.

Je reniflai. Quand je perçus son parfum d'eau de rose, mon cœur fit un bond dans ma poitrine. Il était là.

Je tirai mon couteau en fer de sa gaine. J'étais entourée d'ombres, mais je ne savais pas encore où m'enténébrer.

Je humai de nouveau l'air. Le parfum de rose.

Il était tout proche. Je l'entendais presque…

Soudain, du fer se referma autour de ma gorge, et mon crâne alla heurter violemment un poteau en bois, dans mon dos. Il y eut un grincement métallique, et mes poumons se mirent à me brûler. J'étouffais, et je ne pouvais même pas crier.

J'avais la tête qui tournait, des petits points devant les yeux.

Je savais déjà de quoi il s'agissait : du garrot de Baleros. Je n'arrivais plus à parler comme il le resserrait autour de mon cou. C'était de cette façon que les Romains avaient tué leurs pires ennemis. C'était une mort humiliante, pire que la mort au combat. Baleros s'était servi de son garrot pour nous inciter à filer doux.

Soudain, j'eus une révélation : il m'avait attendue.

Évidemment. C'était Baleros, et il hantait toutes mes pensées.

Il resserra encore le garrot, et tout ce qui m'entourait s'évanouit.

***

J'avais perdu connaissance, et lorsque je revins à moi, je me trouvai face à mon ancien maître. Il avait allumé ma lampe frontale, qui éclairait son visage d'une lumière crue. Le coin de ses yeux était plissé en une expression de pur plaisir.

Je n'aurais pas su dire combien de temps j'étais restée sans connaissance, mais j'avais la bouche toute sèche, et le garrot de fer me brûlait la gorge. Le fer me pompait toutes mes forces, et je voulais à tout prix l'éloigner de moi.

Je montrai les dents, et ce connard de Baleros rit.

Comme ma vision se faisait peu à peu moins floue, je commençai à distinguer des formes, autour de nous. Il me fallut un moment pour me rendre compte que nous n'étions pas seuls. Cependant, ce n'était pas Ciara qui se trouvait dans l'arène, avec nous ; c'était toute une foule de spectateurs, occupant les sièges de pierre. Des murmures enthousiastes se faisaient entendre. Qu'est-ce que c'était que ces conneries ?

Plus inquiétant encore : des archers formaient un cercle tout autour de l'arène et pointaient sur moi des flèches enflammées. La panique m'envahit.

Le moins que l'on pût dire, c'était que je m'étais fourrée dans un sacré pétrin.

— Arianna, ma chère ! dit Baleros. J'espérais que tu viendrais.

Je serrai les dents.

— Comment le savais-tu ?

— Je n'en étais pas sûr, mais je connais ta façon de penser, et j'étais prêt à faire face à toute éventualité – notamment celle de ton arrivée dans l'arène. Je me suis dit : *parfois, cette fille fait ce que je lui dis tout de suite, mais parfois, son côté rebelle refait surface, et cette vilaine croit pouvoir se mesurer à moi.* Ce n'était qu'une possibilité parmi d'autres, mais j'étais prêt.

Un sourire décontracté illumina son visage.

— J'espère que tu m'excuseras de t'avoir assommée : j'avais besoin d'un peu de temps pour tout préparer, mais je pense que tu conviendras que le résultat est spectaculaire. Un dernier combat pour la Terreur Amazone !

Il poussa un profond soupir.

— Je croyais que tu avais compris, depuis le temps… Tu ne pourras jamais gagner.

J'avais l'esprit embrumé à cause de la déshydratation et du fer qui me brûlait. Je n'arrivais pas à saisir ce qu'il se passait. Quel était son but ?

— Je ne comprends pas.

Je détestais ne pas comprendre. Je détestais qu'il ait toujours une longueur d'avance.

— Pourquoi m'as-tu envoyée chercher la clé ? Pourquoi ne pas me ramener de force dans ton arène, si tu voulais que je me batte ?

Il haussa les épaules.

— Parce que je voulais que tu te battes contre quelqu'un de très difficile à capturer. Tu ne perds jamais, mais aujourd'hui, c'est ce qu'il va se passer.

Baleros s'écarta, et mon monde chavira. Là, à l'autre extrémité de l'arène, se tenait Ruadan. Les lumières baignaient son corps de reflets dorés. Il tenait fermement une épée entre ses mains, ses yeux étaient d'un noir d'encre, et il contractait la mâchoire avec une expression de pure rage meurtrière.

J'étais censée me battre contre lui.

— Tu voulais que le Spectre me suive jusqu'ici pour que nous nous battions.

— Personne ne peut le capturer. Pas même moi. Il fallait que je l'attire à moi par la ruse. Tu m'as servi d'appât.

— Et tu ne veux pas la clé ? Tu voulais seulement un combat entre nous deux ?

Je ne le croyais pas. Il profitait simplement de la situation, en tirait tout ce qu'il pouvait en tirer. Il voulait un combat *et* la clé.

— Je n'ai pas besoin de la clé, répondit Baleros, et maintenant que je sais ce que c'est, qu'elle fait partie de lui… C'est trop compliqué. Écoute, je me suis tout simplement dit : *Pourquoi ne pas se faire de l'argent une dernière fois ?* Tu sais combien les gens ont payé pour voir le Spectre affronter la Terreur Amazone ?

Il mentait. Je savais qu'il rêvait de déclencher l'anarchie de nouveau. Il voulait à tout prix se procurer la clé. Avant que Ruadan n'ait l'occasion de s'enfuir en s'enténébrant, avant même qu'il ne se rende compte de ce qu'il allait se passer, Baleros le criblerait de flèches de fer. Ce dernier ne savait toujours pas à quoi ressemblait la clé, mais il essayerait d'extorquer des aveux à Ruadan par la torture. Puis il le tuerait.

Je portai les mains au garrot de fer que j'avais autour du cou.

— Et si nous refusons de nous battre, tout simplement ?

Baleros écarta les mains, paumes vers le ciel.

— Tu n'as pas le choix, mon petit monstre. Ruadan veut ta mort. Il peut s'enténébrer. Toi, non. Tu ne feras probablement pas long feu, malheureusement, mais la foule veut du sang, et elle va en avoir.

Il me regarda et fronça les sourcils.

— J'aime beaucoup la lampe frontale… Je crois que je vais te la laisser.

Je sentais encore le cristal de lumen caché dans mon décolleté, et une lueur d'espoir commença à poindre en moi. Baleros ignorait que je l'avais sur moi.

Je réprimai un sourire et m'efforçai de conserver une expression apeurée. S'il ne savait pas ce dont j'étais capable, il n'y était pas préparé. Cela me donnait un avantage.

— Il y a une façon dont tu peux gagner, dit-il en se grattant la joue, c'est en déchaînant ce pouvoir ténébreux en toi… Tu sais, celui qui te terrifie. Celui que tu n'arrives pas à contrôler. Je t'ai vue faire des choses qu'aucune faé ne devrait être capable de faire…

Une image de mon passé s'imposa à moi, celle que je voulais garder enfouie. Douze faés morts gisant à mes pieds, leurs corps pourrissant sous mes yeux.

Je contractai la mâchoire.

— Il vaudrait mieux pour toi que je ne déchaîne pas ça, Baleros. Parce que tu mourrais avec tous les autres.

Il me caressa la joue du bout des doigts, et je frissonnai à ce contact. Il y avait une époque à laquelle je l'aurais apprécié – à laquelle j'aurais apprécié le moindre signe d'affection de sa part.

— Mon petit monstre, Arianna... Une jolie petite abomination effrayée...

Il eut un sourire sournois, presque charmeur.

— Arianna... Mais ce n'est pas ton vrai prénom, n'est-ce pas ?

Ses paroles me glacèrent. S'il le disait à qui que ce soit...

Je m'efforçai de reléguer cette peur au second plan. J'avais encore une question à lui poser.

— Comment savais-tu que Ruadan me suivrait jusqu'ici ? Comment savais-tu que je ne le tuerais pas ?

Un sourire narquois se dessina sur ses lèvres.

— Parce que tu es pitoyable, Arianna. Quand tu n'es pas occupée à tuer des gens, tu as désespérément besoin d'amour. Tout ce qu'il faut pour anéantir ta capacité à réfléchir de manière rationnelle, c'est un tout petit geste bienveillant. Un tout petit caramel au beurre.

Il inclina la tête sur le côté, avec une lueur amusée dans le regard.

— Qu'est-ce que c'était, Arianna ? Quelque chose à manger ? Une de ces sucettes que tu aimes tant ?

Il eut un grand sourire, comme si c'était tout bonnement hilarant.

C'était une couverture.

Une rage noire monta en moi, si intense que j'eus l'impression que j'allais exploser et annihiler le monde entier avec moi, et cette possibilité était plus réaliste que je ne voulais bien l'admettre.

— Un jour, je te tuerai. Lentement. Et pendant que tu mourras, je te ferai regretter le jour où tu m'as arrachée aux rues de Londres. Je suis la Terreur Amazone, et je causerai ta perte.

Ma voix était tellement glaciale, tellement pleine de colère, que, l'espace d'un instant, la peur se lut sur son visage, et il tressaillit.

Il se ressaisit presque aussitôt et s'écarta de moi.

Il ne souriait plus, et la peur que j'avais vue passer dans ses yeux m'avait fait comprendre quelque chose. Baleros s'était fait dieu parce qu'il avait peur. Il avait peur de souffrir ; et il imaginait qu'il n'aurait jamais à souffrir s'il avait assez de pouvoir.

Celui qui plonge trop longtemps le regard dans l'abîme, l'abîme lui rend son regard.

Il continua à s'éloigner de moi et fit signe à quelqu'un de retirer le garrot que j'avais autour du cou, puis il se tourna vers la foule et leva les bras au-dessus de sa tête comme le maître de piste d'un cirque.

— Vous avez tous entendu parler des talents redoutables de la Terreur Amazone ! Elle a peut-être l'apparence d'une belle faé aux cheveux lavande et aux seins énormes…

Il mentionnait toujours les seins dans son préambule.

— … mais elle a laissé à ses pieds les corps d'un nombre incalculable de guerriers. Elle va maintenant affronter le premier ennemi qu'elle ne pourra peut-être pas vaincre. Un chasseur de magie. Le Spectre. Il se déplace dans l'ombre, massacre en silence. Mesdames et Messieurs, voici le combat que vous attendiez tous !

Quelqu'un me tendit une bouteille d'eau, et je la bus d'un seul trait. J'avais la gorge horriblement sèche et, apparemment, Baleros voulait que ce combat dure plus de quelques secondes.

Je regardai Ruadan, à l'autre bout de l'arène, tandis que les formalités habituelles commençaient – les coutumes anciennes marquant le début d'un combat. Les *licti* – des serviteurs – apportèrent un fagot et une hache. Il s'agissait du *fascia*, censé représenter le pouvoir de Baleros. À mon avis, il compensait surtout une virilité super décevante.

Ensuite, les trompettistes, franchement horripilants, jouèrent à plein volume. Enfin, un serviteur tint en l'air un buste de Baleros, que tout le monde était censé acclamer.

Pendant tout ce temps-là, je gardai les yeux rivés sur Ruadan. Des ombres noires passaient dans ses yeux, les ténèbres murmuraient autour de lui. Il se tenait fermement en place, avec son étrange immobilité animale, seule une mèche de ses cheveux blond pâle était agitée par un souffle de vent. Un prédateur sur le point d'attaquer. Le voir me glaçait le sang. La partie ancestrale de mon cerveau me criait déjà de partir en courant. J'avais combattu de nombreux ennemis, mais aucun aussi terrifiant que lui.

Contrairement à Baleros, Ruadan s'était probablement rendu compte que j'avais volé le cristal de lumen, ce qui signifiait qu'il ne plaisanterait pas. Or, il s'enténébrait plus vite et avec plus d'agilité que moi.

Je resserrai ma prise sur mon épée, les pensées se bousculant dans ma tête. Nous aurions pu chercher à gagner du temps, essayer de trouver un moyen de nous sortir de là ensemble. Si nous faisions équipe, nous pourrions peut-être survivre tous les deux.

Ou nous pouvions supposer que l'autre était un monstre et nous employer à le tuer tout de suite. Après tout, Ruadan était le Spectre, et je venais de le poignarder en pleine poitrine. Nous étions tous les deux des monstres impitoyables.

J'avais les mains toutes moites, et mes pensées tournoyaient dans toutes les directions à la fois. *Lui faire confiance ou ne pas lui faire confiance ?*

Un des *licti* nous ordonna de lever nos armes et de saluer notre maître. Je me tournai vers Baleros – assis sur le trône de pierre de l'empereur, au milieu des spectateurs. Je levai mon épée sans réfléchir – une vieille habitude.

Comme je l'abaissai, je sus que, d'une manière ou d'une autre, ce serait la dernière fois que je saluerais mon ancien maître.

Mon cœur martelait la poitrine, au rythme du tambour de guerre qui indiquait le début du combat ; et, dans un dernier beuglement de trompettes, l'heure du carnage sonna.

30

Le temps sembla s'écouler au ralenti ; je regardai fixement Ruadan, observai sa terrifiante immobilité.

Ce soir, je me bats contre un demi-dieu.

Nous ne bougeâmes ni l'un ni l'autre. Je n'étais même pas sûre qu'il respirait. Il se contentait de soutenir mon regard, ses yeux aussi noirs que le néant. La peur refermait une main décharnée autour de mon cœur.

J'essayai de prévoir où il atterrirait s'il s'enténébrait, et m'aperçus que les lumières éblouissantes projetaient l'ombre de ma silhouette juste devant moi, et non derrière. Si j'arrivais à rester tournée dans ce sens-là, cela m'aiderait à savoir à quoi m'attendre.

Inversement, l'ombre de Ruadan s'étirait derrière lui. Je pourrais *peut-être* surgir derrière lui et en finir tout de suite…

Une fureur guerrière vibrait déjà à travers tous mes membres, faisant trembler mes jambes. Un silence total régnait sur l'arène.

Et pourtant, je continuai à me tenir là. À attendre. Mon sang bourdonnait à mes oreilles. La tension qui émanait de la foule, qui commençait à s'impatienter, était palpable.

Puis, soudain, dans un éclair noir, Ruadan fendit l'air, juste assez longtemps pour que la panique me gagne. Il atterrit juste en face de moi, mais au lieu de se contenter de me transpercer de son épée, il m'en donna un coup, visant mon épaule. Comme il le faisait toujours.

Je parai, et nos armes s'entrechoquèrent, lançant des étincelles dans l'air. Nous nous tournâmes autour, nous donnant de violents coups d'épée. Je savais où il allait frapper, je connaissais son rythme, et il connaissait le mien. Quand je lui donnais un coup, il se baissait pour l'esquiver, comme je m'attendais à ce qu'il le fasse. Mon épée passa en sifflant au-dessus de sa tête.

Les spectateurs réclamaient du sang.

Ruadan s'accroupit pour me donner un coup dans les jambes, et je bondis en l'air. Puis, grondant férocement, je donnai un coup si violent dans sa lame que je le désarmai. Il disparut, se matérialisa devant moi, referma une main autour de ma gorge et me souleva dans les airs. Je laissai tomber mon épée, mais lui donnai un grand coup de genou dans le menton, faisant craquer sa mâchoire.

Un rugissement d'approbation s'éleva de la foule.

Il me lâcha, et je lui donnai un coup de poing dans le ventre, de toutes mes forces.

Très bien. Maintenant que nous n'avions plus nos épées, j'allais peut-être avoir l'occasion de lui dire quelque chose. Quelque chose comme : *Baleros veut te tuer, sortons-nous de là ensemble. Encore désolée de t'avoir poignardé !*

Il ne fallut à Ruadan que quelques secondes pour se reprendre. Il me prit alors par la taille et me souleva dans les airs, tandis que la foule réclamait ma mort avec de grands cris. Il me jeta alors dans le sable, et j'atterris brutalement sur le dos. Comme j'esquissais un mouvement pour me relever, il m'enfonça le pied dans les côtes.

Eh bien ! Il leur offrait assurément un beau spectacle, mais je n'étais pas morte. Ce qui signifiait qu'il se retenait.

À moins que... À moins qu'il ait vraiment envie de me botter le cul à travers toute l'arène avant de m'achever.

Je refoulai la douleur qui étreignait tout mon corps. Du sol, je soulevai le bassin et lui donnai avec force un premier coup de pied latéral dans le genou, puis un second. Il chancela. Je me relevai d'un bond et, me tenant tout près de lui, je plaçai un pied derrière lui et lui fis une balayette. Il tomba à la renverse.

Je lui sautai dessus, m'assis à califourchon sur lui, et le rouai de coups de poing – jusqu'à ce qu'il saisisse mon poing dans sa paume. Il montra les canines et gronda férocement, puis commença à me broyer la main. Avec sa poigne de fer, il me tordit le bras et me renversa sur le côté, me faisant atterrir à plat ventre dans le sable.

L'instant d'après, il était sur moi et passait un bras puissant autour de ma gorge. Il allait m'étrangler.

Il se pencha tout près de moi.

Puis il me murmura à l'oreille :

— Je ne vais pas te tuer.

C'était la première fois que j'entendais sa voix, au timbre riche et velouté, et mon cœur fit un bond dans ma poitrine.

Je tendis les mains dans mon dos et les refermai sur ses bras, pour faire semblant de me défendre.

— Moi non plus, je ne vais pas te tuer, murmurai-je, mais Baleros oui. Il veut la Clé des Mondes.

Je lui donnai un coup de coude dans la tête. Nous n'allions peut-être pas nous entretuer, mais il ne fallait pas que Baleros s'en rende compte. Je tentai de me relever, mais il me plaqua au sol, sur le dos, cette fois, toujours assis à califourchon sur moi.

Je basculai brusquement le bassin vers le haut, de toutes mes forces, et je le fis basculer sur le côté. Je me relevai péniblement. Avant que je n'aie pu me redresser complètement, Ruadan me fonça dessus. Il me fit tomber violemment sur le sol, parvenant toutefois à amortir le coup en me glissant une main sous la tête, en parfait gentleman.

La foule hurlait, exigeant un sacrifice.

Petit-fils du Dieu de la Nuit.

Il était entre mes jambes, et je plongeai mon regard dans ses yeux d'un noir d'encre.

Il contrôlait les ténèbres.

— Fais descendre l'obscurité, chuchotai-je. Je trouverai Baleros.

Sans ajouter un mot, il fit jaillir de lui une magie nocturne glaciale, des vagues d'ombres déferlèrent tout autour de nous et les flammes des bougies s'évanouirent. J'éteignis ma lampe frontale, tandis que les ombres s'étendaient sur les flèches enflammées, dissipant leur flamme, plongeant enfin l'arène dans une obscurité totale.

Des cris éclatèrent de tous côtés.

L'anarchie est l'occasion de façonner le monde comme nous le voulons.

Baleros savait comment gouverner dans le chaos ; et maintenant, je le savais aussi. Je connaissais cette arène comme ma poche.

Dans le noir, je m'enténébrai jusqu'au trône de l'empereur, avant que Baleros n'ait eu l'occasion de s'enfuir. Je humai l'air. Un parfum de rose. Cela me donnait toujours la nausée.

Je l'avais trouvé, et il ne soupçonnait pas ma présence.

Je l'attrapai par le col d'une main et, de l'autre, le rouai de coups de poing, de toutes mes forces. Il réussit à en bloquer un, mais une vraie fureur m'animait, et je lui donnai un violent coup de genou dans les testicules.

Il n'avait rien vu venir. Il ne savait pas que j'avais un cristal de lumen, ou que Ruadan et moi refuserions de nous entretuer. Il ne s'était certainement pas préparé à cela.

Cet homme avait passé des années à me faire entrer ses pensées dans la tête. Il m'avait étudiée, avait appris comment je fonctionnais, avait anticipé tout ce que j'avais fait. Il connaissait mes points faibles. J'étais son monstre, et il me contrôlait.

Cependant, comme il le disait depuis le début : celui qui plonge trop longtemps le regard dans l'abîme, l'abîme lui rend son regard. Il savait comment je raisonnais, et je savais aussi comment il raisonnait.

Je lui donnai un grand coup de coude dans la tête, et il gémit :

— Ruadan…

— Ce n'est pas Ruadan, hurlai-je. C'est l'abîme, connard !

Je n'étais pas sûre que la formule avait du sens, et peut-être fallait-il que j'en trouve une meilleure, mais elle me parut bien, sur le moment.

— Où est Ciara ? criai-je.

Il essaya de me frapper, mais je parai ses coups, puis je lui donnai un coup rapide dans la pomme d'Adam. Il s'étrangla, le souffle coupé, et je m'enténébrai derrière lui. Je lui empoignai la tête, à la façon de Ruadan, prête à lui rompre le cou.

— Où est Ciara ? hurlai-je. Ne m'oblige pas à te briser la colonne vertébrale, parce que je le ferai sans hésiter, sale con !

Des cris fendaient l'air autour de nous, mais Ruadan maîtrisait rigoureusement les ténèbres qui régnaient sur l'arène.

Dès que Baleros fut de nouveau en mesure de parler, il grommela :

— Bien cachée.

— Où ? hurlai-je.

— Je l'ai amenée ici, ce soir. Ta cage, dit-il d'une voix étranglée.

Je lui brisai le cou, et il s'effondra. Sans arme en fer, je ne pouvais pas le tuer maintenant. Je devais aller chercher Ciara pendant que je le pouvais encore, mais j'espérais que Ruadan lui plongerait une épée en fer dans le cœur.

Je m'enténébrai dans l'obscurité, l'air glissant sur ma peau. Juste avant de sortir, je me retournai pour regarder derrière moi. Il y eut un éclair de lumière dans l'arène, illuminant un instant les ténèbres de Ruadan, juste assez longtemps pour que je le voie couper la tête de Baleros. Mon cœur fit un bond dans ma poitrine.

Comme son corps tombait, il s'enflamma, et une odeur de chair calcinée emplit l'air. Il était mort. J'en avais le souffle coupé.

Je ne savais pas du tout pourquoi son corps avait pris feu. Tout ce que je savais, c'était que tout était fini, même si j'avais peine à le croire.

Je fis volte-face et m'enténébrai dans le tunnel. Baleros avait beau être mort, il avait des dizaines de sous-fifres qui travaillaient pour lui.

Trente-quatrième loi du pouvoir de Baleros : ne baissez jamais votre garde.

Mon cœur tambourinait contre mes côtes. Il était peut-être mort, mais il continuerait à vivre encore un certain temps dans ma tête.

* * *

Je m'enténébrai à travers l'obscurité, sachant précisément où trouver Ciara. Je connaissais ces tunnels par cœur et, avec le cristal de lumen, il ne me fallut que quelques secondes pour y arriver. Il l'avait amenée ici ce soir. Et si j'étais allée directement aux cages au lieu d'aller dans l'arène ? Il ne s'était pas inquiété, car il avait été persuadé que j'allais faire exactement ce qu'il avait prévu.

Enfin, j'atteignis la caverne humide où j'avais un jour habité. Un flot de souvenirs me submergea, le froid, l'humidité et l'eau qui tombait goutte à goutte me firent venir la bile dans la gorge. J'avais perdu six années de ma vie dans ce trou.

Il était mort. J'avais peine à y croire. La présence de Baleros me hantait encore.

Soudain, je me rappelai que j'avais toujours ma lampe frontale, et je l'allumai.

Là, pelotonnée au fond de la cage, se trouvait Ciara.

Elle s'assit, plissant les yeux, éblouie par la lumière crue. Son visage était maculé de terre.

— Ciara ! C'est moi…

— Arianna ?

La déshydratation l'avait rendue livide.

Je sortis de ma poche mon crochet de fortune et le glissai dans la serrure.

— Je vais te sortir de là !

Après avoir tripatouillé le cadenas pendant quelques secondes, j'entendis un déclic. Le cœur battant la chamade, je le retirai vivement.

— Baleros est mort.

— Tu l'as tué !

Elle poussa un cri de joie, rayonnante.

— Non. C'est le Spectre qui l'a tué.

— Peu importe qui l'a tué, du moment qu'il est mort…

Elle cligna des yeux dans la lumière vive de ma lampe.

— Comment as-tu fait pour me retrouver ?

— Le Spectre et moi avons fait la seule chose que Baleros n'aurait jamais pu prévoir. Quelque chose qu'il n'aurait jamais pu comprendre.

— Quoi donc ?

— Nous nous sommes fait confiance.

Je la pris par la main.

— Viens ! Nous devons sortir d'ici.

Baleros ne s'était pas attendu à ce que Ruadan me fasse suffisamment confiance pour me donner un cristal de lumen. Il n'avait jamais imaginé que nous nous associerions pour survivre, parce que ce n'était pas comme cela qu'il raisonnait.

J'entraînai Ciara en courant dans le tunnel sombre, nos pas résonnant sur le sol de terre battue. Mentalement, je réfléchis à l'étape suivante.

Ruadan et moi avions collaboré, mais cela ne signifiait pas que l'Institut me pardonnerait ce que j'avais fait. Étaient-ils au courant ? Est-ce que quelqu'un avait trouvé Ruadan et lui avait retiré le couteau que je lui avais planté dans la poitrine ? Je n'avais pas l'intention de rester à Londres pour le découvrir. Quelque chose me disait que je figurais maintenant sur la liste noire du Grand Maître Savus.

Je n'étais sans doute plus vraiment la bienvenue à l'Institut.

Ciara était essoufflée.

— Où allons-nous ?

— Nous allons quitter Londres, Ciara. Nous entrons dans la clandestinité.

Nous arrivâmes enfin à l'endroit du tunnel où seule la plaque en acier d'un regard d'égout nous barrait la route. Je fis la courte échelle à Ciara jusqu'à ce qu'elle arrive à la repousser sur le côté, nous nous hissâmes au-dehors et sortîmes dans la nuit londonienne.

Quelques instants plus tard, nous disparaissions dans l'obscurité.

31

J'étais assise en face de Ciara, dans un coin sombre d'un pub d'Édimbourg. C'était un établissement banal, exactement ce que je recherchais. Les tables en bois y étaient ordinaires, la vieille moquette tachée de vin, les murs jaunes et unis. Nous avions dépensé vingt livres en *haggis* accompagné de navets, ce qui avait été une erreur, car c'était dégueulasse. Évidemment, Ciara adora.

Depuis que nous avions quitté Londres, quelques jours plus tôt, j'avais adopté la tenue aussi quelconque que possible. Je portais un jean et des baskets, un sweat à capuche ou une perruque pour cacher mes cheveux lavande, et je m'arrangeais pour ne croiser aucun regard. Personne ne nous avait remarquées.

Le problème, c'est que nous n'avions presque plus d'argent. Ciara se laissa aller en arrière sur sa chaise, buvant sa bière à petites gorgées.

— Il nous reste vingt-six livres et treize pence.

Je sentis ma gorge se serrer. J'avais toujours le cristal de lumen. Cela ne serait pas particulièrement difficile de voler les gens.

— Je vais nous trouver ce dont nous avons besoin.

Elle se pencha vers moi et chuchota :

— Tu sais, quand tu as dit que le corps de Baleros avait pris feu spontanément. C'était un diable. J'en étais sûre.

— Ça ne fait pas l'ombre d'un doute. J'espère qu'il a souffert.

Elle prit une bouchée de *haggis* et mâcha d'un air pensif, le regard perdu dans le vague.

— Pourquoi as-tu fui Ruadan ? Je croyais que tu m'avais dit que vous aviez fait équipe pour tuer Baleros.

Je fis tournoyer le vin dans mon verre.

— C'est vrai, nous avons fait équipe à ce moment précis, pour nous sortir de cette situation, pour survivre tous les deux… mais je ne sais pas ce que cela signifie. C'est le Grand Maître Savus qui fait la loi, à l'Institut, et je ne sais pas ce qu'il pense. Je pourrais très bien être sur une liste noire. Je leur ai volé quelque chose, et j'ai poignardé l'un d'entre eux. Les Faés de l'Ombre n'ont vraiment aucun sens de l'humour pour ce genre de choses.

— Tu m'as pris quelque chose.

Une voix riche et veloutée s'était élevée derrière moi, et mon sang se glaça.

C'était une voix que je n'avais entendue qu'une seule fois auparavant.

Dans l'arène.

La bouche soudain toute sèche, je me retournai et vis que Ruadan se trouvait là, nous dominant de toute sa hauteur. Ses yeux violet vif brillaient dans la pénombre du pub.

— Ruadan ! m'écriai-je, m'efforçant de prendre un ton enjoué. Je parlais justement de toi…

Il me regarda fixement. L'espace d'un instant, le froid me gagna, et je fus parcourue d'un frisson. S'il avait voulu me tuer, il l'aurait déjà fait à l'heure qu'il était.

Le silence se fit dans le pub, comme les humains commençaient à se rendre compte qu'un puissant guerrier faé se trouvait parmi eux. Pour ce qui était de la discrétion, c'était raté.

— Et si nous allions discuter dehors ? suggérai-je.

Il acquiesça d'un bref hochement de tête.

J'ignorai l'air ébahi des autres clients, qui nous suivirent du regard tandis que nous traversions le pub et sortions. Des nuages cachaient la lune, ce soir, et une petite bruine embrumait la vieille rue sinueuse. De là où nous étions, nous pouvions voir jusqu'au château d'Édimbourg, une forteresse qui se dressait sur un rocher déchiqueté.

— Alors… tu veux récupérer ton cristal de lumen ? demandai-je à Ruadan.

Il posa les mains à plat sur le mur, derrière moi, et je me retrouvai coincée entre ses bras. Il me transperça de son regard furibond. Les éclats argentés dans ses yeux étincelaient.

— Comment Baleros a-t-il fait pour t'obliger à intégrer l'Institut ?

Connaître quelqu'un donnait un pouvoir sur cette personne. Quel pouvoir étais-je prête à donner à

Ruadan ? Ma vie était probablement déjà entre ses mains. Cela pouvait-il vraiment être pire ? Je décidai tout de même d'omettre l'essentiel.

— Comment oblige-t-on quelqu'un à faire quoi que ce soit ? Il avait un moyen de pression. Rien ne m'a jamais fait plus plaisir que de te voir lui couper la tête.

Une bourrasque fouetta ses cheveux, et une étrange immobilité s'empara de son corps.

— Je suis sur la liste noire ? demandai-je.

Il ne répondit pas. Des ombres noires cinglèrent l'air autour de lui. Ce salaud avait rompu son vœu de silence, mais il préférait ruminer sans rien dire pour faire flipper tout le monde.

— Je suis désolée de t'avoir poignardé, ajoutai-je. Même si, franchement, le terme *poignardé* est un peu exagéré. Tu es un demi-dieu et un faé. Je savais que tu survivrais si je n'utilisais pas une lame de fer. Enfin, l'espace d'un instant, j'ai bien songé à…

Je babillais nerveusement, meublant le silence de paroles qui allaient m'attirer des ennuis.

— Tu sais quoi ? Ne nous attardons pas sur ce qu'il aurait pu se passer. Je suis vivante. Tu es vivant. Baleros est mort. Faisons en sorte que les choses restent en l'état.

Même si le Spectre se tenait devant moi, sa magie grésillant dans l'air, je ne me sentais pas menacée. J'éprouvais un désir irrépressible de me rapprocher de lui, de me coller contre son torse puissant. Je fis un pas vers lui et pris une profonde inspiration. Subtile, se mêlant à celle de pins et de magie, l'odeur de pomme me parvint. J'adorais cette odeur. Je fermai les yeux, inspirant de nouveau profondément, et ce fut à ce moment-là que je compris pourquoi elle m'était familière : c'était celle de mes rêves.

Je le regardai, les sourcils froncés.

— Tu as déjà entendu parler d'un endroit appelé *Emain*, par hasard ?

Il me lança un regard acéré, et ses yeux s'assombrirent.

— Non.

Son expression le trahissait.

— Tu ne mens pas aussi bien que tu le crois. Et *pourquoi* tu mens, d'ailleurs ? J'ai rêvé de cet endroit. D'après un livre de la bibliothèque de l'Institut, c'est un truc de faé de rêver d'Emain. Le livre disait aussi que c'était le Quartier Général de toutes les Faés de l'Ombre. Tu as le parfum de mes rêves…

Je m'éclaircis la gorge.

— Ça ressemble à quelque chose qu'on dirait pour draguer quelqu'un, mais ce n'était pas mon intention.

Il me regarda rapidement de la tête aux pieds, comme s'il réfléchissait.

— C'est une légende. N'en parle plus.

C'est ça, bien sûr. Très convaincant.

— Alors, je suis sur la liste noire, oui ou non ? demandai-je.

Une brise fraîche vint caresser ma peau tandis qu'il me transperçait de son regard.

Enfin, il répondit :

— Non. Je ne pense pas. Je reviendrai te chercher. L'Institut n'en a pas fini avec toi.

L'étau qui me contractait la poitrine se desserra, et je me remis à respirer normalement.

— Tu as l'intention de me dire pourquoi tu es devenu aussi bavard, tout à coup ?

— Je peux de nouveau parler parce que j'ai accompli ma mission.

Je hochai lentement la tête.

— Tuer Baleros ?

— Dans l'arène, je croyais que tu allais t'en charger, mais tu l'as épargné. Pourquoi ?

Je n'avais vraiment pas l'habitude de l'entendre parler, et sa voix m'empêchait de me concentrer. Elle semblait caresser ma peau, mon corps, à des endroits auxquels je n'aurais pas dû penser en pareil moment. Pas étonnant qu'il ait choisi de ne pas parler !

Il y eut un long silence. Je n'étais pas sûre de lui faire suffisamment confiance pour lui dire à quel point je tenais à Ciara.

— J'avais autre chose à faire, me contentai-je de répondre.

Avant que je n'aie pu lui poser l'une des centaines de questions qui me brûlaient les lèvres, il tourna les talons et s'éloigna.

Je le regardai s'enfoncer dans l'obscurité des rues d'Édimbourg, se fondant dans la nuit elle-même.

Je portai une main à ma gorge, m'apercevant qu'il m'avait laissé le cristal de lumen. Comme il s'éloignait, cette légère odeur de pomme continuait à flotter dans l'air, et je me sentais étrangement rassérénée. Le Spectre démoniaque me donnait-il maintenant un sentiment de sécurité ?

Je me rendis compte avec étonnement que j'étais impatiente de le voir revenir.

Avec un vif pincement de cœur, je me surpris à penser à quelque chose qui ne me traversait presque plus jamais l'esprit. Quelque chose que j'avais pratiquement oublié, sur le sol de terre battue de la cage de Baleros.

Un chez-moi.

Je chassai cette pensée de mon esprit. C'était impossible, je ne pouvais plus avoir de chez-moi, et je ne pouvais plus revenir en arrière. C'était auprès de Ciara que j'étais chez moi, maintenant.

Quand je rentrai dans le pub et que je découvris qu'elle m'avait gardé la moitié de son infâme *haggis*, une douce chaleur se répandit dans ma poitrine.

Je lui adressai un sourire rayonnant.

— Qu'est-ce qui te fait sourire, comme ça ? me demanda-t-elle.

— Toi.

Je me rassis à ma place.

— Le fait que tu m'aies gardé à manger, dis-je. Parfois, un caramel au beurre est un vrai cadeau.

— C'est vrai… Je me souviens que tu étais obnubilée par les caramels au beurre. Tu en avais gardé un pendant une éternité dans la cage parce que tu ne voulais pas t'en séparer. Il faut que je t'en achète tout un sachet !

Je secouai la tête.

— Je n'aime même pas le goût que ça a. Je n'aime pas non plus le *haggis*. Ce que j'aime, c'est que tu m'en aies mis de côté.

— Tu es vraiment bizarre, Arianna !

Je fouillai dans mon sac de survie, écartai la lampe frontale et le ruban adhésif, et en sortis une sucette au raisin, que je mis dans ma bouche.

— Je ne vois pas du tout ce que tu veux dire.

Remerciements

Merci à ma famille, pour son soutien, et à Michael Omer pour ses remarques géniales et pour son aide face à mes nombreuses hésitations. Merci à Nick pour ses idées et pour son aide. Robin Marcus et Isabella Pickering sont mes sensationnels correcteurs. Merci à mon équipe de lecteurs pour son aide, et au C.N. Crawford's Coven sur Facebook !

Frost

C.N. Crawford

À 26 ans, Ava ne croit plus en l'amour. La jeune femme, mi-faé mi-humaine, abandonnée à la naissance, s'est toujours sentie comme une paria. En plus, elle découvre le jour de son anniversaire que son petit ami la trompe et elle s'enfuit pour échapper au sombre avenir auquel elle semble destinée. Alors quand Torin, le Roi des Faés, annonce qu'il va la choisir pour devenir sa Reine, Ava ne comprend pas. Pourquoi le Roi voudrait-il qu'elle monte sur le trône alors qu'ils se sont détestés au premier regard ? Que cachent son sourire diabolique, son air glacial et son allure tellement séduisante ? Dans les couloirs d'un palais qui résonne de mille complots, Ava découvre qu'elle ne peut faire confiance à personne. À commencer par le Roi lui-même. Mais le plus grand des dangers, c'est cette étrange attirance qu'elle commence à éprouver pour lui…

Pour survivre, ils doivent
être prêts à tous les sacrifices.

Retrouvez-nous sur les réseaux sociaux :

Korrigan

www.city-editions.com/korrigan/
@korrigan.editions
@KorriganEdition
@korrigan.editions